一笑人间万事。

陆春祥

笔名陆布衣等,浙江桐庐人,一级作家,鲁迅文学奖得主,浙江省散文学会会长。已出散文随笔集《病了的字母》《字字锦》《乐腔》《笔记的笔记》《连山》等十八种。

而已

陆春祥——
　　　著

上海文艺出版社

图书在版编目（CIP）数据

而已/陆春祥著. -- 上海：上海文艺出版社，2018（2018.10重印）
ISBN 978-7-5321-6234-5

Ⅰ.①而… Ⅱ.①陆… Ⅲ.①随笔－作品集－中国－
当代 Ⅳ.① I267.1

中国版本图书馆 CIP 数据核字 (2018) 第 144763 号

责任编辑	杨 婷　陈丹正
装帧设计	观止堂_未氓
插　　图	祁　媛
督　　印	张　凯

书　　名	而已
著　　者	陆春祥
出　　版	上海文艺出版社
出　　品	上海故事会文化传媒有限公司
	（200020 上海市绍兴路74号 www.storychina.cn）
发　　行	上海文艺出版社发行中心
	（上海市绍兴路50号）
印　　刷	上海中华印刷有限公司
版　　次	2018年7月第1版　2018年10月第2次印刷
规　　格	889×1194　1/32　印张　11.25　插页　2
印　　数	5001~7000册
书　　号	ISBN 978-7-5321-6234-5/I.5404
定　　价	48.00元

版权所有　翻印必究

　上海故事会文化传媒有限公司　出品（00782）　www.storychina.cn

上海故事会文化传媒有限公司所有图书可办理邮购，免收邮费（挂号除外）
汇款地址　上海市南绍兴路74号（200020）
收 款 人　上海故事会文化传媒有限公司出版发行部
联系电话　021-64338113

如发现本书有质量问题，请与印刷厂联系　T：021-60829062

目录

序言　缤纷的日常

壹 | 杂草的故事

杂草的故事　3
一平方英寸的寂静　10
诗意的雪隐　15
驴的悲剧及其他　20
这回，我们来谈谈死亡　25
半懂不懂孔乙己　31
看洋鬼子的买地伎俩　36
语言墙　40
阅读的仪式及其他　44
状元是个什么东西呢？　49
生活的中心　53
手艺里的思想　57
剡溪古藤的命运　62
"形色"之形色　66

贰 | 努力地吃出毛病

努力地吃出毛病	73
情感呼叫转移	77
我们如何"烹小鲜"？	81
想得通吃得下睡得着	85
台阶台阶台阶台阶	90
向往动物一样的简单关系	94
遗忘的本质	98
农妇。山泉。有点田。	102
坟上的树	106
豆种南山	110
阿Q心中的女神	116
樱桃树事件	121
"胖金妹"之类	125
有关第一次记忆	129
即将老去的旺旺	133

叁 | "显贵"转了四个弯

"显贵"转了四个弯　　141
柏拉图的斧子　　145
尴尬的母亲节　　149
关于钱的一串散想　　154
假如公务员没有薪酬　　158
披着白布的羊　　162
龙袍　　166
我诚挚地献上干姜两片　　170
有精神日富　　174
听M君诉那开会的苦　　178
洗一坨鸟粪多少钱？　　181
尔俸尔禄和民脂民膏　　185
我必须找到坚实的理论依据　　189
耐烦有恒　　195

肆 | 小学五年级

小学五年级　　　　　　　　203
数码综合征　　　　　　　　208
"岱奶"　　　　　　　　　　216
功必不唐捐　　　　　　　　221
洪迈的人生四比　　　　　　226
机器化写作　　　　　　　　231
关于"剩经"和《非诚勿扰》　235
捡垃圾　　　　　　　　　　239
文学奖以外　　　　　　　　242
精神荒原的抚慰　　　　　　246
两株李（梨）树的哲学表达　250
莎翁门前那棵树　　　　　　254
树之根　　　　　　　　　　258
树之功　　　　　　　　　　261
威尼斯葬礼　　　　　　　　265
重耳走西口　　　　　　　　269
作之不止　　　　　　　　　273
有个伟大的词叫"倦出"　　　277

伍 | 在饥渴中奔跑

在饥渴中奔跑　　　　283
两千张文摘卡　　　　288
永远的修辞　　　　　291
做评论员的日子　　　297
差点成了被告　　　　303
此座1980年已占　　　308
我教儿子写作文　　　313
学萨笔记　　　　　　327

后记　两句三年得

序言
缤纷的日常

1.

《而已》的序,我想了好久,终于想出一个办法,请别人来说。不是找别人替我作序,而是让我最喜欢的张岱,来替我说几句。

张岱的《夜航船》,是一部明代的百科全书,天文地理,人文历史,无所不包,充分显示了他的博学。卷十九《物理部》,皆为条目式,细细咀嚼,津津有味。

2.

都是生活中之日常,东一句,西一句,句与句之间,也不甚有联系,但请您耐心体会。

把螃蟹的蟹黄放到漆中,漆就会化为水。

用带壳的核桃来煮臭肉,肉不臭。

栗子和橄榄一起吃,有梅花的清香,味道很甜美,名叫风流脯。

用木炭可以阻断蚂蚁的道路。

狗粪里的米,鸽子吃了就会死。

蜘蛛怕花椒。

蜈蚣怕松油。

蝎子怕蜗牛。

螺蛳怕下雪。

螃蟹怕起雾。

香油抹在乌龟眼上,它进入水中就不会沉。

把唾沫喷到蝴蝶的翅膀上,它就可以当空高飞。

用柿子煮螃蟹,可以让螃蟹不红。

拿乌贼的墨汁来写文书,时间久了,墨就脱落成白纸了。

鸡蛋清调石灰,用来黏接瓷器,非常好。

柳叶落到水里,就变成杨叶丝鱼。

把核桃和铜钱放在一起嚼,钱容易碎。

老鼠咬衣物,明天就会有喜事降临。

竹叶和栗子一起吃,没有渣。

豌豆黄和松叶一起吃,味道很好,这可以作隐居的食物。

手里玩着荸荠,就不可以玩铜器,如果敲击,就一定会把铜器打破。

　　研墨的时候出现泡沫,用耳屎或头垢就可以消去。

　　冬天用酒来磨墨,就不会冻。

　　银杏树不结子,在雌树上凿一小孔,放进雄树木头一块,用泥封好,就会结子了。

　　牛用鼻子来听。

　　猫眼知道时间。

　　老虎偷狗偷猪,只要听到刀刮锅底的声音就跑了,这种声音让它牙酸。

　　用胡麻子拌饭,加少量硫黄,喂七天,鸡、鹅、鸭,就非常肥壮了。

　　八角虱,多长在阴毛上,用轻粉敷上,虱子就跑了。

3.

　　上面只是众多小条目的极少数例举,虽有些十三不靠,但我觉得,您一定看懂了,并且时有会意的笑,这就是张岱所处的真实时代,这就是大作家张岱的认知。有影没影,有事无事,附会添加,但它们却是明代生活的日常。

　　好多条目,都可以将其看作一种实验,只是,我有点疑惑,古人为什么要做这些实验呢?

　　抹了香油的乌龟双眼,它是短暂模糊,还是永远失明?是捉到乌龟怕它跑了,还是想看乌龟们的笑话?

　　脑中突然闪现了这样的场面:

一个乌龟养殖专业户,他承包了好多大水塘,用来养龟,可是,乌龟总是缩在水底,喂食和捉取都不方便。有一回,县里的胥吏(水产专管员)来检查,指明要品尝,专业户急得不行,好不容易捉到两只,胥吏虽不甚满意,但好歹吃了人家嘴软。后来,有人告诉专业户一个偏方,用香油抹乌龟双眼,它就沉不下水底,要是乌龟觉得自己的身材不是那么理想,最多只能将龟身隐在水面下,露头浮潜而已。这样的好处是,满塘都是龟,风景特别好,上级来巡视,一看,这么多乌龟呀,我朝产业发展势头正猛,基层百姓生活欣欣向荣,大大表彰!

一传十,十传百,张大作家正好在编大辞典,于是就收进这一条。

人们一直告诫,螃蟹和柿子,不能同食,特别是孕妇,容易流产。

但是,水火不相容的事物,是不是真的不相容呢?也未必。

干脆将它们放在一起煮。在酒徒急切的眼光里,个大肥足的螃蟹,遭遇沸滚的热水,死得壮烈,整个身体,红得亮眼,死了也要红,简直就是个网红嘛。原本以为,红红的柿子,加上螃蟹巨大的潜质红,两个红,红配红,红中有红,红更红!恰恰相反,这样煮出来的螃蟹,保持了本色,不红。

人和事也会有这般的奇怪。万事俱备了,只欠东风了,强强联合了,郎才女貌了,各方的预期好得很。结果是,等来了西风,强强反而弱,新妆才卸下,愁绪就上头。

所以,红未必是好事,不红才可能保持本色。

把核桃和铜钱放一起嚼,是想得到更多的碎银子吗?可那是铜钱,铜钱咬碎,表示牙好胃口就好?思来想去,是不是,还有这样一种可能:

表示对铜钱的不屑、蔑视。

人的一生,为钱忙,为钱困,为钱疯。这劳什子的东西,虽小,却有巨大的魔力,钱能让黑变成白,让人变成鬼。人们骂钱,恨钱,咒钱,却离不开钱。我只是个普通物件,我并不需要人们如此亲近——自从货币产生以后,钱一直就是以这样冷漠的方式考验着人们的意志。

既然,奈何不了铜钱,那么,表示一下轻蔑,总可以。其实,铜钱根本没有想象中那么硬气,它还比不过核桃,看看,核桃没碎,铜钱碎了,本性露出来了吧,钱就是外强中干的货!

4.

有一条没一条地分析了一通,您一定看出来,《而已》这本书想说什么了。

说实话,《而已》来得不容易。它起先报浙江省文艺精品工程项目的时候叫《柏拉图的斧子》,后来比较长时间地定名为"虚引",但总觉得文体指向不太明确。再后来,又拟过"日常""壹见"等名字。戊戌初夏的一个傍晚,我在成都宽窄巷子闲逛,看见了一家叫"而已"的店,突然一个激灵,思路似乎一下子打通:八十年前,迅翁的《而已集》印象深刻,就叫"而已"吧。迅翁是我崇仰的标杆,主观上我没有蹭他老人家的意思,我只是觉得——

本书关注的也是现实,缤纷世界里的日常,古今中外,纵横勾连,想用思想的利斧,触及一些东西。不过呢,我是装出一副拉弓要发射的样子,虚引,至于拉弓的力度能及还是莫及,我也没有数,也许力不从心,只能而已。

还有,我远没有张岱和迅翁那种博学,只是逮住了一些自以为还有趣的话题,东拉西扯地闲说了一通,是不是有趣,还要您来断。

而已而已。

杂草的故事

杂草的故事

一平方英寸的寂静

诗意的雪隐

驴的悲剧及其他

这回,我们来谈谈死亡

半懂不懂孔乙己

看洋鬼子的买地伎俩

语言墙

阅读的仪式及其他

状元是个什么东西呢?

生活的中心

手艺里的思想

剡溪古藤的命运

"形色"之形色

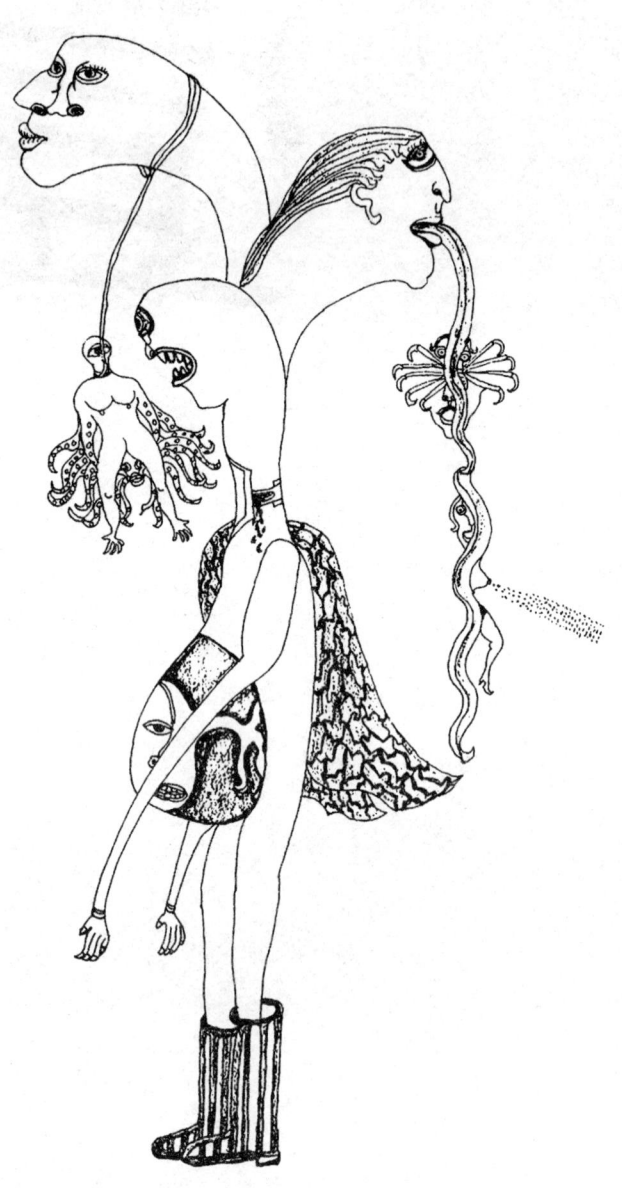

杂草的故事

我们都要将杂草除之而后快。

在水稻生长季节，有稗草混杂其间。起初，人们还识不清它的面目，拔节时，稗的尾巴就露出来了，它显然比稻粗壮，且颜色越来越青。稻已经开始谋划孕育生命，稗却只顾抢夺稻田的养分。迅速拔掉，坚决不能让它伤害稻类。稗，虽然也是禾类，但它已是身份卑微的象征。和卑有关的词，都不怎么有地位，婢女，即便陪主子睡了，也很难成为夫人。

稗草是典型的杂草，人们虽尽力除稗，但它仍能让自己的种子混进稻种里，在来年一起被播种。还有野燕麦，也一样能混进麦粒中而不被发现。人们只是不断陈述杂草的危害程度，却不太了解它的前世今生,更不知道无数杂草有着怎样的命运。其实,细细体味,杂草的生长,很有些哲学含义。

英国博物学家理查德·梅比,他的《杂草的故事》,从园艺、文学、历史的角度,探究了许多杂草的来龙去脉,让我们重新审视那些不起眼的杂草。

顺着梅比的思路,我们来厘清几个关于杂草的概念。

1.

杂草是出现在错误地点的植物。

这个观点,如同我们比喻垃圾,垃圾是放置错误的宝贝,因为垃圾是宝贝,所以才会有那么多的人寻宝贝,而一般人都将它当作垃圾丢弃了。

杂草也是这样,这个地方是宝贝,换个地方就成了杂草,反之亦然。

例子比比皆是:独脚金,原产地肯尼亚,它的花朵被用来铺撒在迎接贵宾的道路上,而在美国东部,却使上万亩农田颗粒无收;罗马人把宽叶羊角芹引入英国,因为它有缓解痛风的药效,还可以当食物,但两千年过去,这种植物再无药用价值,变成了英国花圃中,最顽固、最难除的令人厌恶的杂草。

2.

杂草只是没有被人类驯养。

我们很自然地将叫不出名字的植物统称为杂草。

但对于那些已经知名的草,却有一种莫名的崇拜。端午刚过,许多人家门上还插着干枯了的艾叶。古罗马哲学家阿普列尤斯,在他的《植物记》中,这样讲"艾草":若将此草之根悬于门上,则任何人都无法损坏此房屋。关于"蓖麻",他这样写:将此植物种子置于家中或任何地方,可保此地不受冰雹袭击,若将此种子悬于船上,则可平息任何暴风雨。

我居住在大运河杭州终点的拱宸桥边,运河两岸,长着无数的花草,有人工种植的,也有自然生长的,简单数数,不会少于一百种,可我只认识很少的一些。我的内心,常常将那些叫不出名的,称为杂草杂花,其实,在农艺花木专家眼里,它们大部分应该是有名字的,只是一般人不知道。

所以,被称为杂草的植物,其实遍布每一个植物类群,从简单的藻类,到森林的大树,哪里有人类,哪里就有杂草。且,总是那些叫不出名的杂草,生长得最旺盛,你虽然不去刻意照顾它,它却吸吮雨露,沐浴阳光,长得欢快,日日欣欣向荣。梅比观察说,如今世界上杂草生长最繁盛的地方,正是除草最卖力的地方!

这就很让人思考。杂草与人类比邻而居,人类与杂草,保持着共生关系,它意味着,人类从杂草中得到的好处,一点也不比其他植物少。杂草是最早的蔬菜,是最古老的药材,是最先使用的染料。《诗经》中一百多种植物,在先民眼里,就是杂草。

立即想到,我们身边的那些动物,命运也和杂草一样,是不断驯化的结果。如鸡,如狗,原来也是杂兽,长久长久的若干年以前,鸡狗和人类共处共生,慢慢亲近,最后成为朋友,谁也离不开谁。

3.

认为杂草可怕,纯粹是人类的短视。

现实世界,危害极大的杂草确实存在,但杂草的危害力,也是人类对自然世界的破坏造成的。一种植物成为杂草,且凶狠勇猛,纵横多国,是因为,人类把其他野生植物全部铲除,使这种植物失去了可以相互制约、保持平衡的物种。

我们来看,全世界危害最大的杂草中排名第七的丝茅。

1964年到1971年间,美国向越南喷洒了1200万吨的橙剂,此剂臭名昭著,是因为它让所有的雨林树叶都脱落,美军洒剂,就是为了使越共部队无处藏身。差不多半个世纪了,当年茂密的雨林,现在仍然生长着坚硬的丝茅。每当树木脱叶,丝茅就会旺盛生长一段时间,可一旦树荫重新遮住阳光,丝茅即默默退去。越南人一次又一次烧丝茅,越烧长得越旺,他们尝试种植柚木、菠萝甚至强大的竹子,以遏制丝茅,一次次失败,越南人骂它为"美国杂草"。

有消息说,丝茅躲在亚洲出口的室内包装里潜入了美国,如今,正在美国南部各州疯长。这是丝茅的复仇吗?

其实,丝茅是东南亚森林地表植被的组成物之一。在我们周围,丝茅到处都是,可以说,那些绿化不太好的地方,贫瘠的山沟地边,裸露的岩石上,到处都长着丝茅,顽强得很。我在中学读书的时候,节假日就割过这种茅草,收购站会收,和芒杆一样,造纸用。

丝茅青青,它的茎叶,牛羊也要吃。

中医里,草和药同源,丝茅也有药用价值,利尿,清凉。

4.

杂草顽强,无所不在的生命能力,仿佛有从神话中得来的无穷力量。

英国植物学家爱德华·索尔兹伯里,成功地将从蝗虫粪便里提取的种子种活。他还从一只红腿鹧鸪伤腿上的泥巴里,培育出了八十多种植物。他很出名的一个举动是,从自己裤脚卷边带回的零碎中,培育出了二十多种计三百株杂草。

科学表明,一棵颇具规模的毛蕊花或小蓬草,能够释放出超过四十万粒种子。风滚草的种子,能在三十六分钟内萌发。千里光从播种到开花再到播种,整个生命周期,只需要六周。

种子可以休眠,二年、三年、五年、三十年,甚至三百年、数千年,一英亩的农田中,可能含有一亿粒休眠的种子。土地中杂草的种子,永远除不干净。我看过一个纪录片,说是有机构在南极建立了一个种子库,里面有成千上万种人类生活需要的种子,种子可以存活一千年以上。如果哪一天,地球发生毁灭性灾难(肯定不是球没了),这些种子就可以帮助我们重建家园。

难怪,杂草无处不在,即便在光光的岩石上,千年的枯枝中,只要迎风有雨,都会蓬勃生长。

5.

在中世纪,至少有二十种杂草,被人们赋予魔鬼的恶名:春黄菊——魔鬼雏菊;菟丝子——魔鬼的线;荨麻——魔鬼之叶;蒲公英——奶桶。

有恶草,就会有仙草。车前草,就被称为"百草之母",几乎所有的古老药方中,都有车前草的身影。不仅如此,车前草,还是一种占卜草,可以帮助人们预见未来。

1694 年的 6 月 24 日,英国自然哲学家约翰·奥布里在散步时,看到二十几个女子,她们中的大部分人,衣着光鲜,跪在地上,十分忙碌的样子,像是在除草,一问,原来她们在找爱人:她们在找车前草根下的木炭,晚上把这些木炭放在枕头下,就能梦见未来丈夫的模样。

三色堇,又叫静心花,一种常见的农田杂草,却成为了爱情的象征,引发人们各种浪漫的想象。它的花,像一张沉思的小脸,有两道高高的眉毛,两颊,一个下巴,上面还有看起来很像眼睛或者笑纹的细线条。原来如此。

三色堇的形状,在浪漫的法国人看来,一张脸变成了两张脸,两个嘴唇在接吻。于是,代名词和形容词如潮涌来:吻我然后抬起头,花园门后的吻,在花园门口给我一个吻,给我一个蜻蜓点水的吻,跳起来给我一个吻,去门口迎接她然后在地下仓库里吻她。法国人似乎整天生活在感情的海洋中,太能想象了——只是一朵杂花而已。

6.

孤独的野外，默默地开着的，是一朵朵不起眼的小花，因为无名，被人忽略，于是活下来撒播种子，来年，它们又子孙满地，风轻扬，倔强地生长。

杂草的故事，还有许多隐喻，人类不一定非要将自然世界，拆分成野生与驯养两大部分，杂草至少在提醒我们，生活不可能整天整洁光鲜，一尘不染，人类应该像杂草一样，学会在自然的边界上生存。

此刻，雨后，我到楼下，在壹庐的院子中仔细看了看，这里也有好些不知名的杂草，摇曳婀娜，估计它们是去年藏在各种花木的泥盆里一起迁来的。都是客人，我决计不清除它们，让其自由生长，它们原本也是有名字的，就如茫茫人海中的陌生人，只是我不认识而已。

一平方英寸的寂静

1855年,美国西雅图酋长,为印第安部落的土地购买案,写信给富兰克林·皮尔斯总统,信里有这样两句话:

如果在夜晚,听不到三声夜鹰优美的叫声,或者青蛙在池畔的争吵,人生还有什么意义?

现在,我的窗外,是机器间歇的轰鸣声,铁钻机钻钢筋水泥,滋,滋,滋,节奏达达达,强劲有力,要将硬水泥地钻通,仿佛要将你的心脏一起钻碎。

这种建筑的声音,装修的声音,在城市的随便哪个角落,随时都能听见。

几乎所有的人,都烦噪声,但又在不遗余力地制造噪声。

用科技的手段来对抗噪声，虽然小有成就，但力度，并没有像人类对待治疗癌症那样大。

于是，我们都很向往一种环境，一种安静的环境，想那苍穹下，一望无际，满地青草和鲜花，只有蓝天和白云，还有飞鸟在陪伴我们，想采菊东篱下，悠然见南山，想门对千棵竹，闭门即深山。

这纯属奢侈，要在当下的社会，找到一块安静的地方，很难。今日，宁静就像那些濒临灭绝的物种一样稀少。

穆雷·谢弗，在《世界的调音》里，曾经提议，把能否听到自己的脚步声，列为城市的噪音标准之一。他的意思可以这么理解：我们居住的地方，应该安静到足以听到自己或者他人走路的声音。

然而，除了那些无人烟的荒漠高原外，各种机器的声响，就是主导我们当今世界的主要声音。

到哪里可以找到安静呢？绝对的安静肯定没有，地球上最安静的地方，应该是实验室。美国欧菲尔实验公司有个无响室，位于明尼阿波利斯的边远地带，底噪只有负九加权分贝。

尽管安静是奢侈品，但我们很多人，还是在不断寻找自然的宁静点。美国声音生态学家戈登·汉普顿也在找，他几十年，都致力于寻找寂静的声音，寻找那一平方英寸的寂静。

我将汉普顿的这种行为，当作一种实验。

2005年4月22日，"世界地球日"那一天，他独自到美国奥林匹克国家公园的霍河雨林，在距离游客中心大约三英里的地方，将印第安部落长老送给他的一块小红石，放到一根圆木上，并将那里命名为"一平方英寸的寂静"。他设下这个标记,希望有助于对这个偏远荒地的自然声境的保持和管理。他会定期到那里,监测可能入侵的各种噪音,记录下噪声发生的时间;还尝试确认噪音的来源,再用电子邮件通知对方,向他们解释保存仅余的自然寂静声音的重要性,请他们自我约束;他还会随信附上一张有声CD,上面有噪音入侵的实况。

汉普顿录制声音,已经超过二十五年,他的声音图书馆里,藏有3000GB的声音,包括蝴蝶鼓动翅膀的声音,瀑布如雷的轰鸣声,一片漂浮的叶子细微的声响,草原幼狼低柔的咕咕声,传授花粉的昆虫拍扑翅膀时带起的柔和声,等等,可以说是库纳万籁。

一平方英寸的寂静,有什么实际意义吗?在大部分不理解的人看来,这就是矫情,或者是小题大做,或者是愚蠢。汉普顿却认为,如果能保存一平方英寸的寂静,就能减少一千平方英里内的噪音污染!也就是说,大自然的寂静,是能够支配许多平方英里的地区的。

他的体验是,一个安静的地方,能让人的感觉全部打开,万物也会生动起来。

汉普顿的记录告诉我们,在美国要找到连续十五分钟以上的寂静,极度困难;在欧洲,这种寂静,更是早已绝迹。现在大部分地方,已经完全没有安静的地方,反而是全天二十四小时都存在着一种以上的噪音来源。

我们来看看,这个声音生态学家的敏捷听觉。

这是一次平常的记录,在他的一平方英寸目标点。

五十英尺外,传来西方鹟鹩的叫声,四十加权分贝。

三十英尺外,传来红胸䴓和栗背山雀的叫声,四十五加权分贝。

下午一点四十五分,一架直升飞机,沿霍河河谷的北脊飞过,五十加权分贝。

大叶枫林里,强风从河谷吹来,每片叶子从六英尺高掉落到蕨叶上,平均会发出三十加权分贝的声响。

单只熊蜂嗡嗡飞过,音量可能在三十四至四十四加权分贝。

整个早上,他都在静静观察周遭的自然奇景。三十英尺外有一只树蛙,五十五加权分贝,它的声音几乎跟人类平常的聊天一样大,听得很清楚,缓慢,从容,清晰,类似干橡皮绞动的声音。

他开始搜寻麋鹿。他朝步道走了一小段,这时,从低矮的白珠树丛里,传来一种微弱、干脆、叮叮咚咚的新声音,他立刻静止不动。仔细搜寻后,他发现,树丛上,有一些铁杉的针叶,抬头看,它们是从一百英尺以上的高空掉落的。

在一般人眼里,做这些事情,且持续数十年,是不是有点枯燥无味呢?

呵,这得看怎么理解了。汉普顿眼中的寂静,是一块神圣的地方,他记录并极力保护那一平方英寸,是因为他比我们常人,对寂静有更深刻的理解。

他理解的寂静,有内在和外在两种。

内在寂静,是尊重生命的感觉。我们可以带着这种感觉,去任何地方,神圣的寂静,会提醒我们的是非对错,即便在城市嘈杂的街道上,仍能产生这样的感觉。内在寂静,属于灵魂层次。外在寂静,是我们置身于安静的自然环境,它邀请我们敞开感官,与周围万物产生链接,无论我们望向何方,都可以看到相同的链接。外在寂静,还可以帮助我们找回内在的寂静,让心灵充满感恩和耐心。

这也许就是汉普顿和别的一些科学家不一样的地方了,他是世界上最好的倾听者,卓识远见。他在用心实验,他的实验是科学和诗意的交融,他试图找出人类烦躁的病症,他似乎也是中国古代哲学良好的践行者,天人要合一,道存在于自然中。

2016年4月30日夜十点,窗外仍然喧闹,我读完汉普顿的《一平方英寸的寂静》,满胸起伏,在扉页上草草记着以下几句:

应当觉醒,拯救寂静,是因为寂静变得稀有,差不多快灭绝了;

寂静,是另一种独特的声音,其实也是万物俱在,空气是翅膀留下的音乐,万物都在音乐中舞动和谱曲;

人类不是世界的主宰,无论植物或动物,都在同一现场,相互依赖,任何生物都无法单独生存;

保护寂静,聆听大地的声音。

诗意的雪隐

庄子对着一群来问道的博士生,谆谆教导:道在屎尿。学生你看我,我看你,似乎有点领悟了:我们所寻求的道,存在于一切事物中,连我们每日不洁的出口物中都有。

千余年后,真的有人从屎尿中悟出了道,尽管他不是庄子的信徒。

北宋时期,雪窦山的明觉禅师,曾经在灵隐寺扫厕所三年,整天在和屎尿打交道,但扫出了"雪隐"这个新名词。"雪",雪窦山,"隐",灵隐寺,"远观云遮雾罩,若隐若现;近看晶莹剔透,空明澄澈。雪影留踪,禅意盎然",又是写景,又是抒意,诗意浓厚。后来,僧人们就以"雪隐"代替厕所。这恐怕是厕所最文艺的代名词了。

真实情况是，明觉禅师，确实在灵隐隐了三年。他悟性高，出家不久就有了比较大的名气。有一段时间，他打算游历浙江境内的钱塘、西兴、天台山、雁荡山等地，但他的好朋友，池州知州曾会，建议他先到杭州灵隐寺，并为他给当寺住持写了一封推荐信。明觉到了灵隐寺，却没有拿出推荐信，而是在僧众中修持三年。后来，曾会奉使浙西，特地到灵隐寺寻访明觉，竟在上千普通僧人中才查找到他。

明觉在灵隐的三年，既然是普通僧侣，没关系，不起眼，不张扬，成了僧侣中的环卫工人，也极有可能。只是，在他眼中，什么工作都一样，皆是修禅，所以，他才能将屎尿参成"雪隐"。

在禅宗中，表示厕所的，其实不仅仅是雪隐，雪隐只是指北边的厕所，南边的厕所以"登司"命之，东边的称"东司"，西边的叫"西净"。西净，是不是西天净土，我也不知道。

其实，雪隐，并不只是一个简单的诗意名词，数千年来，人类一直在为它纠结，甚至吃尽苦头。

凯撒请客，一个非常有名的故事。他远征高卢凯旋，准备了一千多间房子，摆上二万多张餐桌，招待了二十六万罗马市民，人们狂欢，宴会持续时间很长。这样大型的宴会，我很好奇，他们的方便问题如何解决，如此大量的人流，能隐得了吗？

法国作家亨利·盖朗，在他的《何处解急——厕所的历史》中，为我们展现的厕所趣味文明史，让人眼界大开。人类真不容易，妥善处理好自己的屎尿，几乎用尽了智慧。

我很惊讶,中世纪的法国,羞耻心这个词,几乎没有什么意义。人们将街道当作万能,什么脏东西,各种污水,各种垃圾,尿,甚至屎,都从窗户往街上倒,不管是白天还是夜晚。倒的时候,往往会招呼一声"当心上面""当心尿",此时,常常来不及,许多行人都会被屎尿淋头,甚至包括圣路易国王,他老人家,喜欢大清早到巴黎街道上散步。即便在凡尔赛宫,窗口也照样传出"注意水啊"的叫喊声,同时泼下一盆屎尿。每天人头攒动的司法宫和卢浮宫,遍地屎尿,当人们踏进院子,或者走楼梯时,都需要特别小心。带永久衬托的长筒靴,是巴黎最适宜的鞋子样式。

便溺的话题,在文艺复兴时代的作品中也时有体现。

盖朗饶有趣味地例举了路德《桌边谈话录》中的一则轶闻:一个贵族的妻子,问她丈夫是否真的爱她,丈夫回答:我爱你,就像爱舒畅地大便一样。妻子对这个回答很不高兴,认为丈夫没教养。第二天,丈夫带着妻子骑马出行,一整天都没让妻子大小便。妻子于是讨饶:哦,老爷,现在,我知道您是多么地爱我,我恳求您,看在您对我爱的分上,停下来吧。

不少人在苦想解决办法。

对乔纳森·斯威夫特创办厕所股份公司的创意,盖朗显然颇为欣赏:用上等优质石料,建造五百间古典主义风格的厕所,装修要豪华,每间厕所都要有壁画,蹲便的位置蒙上双层棉布,用白纸作手纸,喜欢读书的人,则可使用印有文字的纸张,每一次花费两个苏,每人在里面的时间,不得超过半小时。

我读过巴尔扎克《人间喜剧》系列的不少作品,他笔下对当时的巴黎也时有抱怨:这个大城市,除了恶臭以外,还有四万所房屋的屋基浸泡在污秽的垃圾中,政府甚至不曾设法用混凝土墙把垃圾圈起来,以防止最臭的烂泥渗入地层中,防止它污染水井。半个巴黎,都淹没在庭院、街道以及各种垃圾的腐臭气息里!

许多臭烘烘的事实,仍然不断还原巴尔扎克的文学现场。一直到1876年,塞纳河仍然遭受到强烈的污染:从上游的克里希排污站,到下游的芒特,河水都呈深黑色。在那段河的两岸,人们每天向河中倾倒二十万立方米的污水,大部分污水,都来自于工厂和化粪场。

法国政府难道不管不顾吗?绝对不是,但限于技术手段,治理能力极其低下。盖朗无可奈何地感叹,在当时环境下,要扭转人们的观念,也是一件极难的事情。政府推出的规章,市民并不执行,即便在一切权力中心的巴黎,要让市民服从卫生规章,仍然需要两个世纪的时间!

18世纪,英国人马戛尔尼一行,拜见乾隆皇帝。他留下的日记里,对清朝官员的卫生状况,也有不少讥讽:不洗澡,身上有虱子,屋里有便臭。但我不认为,英国人自己的卫生已经处理得很好了。这是世界共性问题,厕所改革只能一步步推进。

窥一斑而知全豹,法国人大小便的历史,不,应该是所有人的大小便历史,其实就是人类不断进步的文明史。

杭州环城北路,坝子桥边,离单位很近,我专门去了趟雪隐。一抬眼就是巨石一块,上书红色"雪隐"两字,楷体,稳重。进入院中,桂树丛旁,是一座精致的生态旅游公厕。大理石地面,冷热水感应式洗手盆,吹风机,烘手器,椅子,茶几,花格窗子,当然还有盆景,木质板雕上,刻着明觉禅师的"雪隐"故事,这是厕所,不是家,但文化味道着实浓郁。

模拟一个小场景。

一对正在热恋中的年轻人,卿卿我我了好长时间,突然,女孩抱歉起身:对不起,我去下雪隐。

呵,精神虽美好,但终究要回到现实中。雪隐,文明伴生的诗意,也算是对庄子屎尿道的延伸诠释吧。

驴的悲剧及其他

山西,省城外有晋祠,这里,人烟稠密,商贾云集。

此地有酒馆,所烹驴肉最香美,远近闻名,来酒馆喝酒的人,日以千计,大家都叫它"鲈香馆",借"鲈"为"驴"也。

这驴肉是怎么做出来的呢?

用草驴一头,养得极肥,先醉以酒,满身拍打。再将驴脚捆在四根桩上,驴背上用一根横木穿过,将驴头和尾捆结实,驴便不能动弹了。然后用沸腾的开水,浇遍驴身,将毛刮尽,再用快刀割肉,吃多少割多少,客人如果要吃驴的前后腿,或者背脊肉,或者头尾肉,或者肚子里的下水,随便点。

往往客人下箸时,驴都还没有咽气,一直在挣扎。

这个馆,一直开了十多年。

一直到乾隆辛丑年,长白巴公延三做山西首长,听说这样的事后,立即命令地方官查处,从业的十余人,都按谋财害命论罪,店老板斩首,其余的都充军,政府刻石碑,永远禁止。

上面的情节,出自清代作家钱泳的笔记《履园丛话》卷十七,《报应·残忍》。

驴的悲剧,在古代中国大地继续上演。

我们将镜头转向陕西。陕西有"汤驴",驴肉当特产送人,据说味道极佳美。那,"汤驴"又怎么制作呢?

先用厚厚的木板铺地上,要稍高出地面一些,再用钉子将木板逐一钉牢固,然后,在木板上凿四个洞,洞的大小,要和驴四个蹄一样。做完这一切,就将驴子拉上板,驴蹄踩在木板洞中,驴身转动不得。接下来,屠夫要做的是,站在高处,将滚烫的开水,从驴头开始浇,一直浇到尾,遍体淋漓,无论驴怎么挣扎,木板像铁板一样坚固,不一会,驴毛全部脱尽,全身雪白,再看驴,早已气绝,驴肉也已烫熟。

接下来,屠夫将驴从木板上解下,开膛,剖去肠脏,分割其肉,割成大大小小的块状,挂在有风的地方,风干。

吃货们,还嫌此时的驴肉太松,就将肉用芦箴上下夹好,放在四通八达的大道上,任车马往来践踏,久之才将肉收回。

这样做出来的驴肉,珍贵异常,不是重要筵席不轻易上,陕西本地也极贵重,将它当作重要特产馈赠。

清朝初年,扈申忠巡按陕西,得知"汤驴"一事,严厉加以禁止。如有犯者,处以重法。此后,这种吃法才慢慢止息。

描述"汤驴"的作者,也是清代作家,叫刘廷玑,他的《在园杂志》卷四中,不仅写了驴,还写了铁脚、鹅掌、炮鳖,状也极惨烈。

铁脚。天津卫有小鸟,生着一双黑爪,人们叫它"铁脚"。用来烹炒作为下酒物,味鲜爽口。

看人们怎么拔毛的:这种鸟群居生活,群飞时,用网罗之,一网可得好多只。将鸟抓到后,地上掘一个坑,用火烧红,将鸟从网中倒入坑,用东西盖严实,铁脚们在坑里乱飞相触,热气交加,互相扑打,鸟毛很快脱落。

鹅掌。明朝太监极喜欢吃鹅掌,但嫌鹅掌不够肥,怎么解决这个问题呢?他们先用砖头砌一个火坑,砖烧得通红,然后,将鹅赶到火坑里,砖烫,鹅站不住脚,只有在火坑里不断地跳来跳去,跳就是逃命,一身血脉,都集中到掌上,越跳得快,掌越肥厚,不久,鹅受烫不过,就死掉了。

对这种吃法,有一个叫谦光的和尚曾经发愿:老僧无他愿,鹅增四脚,鳖著两裙,足矣。

烈热中的鹅,如果有四只脚,是不是可以跑得快些,以至于飞走?显然不可能,如生四脚,说不定更激励了太监们欲望涌动的内心。鳖穿两裙,又是怎么一回事呢?

刘廷玑继续描写。

江淮一带的僧人,喜欢吃鳖,他们的方法远过于俗家:

用铁锅,将水烧一下,微温,鳖放进锅内。锅盖顶上,预先凿出洞,洞的大小刚好够鳖头伸出,几只鳖几个洞。锅盖四周,再用重物压住。然后,在灶下不断添柴,水慢慢热起来,越来越热,锅中鳖觉得热了,受不了,沿锅盖圈一找,上有亮光,有一个洞,头迅速伸出。鳖头伸出,四下一瞧,看到什么场景呢？上面有匙,匙上有汁滴下,这个汁,是和尚们事先准备好的,用姜汁、椒末、酱油、酒、醋,和匀调好,乘鳖憋不住热,用匙挑而灌之,五味尽入腑脏,遍身骨肉皆香而死。临死前,鳖们痛苦异常,和尚们合着掌祈祷：阿弥陀佛,阿弥陀佛,再忍片刻,就不痛啦！

我家附近有中国刀剪剑博物馆。有次,进去参观了一下,一圈下来,什么也没记住,只在一把标有"猴脑剪"的展柜前停下了脚步。

该剪其实也没有什么特别之处,形体并不大,中等显小,只是刀口部位略尖而已,如果没有文字说明,绝对不会想到它是专门用来取猴脑的。而剪刀的历史已经有百来年了,但并没标明产地。

所有的都不重要,重要的是它曾经作为一种普通产品而生产,重要的是许多地方曾经有活吃猴脑这道菜(我在一本清末法国人写的书里读到过中国人活吃猴脑的细节)。

冰冷的猴脑剪,没有任何表情,静静地躺在大运河畔的博物馆里。

例子不举了,有好些看得人心惊肉跳。

只要不是素食主义者,或者职业限制,人都得吃肉,但活吃驴肉,活吃鹅掌,活吃铁脚,活吃鳖,一系列的活吃,真让人毛骨悚然。

为什么要活吃？图的只是鲜活,血是鲜的,肉是活的。

那大批涌到"鲈香馆"的食客,将"汤驴"当作宝贝,冲的就是驴肉的鲜活,柔,嫩,滑,鲜,他们视挣扎的驴而不见,只顾饱口腹之欲。

而酒醉的驴子,一刀一刀割着,生不如死。被木板绑着的驴子,开水从头烫到尾,生不如死。

动物保护主义者,痛斥这种惨无人道的吃法。刘廷玑,也在文字里谴责和怜悯:"其死甚于一刀,恸楚为何如耶？""适于口,忍于心矣。""吾不知其是何心也！"

现代,餐馆里还有家常菜:醉虾,用白酒将虾灌醉,各种调料放进,食客将箸伸进虾盆里,那虾间或还要跳动几下,不管它如何跳,食客们却是一边咂味着,一边吐出虾壳,还不忘赞美醉虾的味道。

鲈香馆,汤驴,谋大量钱财,害活驴性命。清朝这样的判法,绝对尊重生命。

哀驴,就是一面历史折射镜。

吃得奢侈,往往是道德上的作死,无论古今。

这回,我们来谈谈死亡

昨日,去省肿瘤医院,探望一位亲戚,刚六十。手术很成功,见面却唉声叹气:我怎么会来这里呢?我们聊了他的烟龄,聊了空气,聊了心态,聊了免疫力,我还和他聊了马原,就是那个肺部检查出重大问题,然后辞教职、卖房子,到西双版纳高山上造了房子的小说家马原。

本来,还想和他聊我最近读的一本书,《哲学家死亡录》,英国作家克里切利著,谈到190余位哲学家,上至古希腊,下至今日,跨越数千年,记录了一些值得铭记的死亡事件。转念想,在病房里直接谈死亡,显然不合时宜,我还是和读者谈吧。

事实上,我和那亲戚一样,不,和几乎所有人一样,都恐惧死

亡。"死亡同太阳一样,让人无法正视。"(拉罗什富科)

肉体消失,我们都想极力否认,但又义无反顾地奔向健忘,愚蠢地陶醉于占有钱财带来的肤浅感受。我们不断赞美医学的进步,不断赞美各种形式的长寿,同时,我们还会努力寻找那些能拯救生命的各种仙方。巫师道士们,长生不老的许诺,总令历代皇帝们神往,并为之竭尽全力。

哲学家们却很清醒。

蒙田直言:探讨哲学,就是学习死亡。难怪,那些哲学家死得千奇百怪,哲学家,死得也哲学。因为,哲学家这样认为:教会人们死亡,也就是教会人们活着,换句话说,预先思考死亡,等于提前谋划自由,再通俗一点讲,就是,不懂好好死的人,也不会好好活。

苏格拉底坚持认为,哲学家在面临死亡的时候,应该高兴。

他被判决死刑之后,发出了惊人的语言:现在分手的时候到了,我去死,你们活着;究竟谁过得更幸福,只有神知道。

在他的学生,柏拉图的记述中,苏格拉底发出这样的惊人语一点也不奇怪:死亡具有两种可能性,它或者是一种湮灭,死者不会再有任何意识,或者如有人所说,它是一种真正的转变,灵魂从此地迁徙到彼地,二者必居其一。

到底是先哲,按这样的说法,无论哪种是真,死亡都不值得害怕,如果是一种湮灭,那它就是一次漫长的无梦之眠,如果它通向某地,那将会见到很多老朋友,还能与一些不朽的人交流,两者都是非常美好的事情。

因此,死亡本身没什么可怕,认为死亡很可怕的看法才是可怕的。

现实中,很多人都偏向认同第二种结果,世界上的各大宗教,讲的也是有来生,上天堂,中国古代的各类神话,对彼岸那个世界,都有极其生动的场景描写。泰戈尔有诗:死亡不是油尽灯枯,它只是熄灭灯光,因为黎明已经到来!

庄子的老婆死了,他敲盆子庆祝,惠施认为有些不妥,庄子却大笑:老婆平静地仰睡在天地之间,我反而在旁边哭哭啼啼,这样实在太不懂生命自然的道理了,苍天和大地将是她的棺材,她只是一种存在形式转向另一种存在形式而已,所以我应该欢庆她的死去。

叔本华、弗洛伊德,整天都在琢磨死亡的事情。在悲观主义者叔本华看来,世界仅仅是一系列转瞬即逝的现象,人生是以受难的方式逐步走向死亡:生命是向死亡讨来的借贷,而睡眠,不过是缴付每日的利息。

看哲学家如何死亡:

赫拉克利特,将自己闷死在牛粪里;

埃斯库罗斯,据说是一只老鹰将一只乌龟扔到了他的秃头上,他被砸死了;

恩培多克勒,想成为神,跳进了埃特纳火山口;

柏拉图,据说是用乌头毒草毒死了自己;

第欧根尼,自己憋气窒息而死;

阿维森纳,死于激烈的性交之后的鸦片服用过量;

培根，为了评估冷藏的效果，往一只鸡体内塞满雪后，得感冒死了；

孟德斯鸠，死在了情人的怀里，留下了一篇未完成的论文；

狄德罗，吃杏时噎死；

康德，死前最后一句话是"够了"；

边沁，让人将自己的尸体塞满稻草，坐在伦敦大学学院中的一个玻璃盒子里供人观瞻，目的是让自己的效用最大化；

梭罗，在一个雨夜，去数三棵树桩上的年轮，染上了支气管炎而死。

显然，哲学家的死亡，没有多少值得称道，只是怪诞而已，这肯定不是作家克里切利写作的重点，却是卖点。虽然他直言，哲学家最伟大的艺术作品往往正是他们的死亡方式，但他还是通过哲学家的死亡，很简练地回顾了哲学家的成就，这样，《哲学家死亡录》就显得极其有趣有深度。

当然，克里切利的书中，还有不少自己第一手的研究材料：

比如第欧根尼，被称为"疯掉的苏格拉底"，有很多趣闻：他住在一只木桶中，夏天就在炽热的沙滩上滚来滚去，冬天，通过拥抱落满雪的雕像来习惯寒冷。他站在集市中手淫，还说希望这就像通过摩擦空空如也的胃，来缓解饥饿感一样容易。他认为，听柏拉图的课是浪费时间，有一次上课时，柏拉图将人定义为一种两足无毛动物，得到了热烈的掌声，老第就跑到市场上，将一只鸡的毛拔光，一把拎到了讲台上，向听众宣布：这就是柏拉图所说的人！

比如尼采，我们看到的是一个略带神经质、思想却无比光鲜的哲学家，但这位哲学家，却有让人心酸的疯癫病史：他健康垮掉的原因是感染梅毒，这病是他1865年逛科隆妓院时染上的，那会儿他还是个学生；也有专家认为，他的病因是过度手淫；他似乎患上了食粪癖，专门偏好自己的粪便，喝自己的尿液。

哲学家很另类，他们的死法很另类，但也有形象很正派的，比如伊壁鸠鲁。

伊氏，在所有的事情上，都奉行节制原则。他曾感慨，只要拥有一个大麦面包和一些水，他就敢和宙斯比幸福。他关注培养人们的幸福感，这是一种没有欲望、没有烦恼、没有焦虑的生活。如果人们总是渴望拥有他们没有的东西，他们将永远不会幸福。他这样说死亡：练习好好活，与练习好好死，是同一回事。

写到这里，结论已经相当明确：死亡是人类生命的组成部分，死亡也是人类成长的最后阶段。

一定会有很多人反驳：死亡那么美好，你为什么不去死呢？我不回答，我用下面这个故事借代：

泰勒斯，通常被认为是人类第一位哲学家，他坚持认为生与死之间没有差别，有人就反问：那你为什么不去死呢？他答道：因为没有差别！

无论怎么说，生命的短暂或漫长，与死亡的永恒相比，都不值得一提。

7853号小行星叫孔子，7854号小行星叫老子，即便如此，孔子、老子，都变成了天体，也不会永恒！

因此,被伏尔泰称作"最伟大的人"的马可·奥勒留,他的《沉思录》中的这句话,就可以当作我们每一个活着的人的座右铭了:

把每一天都当作最后一天来过,永不慌乱,从不冷漠,也永不装腔作势——这便是人性的完美境界。

一句话,我们来谈谈死亡,就是为了获得当下。

半懂不懂孔乙己

我读清代褚人获的笔记《坚瓠集》壬集之四《上大人》时，鲁迅笔下的孔乙己，就在我脑子里开始活跃起来了。

褚作家说：小儿习字，必令书"上大人，丘乙己，化三千，七十士，尔小生，八九子，佳作仁，可知礼也"。天下都这样做，不知为什么。

是呀，为什么启蒙的儿童都要写这些呢？

他自己接着考证：《水东日记》言，宋学士晚年喜写此，必知所自。又《说郛》中亦记之，大概取其笔画稀少，童子易认易辨吧。

元代方回有诗也说："忽到古稀年七十，犹思上大化三千。"瞧瞧，古稀之年，童年习字的往事还历历在目，印象深刻。

大概这就是道理,学童脑中一片空白,从一画二画三画入笔,是最简单的教学方法。有人专门研究了这二十五个字的结构,道理貌似更清晰:它们居然包括了汉字的十三种基本笔画,横、竖、撇、捺、横撇弯钩、横折、竖弯钩、横折钩、竖钩、横折弯钩、横钩、横撇、点。笔画虽简,却蕴含着中国文字的基本笔法,且习字顺序,也是由简单到复杂,循序渐进。

或许,这样的理由,足够了。

所以,鲁迅先生的小说《孔乙己》里,一定要解释一下主人公姓名的由来:因为他姓孔,别人便从描红纸上的"上大人孔乙己"这半懂不懂的话里,替他取下一个绰号,叫作孔乙己。

我做中学语文老师时,解释这个名字,也就这样照着迅翁的意见,搪塞了事。因为教材有注释:

旧时通行的一种描红纸,印有"上大人孔乙己"这样一些笔画简单的字,三字一句,"上大人孔乙己",是似通非通的尊孔教育的话。

现在看来,教材的注释,还是带有观点的,那就是,这些字,有尊孔的意思。古人老早就注重思想教育和学识教育相结合,通过描红习字,达到尊孔目的,孔子是万世师表,尊孔就是尊师!只是似通非通罢了,怎么似通,怎么非通,教材也没有细说。不说,估计是说不出所以然,当然,也有和鲁迅"似懂非懂"相对应的意思。

但显然,不是所有的读书人都这样认为,尽管它似懂非懂,也千方百计想要搞它清楚。

明代文学家、书法家祝枝山,就有自己的观点,褚人获引了他的《猥谈》：

> 此孔子上其父书也。"上大人"为一句；"孔"为一句，乃孔子自称名也；"一己化三千七十士尔"为一句，言一身所化士有如此也；"小生八九子佳"为一句，盖八九乃七十二，言三千人中，七十二更佳也；"作仁可知礼也"为一句，作犹为也，仁礼相为用，七十子善为仁，其于礼可知也。

这样的观点，显然是前无古人，新得让人暴出眼珠。哇，重新句读一下，这原来是孔子写给他父亲的一封信啊！这明显是一封报喜信，儿子我多能干呀，一个人教出了三千弟子，这么多学生中，七十二位最优秀，他们是时代的佼佼者，他们都知书达礼。

这么吸眼球，当然有人要反对了。

清代作家梁章钜，他的笔记《归田琐记》，就持相反意见。他在广求博征后批驳说：特取笔画简少，以便童蒙，无取义理，祝氏之说，未免无稽矣。

梁作家说祝枝山没有根据，但说法还是有点武断。只是笔画少吗？只是没有义理吗？如前所述，句中的义理，明眼人都看出来了，为什么要三千呀七十呀，仁呀礼呀，绝对有义理，只是似懂非懂罢了。

我没有看到更多的争论，那些考据学家，对这个问题，为什么不考据再考据？因为很多人都想彻底地弄清楚呢！祝枝山的观点新颖，却不符合孩童们朗朗上口的原则，三个字三个字，多么上口啊,大人们倒是懂了,孩子们却彻底糊涂。

哎,还有问题。

不是"上大人,丘乙己"吗?怎么变成"上大人,孔乙己"了?

这个似乎不复杂,这是古代常见的避讳。

"上大人,丘乙己",明代以前都这样读。孔子是圣人,是至圣先师,北宋朝廷就下命令,凡读书读到"丘"字的时候,都应用"某"字替代,同时还得用红笔在"丘"字上圈一个圈。到了清朝,更加严厉,连"丘"字都不能写,凡是天下姓"丘"的,都要加只耳朵,改姓"邱"字,并且不许发音为"邱",要读成"七"字。于是,"丘乙己"索性就成了"孔乙己"。但是,一般文化不高的贩夫走卒却不管这些,嘴里还是丘乙己。

再回到迅翁的小说现场。

小说经典的细节,是笑料人物孔乙己到场。整个鲁镇,孔乙己是唯一穿着长衫却站着喝酒的人,那又脏又破的长衫,似乎十多年没有补过洗过。孔乙己虽然站着,但温两碗酒,要一碟茴香豆时,还有些风度,那风度便是"排出九文大钱",我讲课讲到这里的时候,往往是重音,要让学生仔细去体会"排"的动作,并事先准备一堆硬币,现场模仿,看怎么排,最接近孔乙己的人物性格,再和后文"摸出四文钱"对比,那是孔乙己进一步落魄时,拖着折腿,艰难来喝酒。另外,还要让学生嘴里念"多乎哉不多也""君子固穷"等孔乙己的口头禅,念的时候,要摇头晃脑,要有落寞酸腐感,但不能吊儿郎当。

当鲁镇满大街的人都在嘲笑孔乙己时,还有尊孔的气息吗?

似乎没有,读书人恨不得不姓孔,或者离孔乙己远一点。

　　还不如叫丘乙己呢,丘乙己,母(某)乙己,那就和伟大的孔子老师没什么关系了吧。

看洋鬼子的买地伎俩

这不是我无事找事,把国际友人统统骂一遍,而是上世纪二三十年代,一个在中国生活了几十年的美国人克劳,他写的《洋鬼子在中国》书里讲的一个情节,我觉得很有必要拿出来共享。洋鬼子在此专指美国鬼子,买地出阴招,可又装得很合法,很文明,于是只能说是伎俩。

长江边上,某港口,住着一吴氏家族。美国一家石油公司和他们相邻(我怀疑是美孚石油公司),美国人看中了与吴氏相邻的一块土地,但吴氏不肯出售。这家公司经过多方打听,最后了解到,不肯卖是因为吴老先生很喜欢他花园内的一个鱼塘。那鱼塘是吴先生的至爱,他总是坐在鱼塘边晒着太阳,手中拿着鱼食,看着鱼们一群群涌上来向他求食。而且,他的很多佛教朋友,常常买了活鱼到这个鱼塘放生。放生大家都知道的,那是一种心愿的了却,这样做了,心里很安耽。

石油公司一年轻美国经理,他制定了一个破坏鱼塘的计划,计划很快得到上司的批准。这个计划是,在极为靠近吴先生花园的地点,挖一口深井(地点的选择是有讲究的,既要保证计划的顺利实施,又不能让吴家怀疑)。挖井很正常啊,我公司需要用自来水,或者我们要搞勘探。井挖好后,他们就用大功率电动泵,不停地往外抽水,随着水平面的不断下降,邻近的鱼塘也变得越来越浅。一天早上,吴先生突然发现,美丽的鱼塘变成了一个泥潭,他喜爱的鱼们都死光了。

结局于是可以想象,因为最爱的东西没有了,也就没有什么可以留恋,美国石油公司终于称心,买下这块土地,而那经理也因此得到了提升。

美国鬼子如此买地,其实就是征地拆迁,事件听起来虽然简单,然而我认为有两点和现今还有某些共通。

第一,拆迁的目的。

石油公司当初选址,一定慎重考虑,不说科学化决策,肯定也是论证了又论证。港口边上,就是他们最大的考虑点,因为运输方便。当然,凡是好的地方,那一定是繁荣的,吴氏花园是祖业,说不定早你好几十年甚至上百年呢。石油公司有钱,他们往往会不惜成本落户。好了,等到落户下来,再发展了,于是他就将眼光瞄准他的周边,对这一点,也许他当初落户的时候就不担心,在中国,只要有钱,没有什么不可以买下来的,我们是什么人呢?我们是美国人,我们要的东西你们难道不给?你们还怕不怕枪和炮了?

再插一个克劳提供的细节:在上海,英国人获得了租界,法国人提出了要求,也满足了,美国领事不愿落下,也要求建立租界,他是一名商人,在闲暇的时候履行领事职责,中国当局并不知道,这是领事自己想出来的主意,华盛顿对此一无所知,也就是说,美国租界从来不具有任何官方地位。谁说风能进雨能进国王不能进?有钱,强势,你的屋子我就能进!因此,吴先生这一块地,注定要被石油公司吃掉的。

第二,拆迁的方法。

对于征地拆迁,有很多种方法,但都离不开代价。因为土地不断升值,大家都知道它还会不断升值,否则征它干什么?但又不能抢,如果强抢,就不是法治社会了,那也不是我们遵纪守法的美国人想干的,我们出钱。

可是,拆迁永远是个悖论,你如果付钱少了,他肯定不干,他如果要你付钱多了,你同样肯定也不干,你指望这块地升值,他更指望这块地升值能给他带来的价值,所以,在这个博弈中,拆迁的方法就显得很重要了,谁掌握了好方法,拆迁成功,谁就会升迁。我让你的鱼塘变成泥潭,看你还怎么留恋!还不行?找你的亲戚朋友上级领导游说施压,弄得你极为无趣!再不行?断你的水,断你的电,把你弄成孤岛!真不行?把周边都拆光了,把你晒着、晾着,一年不行,两年三年!白道黑道一起来,有谁经得起这样的折腾？基本上抵挡不住的。

所以，吴先生一看鱼塘变泥潭了，立马同意拆迁。

媒体近日有消息，重庆一钉子户，坚持七年之久，最终被拆！

美国鬼子征吴先生的花园，显然已成往事，但鬼子们的征地思维和方法，今天仍然在世界的各个地方延续，目的都一样，只是手段不同而已。

征地这个事，要他们光明正大不用伎俩，实在是个颇难的事儿！

语言墙

记得刚开始学英语的时候,老师教导我们说,外国语言是和敌人战斗的武器;老师还讲了一句格言,外语学不好就成了一堵墙,你永远无法和人交流。

于是,English 变成了阴沟里洗。我们确实是用中文来标注英文的,大部分同学都这样干。短信盛行的年代,曾经有这样一条说这个 English:应给利息,变成了银行行长;阴沟里洗,变成了小菜贩子;因果联系,变成了哲学家;硬改历史,变成了政治家;英国里去,则成了海外华侨。玩笑归玩笑,但玩笑里却真的是这样一种现实,发音的五花八门,显现了我们那个时代的一种尴尬,而语言的多音多义性,更造成了一些让人喷饭捧腹的笑话。

昨天的《南方周末》上有一篇《高墙里的"老外"》，里面最有趣的情节就是因语言而生：小语种犯人的谈话至少需要四个人，只会讲土语的犯人，土语译成英语的人，英语译成中文的人，最后抵达警官。这样的对话，费时又艰难，中途还很可能会错意，比如狱警教育说：你想想，这样做对不对？碰上了半吊子翻译，最后犯人的理解是，你这样做是对的；具有中国特色的"死缓"，犯人往往把"被判死刑缓期两年执行"理解为"获刑两年"。

这方面的笑话，我估计是要多少有多少，不讲了。上世纪，二三十年代，有个叫卡尔·克劳的美国人，一直在中国做广告代理生意。他有一桩生意，涉及语言，我想拿来说一说。

按外国人的习惯，投广告一定要与报纸和杂志的发行量相结合。而那时的中国，并无专门的稽核机构，也就是说，你的发行量，一直是你自己说说的，你的影响力大而强了，发行量就多了。而自己说说的发行量，可想而知，往往会被严重地夸大，就是现在，一份发行量只有十万份的报纸，他也会说成三十万甚至更多，一份发行量一两万的杂志，他也会说成五万、十万甚至更多。但是，广告商并不是由你说说的，他们有自己的办法来核对你的发行量。克劳们当时用的一种叫"硝酸试金法"：让报纸的读者，寄给他们五分钱到十分钱的邮票，他们将因为这些邮票寄给读者雪花膏、冷霜、钢笔尖、香皂或者一种治疗婴儿腹痛的药物，但每次寄来的邮票，必须附上一张从报纸广告上剪下的优待券，通过汇集寄回的优待券并且列表计算，他们就会得出阅读某种出版物的大致人数。

根据"硝酸试金法",有一次,他们发现某种印刷非常精美、影响力非常大的杂志,回收结果居然是零。据说,这份杂志,它拥有三万多女白领读者,人气很旺,上面充满广告,许多老外都非常喜欢它。克劳登了三个月的广告,结果,这三万名女士没有一个人对用五分邮票换雪花膏之类的感兴趣。

克劳是个老广告人了,他很有心,他想,这里面一定出了什么问题。于是,他非常隐秘地展开了调查。不查不知道,一查吓一跳:这份杂志,每月只印刷寄给刊登广告者的那几本,就如我们现在某些杂志的增刊,收取版面费,然后只发给作者,主要是评职称用的;而且,更为惊人的是,除了广告,这份杂志的文字部分也是一成不变的,每期的内容,自始至终都相同,这一期与下一期,唯一不同的是,广告图片和广告封面上的出版日期。

那么,这些不变的是些什么内容呢?这些内容对女人而言毫无趣味可言,对男人来说也这样,因这些文字只是重印了上海一份旧报纸的专栏文章,这份月刊的出版者,只是向外国人招徕广告。杂志的出版者认为:由于外国人无论如何也看不懂中文,刊登什么内容无关紧要,只要把每期的封面颜色改一下就可以了。

从形式上看,我们的那些同胞就是认为语言是克劳们的弱项,他们知道,这就是一堵墙,一堵很厚很厚的墙,一般的外国人是无法穿越的。

但杂志的创办者没想到的是,那时就已经有很多的穿墙人,那些在中国大地上积极行走的传教士们,那些常年在中国做生意的人,都是中国通,难道还不知道你这些小把戏?比如研究朱熹,人家朝鲜的李退溪就解释得比中国人还好呢。

类似的情况是,改革开放后,我们一涌而出招商引资,也被人家忽悠。那些老外,也正是利用中国人不懂或不精通语言,就是懂了精通了也要顾及面子的心理,而大行骗人之术的。

从这个角度说,这就不仅仅是语言墙的问题了。

我们这座城市有家报纸,这些天正在举行一个"万元微新闻大赛",我刚刚读到一条当天最有趣奖是:以前老邻居是个美国留学生,今天下午打电话告诉我说他明天出发去希腊玩,我说羡慕死人了,他不解地问我,你为什么要羡慕"死人"呢?我无语。

是啊,我们为什么要羡慕"死人"呢?看看是没有墙了,实际上还是有很厚的墙。这个问题,中外一样的。

阅读的仪式及其他

4月23日,世界阅读日。今年好像特别热闹,仅我们这座城市,就有好几家媒体大做特做,请许多名人和读者一起朗读;还看到好多镜头,其中有两千小学生捧着书,在老师的带领下集体朗读,场面很壮观。央视也史无前例搞了个阅读的晚会。

用意和目的应该很明确的,就是要让阅读成为现代人的生活方式。

我一直认为,对我们来说,阅读是一件很奢侈的事,还是一件很小众的事。装修房子的时候,如果哪家有一个专门的书房,那一定是个读书人,如果再给书房起个名字,那更是个读书人。我们的书店,60%卖的都是教材,所以各地的教育出版社一般效益都不错,虽然近年不断有大学出版社在分羹,但仍然很自在。据说,我们每年要出版数十万种书,但又据说,大约98%为绝版书,也就是说,这些书都是印一次,就再也不会印了,所以我们的许多出版社也是标准的"啃老族",只印一些名著,管他《论语》《西游记》已经有六十个版本还是七十个版本。

有的时候很纳闷:国外的书为什么动不动就印几十万几百万甚至上千万册?是他们的作家水平特别高?是他们的人特别多?都不全是。有资料说,国人每天的阅读时间不足15分钟(指纸质阅读),不到日本人的几十分之一。我们这座充满文化味的品质城市,茶楼估计有两千家,但像样的书店也就几家。我们可以几百几千上万地毫不吝啬消费,但基本不包括买书。大学生这样,研究生这样,博士生也这样。书店里常常有家长带着孩子在选书,但有很多是速食品,为了提高成绩去的,也有的是装装样子去的,大人自己不读书,不喜欢读书,但最好孩子要读书,要喜欢读书。

我们的阅读肯定出了问题。为什么会这样呢?畅销的书为什么有许多不是上品呢?我们这里Z卫视,办得好好的读书节目《三味书屋》为什么办不下去了呢?

叶兆言做客我们的报纸做读书节目,谈到他新作《苏珊的微笑》时挺有意思。他说,他在电视上看到一个女人在讲她的情感故事,过几天这个女人忽然死了,于是他就把这个故事写成了小说。出版社是这样推广的:"大房与小三之争,新时代的《妻妾成群》。""没有打不败的小三,只有不努力的原配!保卫婚姻全攻略!"刚好这个时候,全国都在热播电视剧《蜗居》,于是,他也变成"小三"的专家了。于是,在很多场合,他都会被追着问"小三"的话题,问得他特别敏感:"我和女儿散步,走到一个地方看到挂着'小三提高班'的牌子,一下子愣住了,后来才明白,这个'小三'指的是'小学三年级'。"

噢,国人不喜欢读书的原因,有一点是肯定的,那就是他摸不着阅读的东西南北,畅销书也不一定是好书,读人家的解读古典原著,还不如自己静下心来读点原著。有许多原著,读了太累,又没有什么用处,于是不读。还有就是东西不好,他不想被阅读,不想浪费时间。所以,98%的绝版书中,有很大部分的责任要作者和出版社自己负,谁让你们弄出这么些垃圾来?

我在《病了的字母》后记里,曾经这样说过我的职业:做杂七杂八的事,读杂七杂八的书,写杂七杂八的文。杂七杂八的事不必说,杂七杂八的文不敢说,杂七杂八的书,前两天应一家媒体的要求说了一下。

我说我比较喜欢历史、哲学、边缘和新兴学科的书。我有全套22卷本的《中国通史》,有时碰到不清楚的历史,首先向它请教。这是正史,信得过的。还可以用来教育陆地,不要相信影视上那些个胡扯。当然,我还有很多野史类的笔记,《子不语》等等都归于这一类。尤其喜欢明清笔记。正史野史有时可以参照着读,挺有趣的。

清明节前碰到莫小米。莫说,陆春祥,说件新闻与你听,你可以写杂文的。什么事呢?今天早上我听新闻,说是今年清明扫墓出现新现象,有人烧冲锋枪了。

是吗?真新鲜。我说,前两天刚好看了一本叫《三千年疫情》的书,里面也有个类似的故事呢。

于是我详细地说给她听。清朝康熙时候,直隶省河间府东光县南乡,有一位廖姓富人,见当地一些人因疫情死后无人掩埋,于是募集了一些钱,买了块地,建了个义冢。村民们于是互相帮助,将方圆几十里的一百多具尸体全部埋在坟中。三十年后,人们也渐渐地忘掉了这件事。雍正初年,东光又出现严重疫情。某天晚上,廖氏梦中见到一百多人站在他家的门外,其中一人上前对他说:疫鬼马上要来你们村了,希望你明天焚烧纸旗十余幅,银箔糊的木刀一百余把。我们人鬼将和疫鬼打仗,以报一村百姓对我等的恩惠。廖氏醒来,觉得这件事很有意思,本来他就迷信得很,于是就按着梦中人鬼的要求去做了。几天后的一个晚上,这个村庄的四周,只听得大呼小叫之声不绝,械斗声直至天亮才停下来。在大疫面前,这个村竟然没有一个人染上病。

莫直说有趣有趣。

是阴间也不太平,需要用冲锋枪防卫呢,还是现在人们影视剧看多了开始崇尚武力?是商人专门策划的呢,还是人们纯粹觉得好玩?

我们都笑了。一致认为,既然已经烧冲锋枪了,那不久的将来,肯定会烧其他更先进的武器,比如火箭、导弹甚至原子弹什么的。

有人说,好的读者既可以走进两千年前,与孔子对话,也可以赶到一万里外，与奥巴马谈心。我以为很有道理。如果你没有阅读的快感，那还是趁阳光灿烂，跑到西湖边喝茶算了，或者喝着咖啡，聊着是非，修身养性，那样对身体才有益处呢。

徐迅雷前两天告诉我说，他最近打了三十六个书柜，那些书终于可以各就各位了。他每天要读八小时的书。生活就是读书，并不需要举行什么仪式的。我们就把他当作一个特例吧。

状元是个什么东西呢？

前几天，一则找熟悉人名字的微博挺有意思。

这是一道选择题，在240人的名单中，选出你熟悉的。结果，一堆名字里，一般人只认得五位：蒲松龄、罗贯中、曹雪芹、关汉卿、吴承恩。题目的答案是：除这五人，其余235位都是历朝历代的头名状元。

状元实在是稀罕物。从隋炀帝开考至1905年结束科举，1300来年中，有十万进士，但状元只有507位。

那众人为何不识状元，反而都知道上面蒲罗曹关吴五位呢？答案是很简单的，就是告诫人们，状元也不一定就是才了，状元只是表明你这一次考得好，发挥得超常，而能不能成材，青史留不留名,那和是不是状元没有必然的关系。

说是这么说,理也是这个理,可是,临到揭榜的时候,谁都想争这个状元。

公元1153年,二十九岁的陆游,赴临安应试,名居秦桧孙子秦埙之前,触怒秦桧,遭到黜落,秦桧死后三年才被启用。呵,所以,陆游不算状元。

500多位状元中,唯文天祥名气大。但实事求是地说,许多状元在当时还是很有名的,可是,这些状元,和十万进士拼,他们拼得过吗?肯定拼不过!再和全体士人拼,全民拼,更加拼不过。一人智,不敌众人智,这是普通的道理,所以,状元拼不过众人,也是很正常的事情。

只是,我们把状元神化了,给了它太多的光环。以为状元万能,于是就把极重的社会责任强加在状元们的头上。国家脏乱差,状元有责任,社会没文化,状元有责任。普通人都如此成功,状元为什么不成功?不成功那还配喊状元?真心受不了!

但所有的历史已经充分证明,状元也只是一个符号而已。

在我看来,这个符号还带有一种深深的腐朽气息。千百年来,这种气息一直浸润着我们的文化,弥漫充盈在我们生活的空间,让人麻痹,上瘾,以至不少人沉醉而死。

幸好,我们身边也还有不少明白人。

清朝李调元《淡墨录》中,有一则"状元是何物",妙趣横生。

吴县人陈初哲,是乾隆三十四年进士,这一年,他殿试中第一甲第一名,也就是头名状元了。这样的心情,我们应该体会得出来,即便如孟郊那样的贫寒学子,中年考上进士,那也是"春风得意马蹄疾,一日看尽长安花"。

在一个阳光和煦的日子里,陈状元请假南归。这是一种什么样的心情呢?一句话,锦衣荣归,连路上的花花草草都十分可爱。走到甜水铺这个地方,边上有个小村子。小村的生态环保极佳,新农村建设搞得很不错啊,槐树浓荫,野海棠在路的两边盛开。他神情惬意,着迷了,一边走,一边看,越走越远。

忽然,村子的尽头处,出现一座农家小院。

只见竹扉半开,一漂亮少女,很休闲地倚门斜立,她手上拿着几根柳枝,在边搓边玩,嘴里还发出嗤嗤的笑声。

此情此景,陈状元魂飞色夺,一时愣在那里了。好长时间回过神来,状元鼓起勇气,和女孩搭讪。这样的美女子,一定要设法将她泡上。

女孩很淡定,只是喊她母亲出来。见到母亲,陈状元开始自我介绍了:我是状元。女孩母亲问:状元是什么东西啊?陈状元答:进士的第一名,皇帝亲自出题批卷,我们的名字都要登在金榜上的。陈见此对母女,连状元也不知道,就结结巴巴不知道如何解释了。女孩母亲又问了:几年出一个啊?陈状元回答:三年出一个。那女孩子就在边上笑了:我还以为状元是千古一人呢,原来只三年一个。

陈状元确实是看中了这个女孩,也不管她们有没有文化,懂不懂状元了。他于是拿出两块金子给女孩母亲,想作为聘礼。女孩母亲拿着金子,摩挲再三,又好奇地问了:这个什么东西啊?闻闻没有香味,放在手上还冷冰冰的。陈状元心里大惊,这母亲什么人啊,连钱也不认识:这个东西叫黄金,你们得到它,天冷了可以用它来买衣服穿,饿了可以买粮食吃。女孩母亲似乎恍然大悟的样子:我家有桑树百株,良田数亩,不会受冻挨饿,这个黄金,还给你吧。说完就将黄金丢到地上,不再理陈状元了。

陈状元的心情一定很坏,好好的事情,怎么会变成这样呢?这个世界上难道还有不喜欢状元,不喜欢金子的人啊?

这对母女,只靠自己的双手生活。不慕名,名对我有何用呢?管它状元榜眼,管它第一第二。不慕利,利我自有之呢。黄金冰冷,钞票是纸,与我何干?

状元是什么东西啊?一千年出一个吗?

这样的当头棒喝,虽不是晴天霹雳,却也振聋发聩,发人深省。

生活的中心

生活的中心是什么？昨天中午饭时间，我往我们的QQ群里随便丢了这句话问了一下，一下子有如下回答：享受生命中的每一天；年终奖；儿子和钱；无聊；生活的中心就是没有中心；前半生是展望，后半生是回顾；做活做作做爱；床。等等等等，五花八门。

小伙伴们问我答案，我说了日本探险作家尼寇的说法：生活的中心是厕所。

对于这个回答，有的人不满意，我也不太满意。这句话虽不是什么经典，但仔细咂摸一下，有两层意思应该是非常明显的。

第一，生活离不开厕所。就是说，我们的生活是和厕所须臾相连的。

厕所是文明的产物，我们就不去说以前没有厕所的事情了，也不说，如果在沙漠里探险，如何解决厕所问题，那里只有活得下去活不下去的区别。上世纪八十年代，广州白天鹅宾馆刚刚开放时，人们只想去看一下那里的厕所。但这些问题都不在同一个层面。现在的问题是，一般人对厕所的要求是比较高的，我们这个城市已经出现了五星级的厕所，大部分厕所都有人专门管理，如何管理？那就是要让厕所时时都保持清洁，没有异味，让人舒服。而我常常见到的一个景象是，有许多管理厕所的环卫工人，就在厕所里吃喝，而且还吃得很香，这说明，他们已经不把它当作肮脏的地方了，这只是他们的工作场所而已，在工作场所里，在自己的领地里，是可以吃饭的。

日本作家妹尾河童的《窥视厕所》，让人忍不住要笑。他在报纸上开个专栏，专门写日本名人家的厕所，这个专栏据说还特别受欢迎，名人们也非常配合妹尾河童的采访。

于是，我们在他的笔下，看到了许多名人们有趣的生活细节。

景山民夫说，厕所是他的避难所，以前是"第15页症候群"，现在是"第8页症候群"，也就是说，他差不多写到第八张稿纸的时候，就开始烦了，烦了怎么办呢？就是往厕所里躲，那里是他的另一个天地。神津十月说，除了厕所外，他还想不出有别的什么地方可以转换心情，写文章的时候，他会每隔十五到二十分钟就进到厕所一趟，明明也不是想上，就是进去坐坐而已。

家里还有什么地方可去呢？客厅或厨房、阳台什么的，常常是家人的活动场所，但厕所显然不是一个被人青睐的地方，没什么事情,不会往厕所里跑。更重要的是,有时就这么往那一站,或一坐,灵感说不定又接上了。对他们来说,厕所就是一块净地,一块可以让他的思考灵动起来的净地。

我们常常还会见到这样一个有趣的场面:一对热恋中的男女在卿卿我我,耳鬓厮磨,忽然,女的立起身来说,对不起,我去一下厕所。好了,一下子从精神转到了物质,再怎么在精神领域里驰骋,也要回到物质的,物质最明显的表现方式是,要吃,要喝,更要拉撒。

就如皇帝,他不是很高贵吗?我们仍然常常在影视中看见他们坐着出恭的形象,虽然滑稽,但也是真实的表达。

因此,人什么都能离开,就是不能离开厕所,绝对不能。

第二,厕所使人的生活达到了平衡。

从生理或者从物理的角度,我无法准确解释人的排泄功能。日本解剖学家养老孟司说,我们在解剖里,胃、心脏或肠子等等都拿得出来,可就是拿不出嘴巴,要么只有下颚骨、上颚骨或牙齿,就是没有"嘴巴"这玩意儿,所谓"嘴巴"指的是一种功能,而不是器官。肛门也是,肛门的肌肉称为"括约肌",肛门也是功能的表现。你看看,在这些专家的眼里,我们人是没有嘴巴和肛门的,这怎么可能?可事实上就是这样。因此,厕所,一定是我们从嘴巴功能到肛门功能,需要平衡的地方,也只能在厕所,才使它们达到了平衡。一个常识是,如果不能平衡,那么,你的生理一定会出现问题,大大的问题。

现在让我们来假设一下,在我们那个论坛的答案里,我们把

"钱"和"厕所"来比较下。生活的中心不就是钱吗？你的所作所为，你的一切离得开钱吗？你的厕所不也是要用钱建立起来吗？初一看，还真是，细一想，不全对，钱和厕所是两个概念，钱也只是一种功能，它能建造厕所，但不能代替厕所，就如大饼可以吃金子不能吃一样，在饥饿的时候，任你有多少金子，那汉子也不换给你大饼，他深深地知道，金子不能当饭吃，我要金子有什么用？以此类推，生活中所有的东西都不可能代替厕所。

日本评论家田原先生，对他厕所里的马桶盖忠心耿耿，他的臀部对某种型号的马桶盖特别敏感，一口气买了20个囤积起来，售货店员目瞪口呆，连制造商也没有想到。因为他出恭前，要坐在马桶盖上酝酿，要保持良好的精神状态，这样一种近似禅坐的如厕形式，虽然另类，却正好说明，厕所是他的生活中心。

至于我们群里的"做活做作做爱"，我认为它是对我们人的一生非常好的概括，简练而生动，但那是人生的总结，不是生活的中心。

好了，就写到这里，我也要去一下我的生活中心了！

手艺里的思想

浙东某个濒海渔村,和中国的大多数农村一样,一些手艺人,常在村里吆喝,货郎咚咚的拨浪鼓,拨动的是小屁孩狂喜的内心。打铁,磨刀,箍桶,上梁,成了那时人们日常生活的亮丽点缀。

一个七八岁的精灵小女孩,用她初次发现的眼光,将童年关于手艺人的记忆,一一记录下来。这个小女孩,虽幼稚天真,却慢条斯理,好奇心十足,东逛西瞅,有时还非得要亲自试试,她摹纺纱,仿织布,她顽皮,掉进过水缸,甚至跌进过粪缸。后来,小女孩长成大女孩,大女孩又成了妇产科医生,一个个小生命,经她的纤手初识人世,不过瘾,又将文字织进她的梦想,成了爆发力极强的青年作家。小女孩是干亚群,妇产科医生是干亚群,青年作家也是干亚群,她的散文新作《指上的村庄》,就是为手工艺接的生。一些已经或濒临消亡的手工艺,在她的文字里,重获新生。

纺纱要指,捻线要指,木匠用指弹墨刻线,漆匠用指探探桐油的老嫩,磨刀匠用指试试磨出的锋刃,剃头匠的利刀在男人脸上左右乱飞。《指上的村庄》,实在是由"指"组成的,"指"是中国走村串巷匠人们的灵魂。

她奶奶,是千万中国有手艺妇女的代表。看她怎么写奶奶。

《小摇车是一种乖乖的动物》《被织老了的布》《奶奶的剪纸》,在她眼里,奶奶不识字,却是纺纱高手,织布巧手。她将棉花一朵朵积存,积多了再纺线,她将线一锭锭积存,积多了再织布,她将自留地里的棉蕾,拾掇得干干净净,经年积久,这些白云,连同她的爱心一起织进,成了孩子们过年时漂亮的花衣。奶奶还能剪纸,心随手动,什么图案都栩栩如生。奶奶所做的一切,在小女孩干亚群眼里,都是那么自然,仿佛她奶奶天生就会这些手艺。

终究是做过医生,干亚群的眼光和别人不同。她在记述摹写这些手艺人的同时,注进了自己的思想,不过,这些思想,草蛇灰线,都深深地隐藏在她的字里行间,需要体味。

看《补缸》。

缸对于海边人尤其重要。她说,她们那里,判定一户人家的生活是否滋润,只有简单的两条:地里的庄稼有收成,屋檐下的缸里有水。

补缸人来了,他会花大半天的时间,在缸上面叮叮当当地敲。从上敲到下,从左敲到右,他是在听缸,他就像一个医生听病人的心跳，一听就能听出有没有杂音，是早搏，还是关闭不全。补缸师傅说：人的表情可以装，人的话可以假，但声音不会说谎，缸哪里裂了，会用声音告诉你！补缸师傅，还有一个不成文的规矩，就是不修夫妻吵架时打破的缸，因此她们村里的男人，火气上来了，只能摔凳掼碗。

读到这里，我突然感觉，补缸师傅就是哲学大师啊，他的旁边，似乎站着个胡适先生。九十多年前，胡大师在替我们诊断社会的病象呢，他说：第一，要知道病在什么地方；第二，要知道病是怎样起的，它的原因在哪里；第三，已经知道病在哪里，就得开方给他，还要知道某种药材的性质，能治什么病；第四，怎样用药，若是那病人身体太弱，就要想个用药的方法，是打针呢，还是下补药呢？若是下药，是饭前呢，还是饭后呢？是每天一次呢还是两次呢？

胡大师为社会现象开方子，和补缸师傅，有什么两样吗？没有，只是表现形式不同而已，胡是理论实验家，补缸师傅是手工艺实践者，都是社会的人才。

再读《酿酒》。

酒是中国传统文化的精粹之一，村村落落，都有各类酿酒师。我们那里叫"雕酒"。我有记忆的时候，每到晚饭时，总见爷爷要喝几杯烧酒，他也会弄个小酒杯，让我尝一口：大男人，要学会喝酒！

干亚群并没有大场面展开，只侧面写了舅舅酿酒。做石匠的舅舅，酒也酿得独一壶。别人想学，告诉他怎么酿，却总酿不好。

这个时候，舅舅呷一口烧酒，慢悠悠地说：这酿酒，跟请神一样，得虔诚，得干净。你们自己说说，是不是酿酒前，把力气乱撒了？几位兄弟一听，脸红了。

舅舅的狡黠，其实是卖关子。但要酿出好酒，却真非易事。

近读宋人杨亿的笔记《杨文公谈苑》，里面恰好有一则《缙云酝匠》，说的也是酿酒：

缙云酿酒专卖署，有个酿酒师傅，水平极高，他酿的酒，喝过的，无不赞美。

管理专署的负责人，要求师傅将方子写下来，交给他建安的亲家去酿。那边酒酿出来，味道一点也不好。长官就将师傅喊来责问，师傅说：方子我早写给您了，然而酿酒，是有很多讲究的，天气的温炎寒凉，水放多少，如何搅拌，效果都会不一样，这些东西我都讲不出，只按照我的感觉做。我家里有两个儿子，他们酿的酒，也没有我好喝。

因此，酿酒，绝不仅仅是方子，不要说干亚群的舅舅没有方子，即便有方子，酿出来也不一样。这里面的道理，和《庄子》中的斫轮，几乎一样。已经七十岁的轮扁，对齐桓公讲：我做轮子，得心应手，其中道理，只可意会，不可言传。

以此类推，现代化的进程中，很多地方的特产，为了扩大生产，有的甚至做成了上市公司，但那产品的味道，可想而知，只是机器冰冷的产物。

不一一例举，让干亚群领着你，去她《指上的村庄》，挨门访户仔细瞧吧。

从《日子的灯花》,到《给燕子留个门》,《梯子的眼睛》,再到这本《指上的村庄》,数十年来,干亚群的思想灵魂,一直在她的故乡游荡。看燕子,爬梯子,她用医者的细心,作家的睿眼,不急不慌,甚至慢吞吞,打造她心中的那座乡村博物馆。而她自己,也如她笔下,旧日里,那些混生活的手艺人,内心充实,眼光明亮,向着炊烟袅袅的村庄行走,因为那里,就是他们的舞台。

剡溪古藤的命运

唐宪宗元和八年（公元813年），东阳人舒元舆，比我老乡施肩吾早两年考中进士。施老乡虽然中了进士，却一心向道，归隐去了，而舒进士，官运一直亨通，做到了相位，但恰恰是这个高位，害了他的命，他因密谋铲除专权的宦官，事泄后被宦官所害并族诛。

舒元舆不仅官做得大，文章也写得好，尤其是写得一手好杂文，夹叙夹议，文学性思想性都极强。

现在，我们来读他的一篇杂感：《悲剡溪古藤文》。

绵延四五百里的剡溪，非常有名，李白那么远，都做梦向往，"湖月照我影，送我至剡溪"。那舒一定也到过剡溪的，因为剡溪的古藤,是一种极好的造纸原料,读书人自来爱纸。

应该是一个春天,万物纷纷勃发的时候,他来到了剡溪边,原本应该青葱的古藤,却不觉得春天来了,"方春且有死色","绝尽生意",正当春天却呈现死的神色,完全断绝了生的意向。古藤为什么这么反常?

一问,溪边人解释:古藤纸需求量大,这里有许多造纸工人,他们不分季节砍伐古藤,将古藤剥割皮肉用来造纸,时间长了,古藤大多都死了!

剡溪古藤春枯的命运,一直牵动着他的心,但这个时候,他的心里,也只是隐隐地痛,为植物而叹,并没有找到合适的写作由头。

官员兼文人,游历非常多。舒元舆后来到过数百个郡县,东至洛阳,西到长安。文人相聚,舞文弄字自是常态,于是,他见到了太多的人,都以使用剡纸为荣,剡纸是一种身份的象征。这时,他忽然明白剡溪古藤枯萎的原因了:错不在造纸工人,责任在这些用纸的文人,没有市场,自然也就没有砍伐。

舒自己也是写作者,他深知写作的困难,但他面对的却是这样一群写作者:"自谓天下文章归我","比肩握管,动盈数千百人。数千百人下笔,动数千万言。不知其为谬误,日日以纵,自然残藤命,易其桑叶,波浪颓沓,未见其止"。

这是一群什么样的写作者呢?他们认为自己的文章天下第一。他们挤在一起写作,动不动就几百几千人。这么多人动笔,动不动就几千几万字。他们没有意识到,这样做是错误的,还一天天地放纵下去,以为古藤是比桑叶还容易得到的原料,这自然是在残害古藤的生命了,剡纸用得越多,古藤就越来越衰败。

舒元舆不是痛恨写文章,而是痛恨那些写绮丽之文、发空妄之论的作家。如果任这种风气泛滥,"虽举天下为剡溪,犹不足以给"。是的,如果尽写些没用的,即便整个天下都成为剡溪,也还不足供给,何况天下只有一条剡溪呢!

文章写到这个层次,意图已经相当明确,既要保护植物,更批判了那些奢靡的文风。但似乎,批判的张力,还不够,于是,舒元舆笔锋再转:

大抵人间费用,苟得著其理,则不枉之道在;则暴耗之过,莫由横及于物。……予谓今之错为文者,皆夭阏剡溪藤之流也。藤生有涯,而错为文者无涯。无涯之损物,不直于剡藤而已。

是呀,人世间的耗费,一定要合理,如果肆意浪费,就等于加害万物。那些胡乱写文章的人,都是残害剡溪古藤之流。藤的生命,和人的生命一样,都是有限的,胡乱作文的人,却没有限度。而当今天下,毫无限度地损害万物,并非只有剡溪古藤而已。

最后一句,掷地有声。

剡溪自源头汩汩而出后,又分成西和东,虽系两条河,但都属剡地。我去奉化溪口,那里是东剡溪的下游,自然寻不见古藤的踪影,岸两边,都是现代绿植,偶尔有饱经风霜的构树什么的。但剡溪记着谢灵运的脚步,记着李白的足迹,也一直惦记着繁茂的古藤,它更记得蒋家王朝昔日的荣光。植物的种子,有许多会顽强到千年以后仍发芽。因此,我相信,那些古藤是不会绝后的。

世易时移,网络时代,舒元舆说的几千几万字天量,只不过是一些写作者一天的产量而已,这些字也不再需要古藤,它们只存在于电脑或手机的页面上,硬盘中,云端里。但,胡乱写文章的人,却不会断绝,这些文字会印在纸上以各种面目大量(不,海量,超海量)出现在人们的眼前,它们以树木、植物的生命换取自己的无赖存在。

新闻说,2017年下半年开始,纸张价格猛涨,无论书价或报刊价,都在大涨。

是古藤千年后的告急吗?我不知道。

重读了舒元舆的杂文后,自己也在迷惑,写那么多文字干吗?就此搁笔罢。

"形色"之形色

现在,我看见那些陌生的花草,再也不胆怯了,因为我有了"形色"。

"形色"堪称识花神器。对准花草,拍张图,系统立即进行对比,如果流量正常,几秒钟就会出现花草的名字,虽不是百分百准确,却也八九不离十。

没有特别情况,我每天走运,走运河。

一到楼下,就看见道旁满地的绿草丛,一簇一簇的,挤挤挨挨,散着卧着,以前我都叫它麦冬,一种药材,但我始终不太相信,怎么会有这么多的麦冬呢,遍地都是。这回好了,用"形色"试一下,一拍,"沿阶草",不是麦冬啊,再拍,还是,三拍,仍然是。于是,我相信了,这些草,应该叫"沿阶草",公园里,小区边,台阶下,只要有空隙的地方,就有这种披头散发的绿草,而它,和麦冬神似。

走运一个多小时,一路行,一路拍,新鲜感似孩童。那些每日见面且不知名的陌生植物,草木、灌木、乔木,是重点认识对象,哈,这一回,我终于认清了它们的本来面目,原来,它们叫八角金盘、鸢尾、再力花、构树,等等,等等,天天见面,就是不认识。这一天,我一下子认识了几十种花草,前所未有地充实,好像银行里的存款一下子增加了许多一样。

我如发现新大陆一样将麦冬否定,心里并不踏实。那就查下权威的《辞海》吧,我习惯《辞海》,不喜欢百度。麦字下第八条这样写着:麦冬,也称"麦门冬""沿阶草""书带草",百合科,多年生常绿草本,须根常膨大成纺锤形,产于中国各地,野生或栽培。性寒,味甘微苦,养阴生津,润肺止咳。

呀,"沿阶草"就是麦冬,这个"形色",差点害我。

第二天走运,面对那些"熟悉"的花草,我心里虽有疑问,但仍朝它们点点头,招呼一下,可它们无动于衷,微风中,阳光下,依旧自个摇曳。我打哈哈,我见花草多妩媚,它们见我却不如是,辛弃疾显然是自作多情。

一段时间后,我只是偶尔使用一下"形色",但心里忽然涌出另一种感觉。这些花草,你认识它,它却不认识你,你高兴个啥?如这拱宸桥桥西公园,它是主人,你却是路人,路人认识主人,主人却不认识路人,路人满心欢喜,主人却毫无知觉,如果这样,认识和不认识,又有什么两样呢?

我喜欢瞎联想。又假如,这些陌生的花草,是人,活生生的人,会是一种什么样的情景呢?

一些陌生人,在某个场合,有了相识的机会,不可能很熟,但起码知道了对方的名字。这发展下去,有数种情况。比如,陌生人很有教养,人也和善,且也乐于和你交往,一来二去,你们就会成为很好的朋友,同志、朋友、忘年交、生死交,甚至爱人。比如,陌生人和你气场不对,只是点个头,出于礼貌地微笑一下而已,你和他,都没有进一步发展下去的动力,犹如青年男女恋爱,那么,这样的交往就如同一阵风吹过一样,风过树静。再比如,举我自己的例子吧,我搬进目前居住的小区,已有十五个年头,楼上的住户,一直也没有搬,他的女儿,从抱在手里到现在快读大学了,我们在楼梯间偶尔碰到,只是点个头,微笑一下,但我真不知道他叫什么,具体做什么,他的家长里短,我相信,他也不知道我,一定如我不知道他一样。微信上现在有一个新功能,可以查找你经常联系的人,许多人一查发现,百分之七十以上的人,半年甚至一年以上都不会联系。

看来,有些事情,还是保持陌生、模糊为好。

神农曾一日而遇七十毒,他为救百姓的命,冒着极大的生命危险,尝百草识未知毒,然后找出救治的方法。现在,也有铺天盖地的各种消息告诉你,好心地告诉你,什么什么不能吃,什么什么吃不得,他们从早到晚地告诫,我们从头到尾地预防。多家卫视类似"大医生"之类的节目,都拥有不少忠实的观众,特别是中老年观众。我仔细看过几期后,有一个深深的疑问:除了不能吃的,我们还能吃什么?某天在郊外,看见往蔬菜上打农药的菜农,我担忧地问:这药,没事吧?菜农笑笑:没事,没事,你们城里人都有医保!我无语,但不想争辩。

所以,我决计不再关心那些健康节目了,不是我无知,是无奈,单凭个人微薄力量,无法面对强大的毒阵,还是保持陌生吧,我相信菜蔬是不会有毒的,我相信空气中是不会有料的,我相信善良,我相信道德,该吃吃,该喝喝,心底无毒天地宽。

扯远了,回到花草,回到陌生人。

大千世界,大千植物界,作为非专业的芸芸众生,我们只需要认识有限的数种就可以了,稻、麦、粟、瓜、果、菜,日常之需,即可活命。而无数之无数,有限的有名花草,无限的无名杂草,就让它们安静地生长着,在大自然的天空下,承天接露,仰俯吐纳。

"形色"估计会火,因为大多数像我一样对花草无知的人,都以一种欣喜若狂的心态迎接它。

此刻,2017年4月7日下午13:15,在北京评完首届三毛散文奖后,在国航北京飞杭州的1704航班上,我将最后一口辣白菜塞进嘴里,完成了中餐。我的左右前后,全都是陌生人,他们犹如我在运河边匆匆而过时看见的那些陌生花草一样,不需要互相知道,有的甚至还互相警惕着,或许他们包里带着贵重物品呢。下了飞机,各奔东西,生活在各自的空间里。

"形色",名字取得极好,形形色色的花,形形色色的草,当然,还有形形色色的人。

不过，在人类已经开始往火星上找水的年代，识花、识草、识人（人脸识别已大量运用）并不是什么高科技，都只是表面行为，识透本质或人心，犹如我误识麦冬和沿阶草的过程一样，却永远是个难题。

2017年4月7日国航1704机上笔记草稿

2018年2月11日问为斋录入修改

努力地吃出毛病

努力地吃出毛病

情感呼叫转移

我们如何"烹小鲜"?

想得通吃得下睡得着

台阶台阶台阶台阶

向往动物一样的简单关系

遗忘的本质

农妇。山泉。有点田。

坟上的树

豆种南山

阿Q心中的女神

樱桃树事件

"胖金妹"之类

有关第一次记忆

即将老去的旺旺

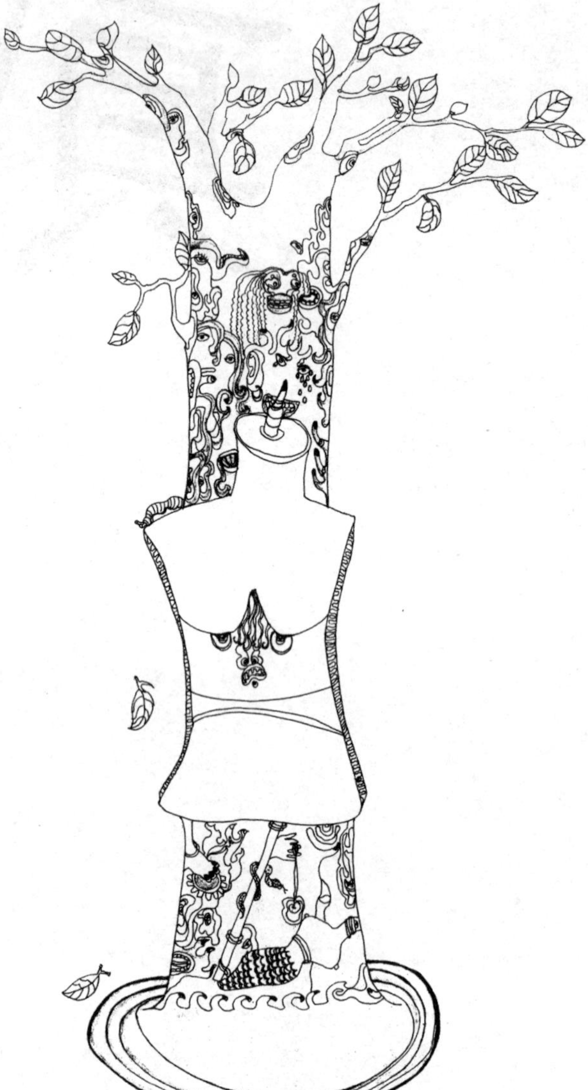

努力地吃出毛病

话说反了吧？老人们从来都是这样教导我们：好习惯要从小培养，吃的好习惯也要从小培养，要吃得均衡。可事实呢，有许多吃的坏习惯，都是我们努力又努力，应该是很努力培养起来的。

方兴未艾的减肥产业，有很大的原因是因为吃。

不顾一切地吃，忘乎所以地吃，吃到极致，毛病就出来了。翻译和我们说，澳洲有三多，苍蝇多，醉鬼多，肥婆多。他们这样解释第三个多的原因：那些身材比较好的，基本上都是富人，因为他们有钱，他们吃的也合理，他们有时间去健身，而那些胖子，因为工作紧张，吃的又都是高能量的垃圾食品，于是只好很肥了。我估计这并不是打趣，有科学原因的。还有，胖子越来越多，乘飞机和坐船什么的就成了问题,因为肥,屁股自然大,原来设计的座位就显得捉襟见肘,挤挤能坐下当然好了,问题是挤挤也坐不下,他们的屁股要占两个甚至三个座位的位置呢。这样的事情经常发生,美国人就为肥臀问题而大伤脑筋,因为直接牵涉经济利益。座位加大,可以坐的人就减少,收入自然下降;如果不加大,不要说硬挤挤不下,还会有大大的安全隐患。

如果光是肥胖还好,问题是许多毛病也都结伴而来了。

于是,"三高"就成了我们词典里的新词,日常生活使用频率也极高。人我就不说了,说说峨眉山的猴子吧。峨眉山上1200多只藏猕猴中,有许多患了"三高",实在有点稀奇。因为来自世界各地的观光客太喜欢它们了,又因为峨眉山的猴子太喜欢向游客索要食物了,于是它们得到了各种美食,很多藏猕猴就胖了起来。一只成年藏猕猴的正常体重为25公斤左右,而肥胖症最严重的竟然达到45公斤,什么高血脂、高血压、糖尿病啦,也就自然地患上了。猴子体形上的变化,直接导致了生活习性的变化,行动迟缓且神态慵懒,性格暴躁不肯亲近游客。这样的形象,估计对这座名山是大不利的,于是就像人一样要"减肥"。猴子如何减?专家们还是想出了办法:禁止游人投喂食物,科学搭配膳食,多吃粗粮,还有一项就是敦促猴子运动。真是有点滑稽,多吃粗粮,还要运动,猴子不运动还叫猴子吗?但的确是不运动了,因为胖了,动不了。

这些猴子患"三高",原因很简单,生活富裕了,人们认为它好玩啊。我却想,如果这些猴子因为营养不良,会不会一只只都瘦骨伶仃呢？这种现象有可能出现，因为它们生活的场地小了（景点被无限制开发），食物自然减少，哪有不瘦的道理？但也有可能不会出现，因为，千百年来，它们就是这样生活着，并没有大喜大悲的事情发生，也不会发生，没有人去干涉它们的生活，它们在大自然的怀抱里无忧无虑地生长，虽然弱肉强食，虽然优胜劣汰，但这是自然的规律，它们习惯了，它们已经完全融合在这种规律中。规律一打破，"三高"的出现则是必然的，即使不出现"三高"，也会有"两低"或"四高"什么的。而所有的毛病，都是我们人类努力培养的结果。

日前网上曝光了一份女明星的减肥食谱，很多人看了以后，都在悲叹说，这简直是用地狱式手法折磨自己。

杨丽萍，身高1.65米，体重90斤。食谱：早上喝一杯盐水加三杯普洱茶，中午一杯鸡汤和两个小苹果，晚餐是两个小苹果和一小片牛肉。陈鲁豫，身高1.64米，体重80斤。食谱：早上喝一杯不加糖的咖啡，中午吃十几粒米饭，晚上舔半块黑巧克力（不能咽下，只是舔舔味道）。周迅，身高1.58米，体重81斤。食谱：几乎不吃早饭，中午吃少量蔬菜，晚上吃少量水果。郑秀文，身高1.65米，体重80斤。食谱：一个星期的全部主食，只有两个苹果，再吃燕窝和川贝汤补充营养。维多利亚，身高1.70米，体重80斤。食谱：每天只吃新鲜草莓，搭配喝矿泉水。妮可·里奇，身高1.56米，体重75斤。食谱：每隔三天吃一餐，每餐的食物是三片笋干。

我这么详细地列出女明星的这个食谱，是因为我不太相信，让大家看看，可能不可能。我还问过单位正在减肥的姑娘们和妇女们,她们也说太夸张,一两天还可以,长期肯定不行。她们的减肥法,只是少吃一餐,副刊部的几位女士向来不吃中餐。但又不得不让人相信,最近一则新闻说,泰国有位高僧,活到一百多岁,他向人介绍的长寿经验是,每餐饭只吃七口,绝不多吃一口,看清楚了,是七口,也没说什么样的七口,我想那么斯文的僧人,不会像我们说四菜一汤能弄出四大件菜那样去突破标准的,那样意思不大。

吃出毛病,难道不吃就没有毛病了吗?但她们乐意这样,你怜惜也没用的。

我们老是不大找得到拒吃的理由,怕难为情,有位老兄却为我们做出了榜样。他总打听有谁参与,并以迅翁的散文诗表明自己的态度:有我所不乐意的在天堂里,我不愿去;有我所不乐意的在地狱里,我不愿去;有我所不乐意在你们将来的黄金世界里,我不愿去。

To eat or not to eat,吃或者不吃,这确实是个问题。

情感呼叫转移

我们报纸的情感版是个名牌栏目,栏目的主持人 W 女士,被我们戏称为"中情局长",因为这个栏目的主流读者是中年人,它说的是中年人情感的故事。

最近有没有经典的?"中情局长"笑了笑:我们每一期都是经典。最有意思的是回访,看看这些人情感的变化轨迹。于是,我又听到了两件关于回访的新鲜事。

因为回访的结果往往具有突兀的故事性,因此只有先叙述故事的前半段。

第一个故事,是一个女人和两个男人的故事。

是这个女人自己打电话到情感热线的:我经常看你们的情感

故事，绝大部分故事都是女性诉说，诉说的内容可以用两个字概括：缺失。她们主要在说婚姻中的情感缺失，这也是我想跟你们沟通的原因。为什么一定是女人缺失呢？为什么女人一定要以情感弱者的模样示人？我就是情感强者，我有我很爱的老公和同样很爱的情人，我们的关系有七年了。一个女人可以同时爱两个男人，这种爱可以同时存在。听她说得很自豪的样子，"中情局长"就说，那你能不能接受我们的采访？她说好啊。于是，一个风姿绰约的中年白领女性就很大方地来到了编辑部，她的相貌还可以，但并没有她自己说的那样惊艳如花，大概是处在两份爱浸淫得很幸福的醉佳状态。

白领于是很幸福地回忆，她的老公是如何地爱他：真的可以说心心相印，生活上互相爱护体贴，思想上见解观点一致，事业上帮助扶持。从婚姻的角度说，我们是标准的三口之家，夫妻和睦，家庭稳定，事业有成，哪一项都不缺。老公出外学习一年，另外的幸福就来了。那天早上，在一家早餐店里，营业员问，你要什么？柜台外面，有个男的和我站在一起，这时有两只手同时指向黄白相间的一锅小米粥，"小米粥"，我们俩说完后相互一笑。这时我才看到他的脸，一张普通却充满亲和力的男人脸，亲和力表现在他的笑容和直视对方的眼睛里。哦，如果那天我没有进这家店，如果进了餐店我走到另一张桌子，如果……但是，没有如果。

我们之间不断发现惊喜。比如都爱音乐，唱歌有半专业水平，在他宿舍里看见那么多世界大师的音乐碟片，我像个孩子似的跳起来。于是总会在某个周末收到一张我想要的碟片，某个上午接到一个电话,赶去看一场我们都喜欢的大片。或者,浮生偷得半日闲,我们会窝在歌厅里,一首接一首地K歌。那一年,他的太太在另一个城市,冲破底线就显得水到渠成。

白领说这些的时候,很平静,脸上溢满着幸福的红光。

上半段故事到这里就差不多了。她的故事见报后,果然引起了不小的反响。有许多读者在议论,这是可能的,这是不是真正的爱?

回访的电话打过去,白领在那头哭泣。我真的在哭啊。我曾说自己怎么不管他,怎么宽容大度,从不问他的过去和将来。可是我突然发现,原来那都是假的。我内心其实还是渴望真诚专一的情感。为什么要哭?文章见报后,我忍不住拿给最要好的一个小姐妹看,她看了说,这女的是谁呀?这么的幸福。我说是我。这下不得了,她非要认识他,我就带她去见面。小姐妹比我年轻8岁呀。有一天,他先打电话约我吃饭,两小时后又来电取消,说要开会。那天是周末,我有点怀疑,打电话找小姐妹,她也关机。要不怎么说我聪明,我不声不响找到我们俩经常去的那家咖啡馆,果然看见他们俩在一个小包厢里……

嘿嘿,好玩吧。真的不知道好不好玩,也不知道2010年再怎么"玩"下去。都是自找的,活该。也许,2010年能让我活明白了吧。

第二个故事回访,比较简单,"中情局长"说中心思想是这样的:

她的一个小姐妹,有天深夜突然打她电话说,一个认识不久的老板,把一百万现金放在我家里,我一定不肯放,他一定要放,说让我给他保管,你说怎么办啊?明摆着是试探她呢。她如果收下这钱,那意思就很明确了。这可是整整一百万现金啊。小姐妹想想有点可惜呢,要么我们设计一个电影情节:你们找人把我家抢了,这样我们就可以用这笔钱了,反正他又不缺钱,反正是他自己愿意的。到时警察来了,我们设计的情节出漏洞怎么办呢?这可是违法的呀,不能这么干。想啊想,终于也没有想出办法来。第二天,小姐妹告诉我,思考再三,还是以不安全为由,把钱还给老板。

这个故事回访的结果是:我现在仍然和这个老板有交往,而且我们的关系还不错,他经常帮我的忙。最最关键的是,他非常尊重我。

我们还有继续的议论说,那个老板估计不是什么好东西,他们就仗着自己钱多,这个"存钱"的办法他可能是经常用的,说不定就是屡试不爽呢。

试男人可以用女人,试女人可以用金子,什么可以试金子?可以试试用火。说是这么说,但布衣也有担心,这大千世界,什么事情都有可能发生,在强大的外力作用下,事物的物理属性被改变也不是不可能的。

我们如何"烹小鲜"?

陆地同学兴致勃勃去了哥伦比亚大学。几周下来,估计吃不惯,通过 Skype,向他妈妈求教了:蔬菜怎么烧?肉食怎么做?很虚心的样子,真是艺到用时方恨少啊,当初在家的时候,就告诉他说,没事学学怎么烧菜吧,将来用得着。可惜临到出国时,他也只会做番茄炒蛋之类。

吃现成饭的人基本和我和他一样,哪里知道烹饪里面的学问呢?大鱼大肉做起来可能会容易些,但小鱼小肉如果烹好了,估计也是个大厨了。它需要火候,手要巧得很,否则肯定一锅糊。

承德普宁寺,我最关注的是乾隆亲手写的两块安抚碑:《土尔扈特全部归顺记》和《优恤土尔扈特部众记》。碑题中就可以看出来了,这是自己给自己表功呢,但表功中的细节还是可以体味,乾隆这个"小鲜"烹得很到位。

土尔扈特部落,用了整整八个月的时间,跋涉万里,从俄罗斯归来。出发时有三万三千多户,十六万九千多人,可当他们到达伊犁时,仅仅剩下一半人了。所以,当这些饥寒交迫的人们回来时,乾隆非常放心不下,这是大事啊。于是亲自布置安抚。具体细节如下:夜以继日地精心谋划,寄发公文查访,没有一刻休息,没有一刻停止过。除临时发放给他们口粮和衣服外,让伊犁将军负责分发土地、种子;张家口都统负责把牧群中能繁殖的牛羊选出来让他们饲养;陕甘总督负责银两发放、茶叶运送、购买羊只和皮衣;西安巡抚负责嘉峪关外的监督和管理。几方联动,各负其责,成果很快显示出来了:优恤的总数是,共买得马牛羊九万五千五百头,另外从达里岗爱、商都达布逊牧群运去的还有十四万头,而从哈密和辟展所买的三万头还不算在内;共拨给官茶二万多封,出屯庾米麦四万一千多石,而他们刚到伊犁时发给的临时救济茶和米等不算在内;在甘肃境内和回部的几个城镇购买了羊皮袄五万一千多套,布六万一千多匹,棉花五万九千多斤,毡庐四百多具;而发给仓库贮藏的毡、棉、衣、用具、布匹等不算在内。

乾隆在做这些事的时候也是有思想斗争的,也是力排众议的。但他有远见卓识:希望土尔扈特部落的群众,能安居乐业,遵行法度,勤于畜牧,发展生产,后代子孙也不要改变他们的忠诚,永享和平幸福的生活。他烹出了一锅鲜美无比的小菜。

三百多年前,有个叫张潮的作家,议论起"天难不难做"这样的话题，很是有趣。他说，天并不难做，只需要生下二三十个好心肠的正派人和有才能品德的人就足够了。一个做皇帝，一个当宰相，一个是吏部尚书，其他的做各路总制抚军。

对于这样幼稚的话题，人们一定很感兴趣的。一帮文人于是就议论纷纷。黄九烟说：天也有难做的时候呢，江浙一带的民歌唱道，做天千万不要做四月的天。陆子想，四月天为什么难做？四月是黄梅天，大概是说青黄不接吧，天也有青黄不接的时候。江含征则不同意张的观点：天假如好做，就不需要女娲补天了。另一个尤谨庸则调侃说：天不做天，只是做梦，怎么样呢？倪永清则很理性：天如果生下的都是善良的人，皇帝和丞相都应当袖手旁观，无事可做了，这样就可以达到无所作为而天下得到治理的境界了。我的宗亲陆云士先生干脆这样总结：这是极其荒诞极其离奇的话，又是极其真实极其确切的话。

有的时候，把非常复杂的问题简单化，还是有些新意的。

这些书呆子们议论得未必一点道理也没有，归结一下，还是讲到了三个关键的问题：第一，管理者很重要。这二三十个人都是高级管理者，特别是他重点说的吏部尚书，这就是个管人的岗位，人选好，许多事情就好办了，也会把许多事情办好了。就像烹条小鱼一样，轻而易举的事。第二，事物都是有千差万别的。就如同一片森林，同样的种子，同样的雨水，同样的外部环境，仍然会参差不齐，有的成材，有的长歪，有的干脆夭折，什么样的情况都会发生。因此，打理这片森林的时候，事先就要有这个认识，才能因材施管。这也是小鲜最难烹的地方，材质不一样，一不小心就会糊了。第三,建立比较完善的灾害预防机制。再好的天,也会出现问题,这个时候就需要我们去补天,如果没有足够的思想和物质准备,就是想补也于事无补的。也如烹小鱼一样,要慢慢用文火来炖,用小火来烧。这个复杂程度,那些议论纷纷的书呆子们根本想不到。

烹小鲜,再细想想可能还有更难做的,也就是说还会有几十甚至上百种的因素会影响小鲜的味道,这些因素有外在的,也有内在的,总之,任何一点细微的差别,都会影响小鲜的烹煮质量,就如同人,再高明的管理者,也不一定都能深入人的内心深处。

好像有人问过盖茨:假如地球没了,让你到火星上去,你只能带二十个人,你都带谁去呢?盖茨说,我只带二十个科研人员。他一定是这么想的,有了这二十个人,就能够重构他的王国,王国都有了,小鲜什么的也都全有了。

还没有接到陆地同学"烹小鲜"的结果报告,但我一定料想得到,如果不糊几回,他是吃不到那个"鲜"的,肯定。

再啰嗦一句:请读者千万不要把"烹小鲜"和"治大国"联系起来,我只是信马由缰,无意于像老子那样谈治国的大题。

想得通吃得下睡得着

一位百岁老人介绍了他的长寿经验，只有九个字：想得通，吃得下，睡得着。

前几天，就这个话题，和伙伴们进行了非正式的讨论。结果当然很热烈了，每人都说得头头是道，见地很深刻。

下面是我的发言，不知是不是头头是道呢？

我说，老人的九字真经，其实只有六个字，那个助词可以去掉的，只是强调了语气。

先说头两个字。"想"和"通"，"想"是表达方式，"通"是思维结果。

小孩子的时候，他会想，我怎么这么笨呢，人家成绩这么好，我呢,再怎么努力也没有人家好。我家咋这么穷呢,人家父母都有小车送接,我只能坐着父母的自行车,人家吃得好穿得好,我只能温饱不挨冻。人家棋琴书画样样要得,我呢只会读书,什么也不会。——为什么呢?为什么?

青年的时候,他会想,我的工作怎么这么差呢,累死累活薪水还低,人家风吹不着雨淋不着,白领金领白骨精。我拼死拼活还是房无一间,进出形单,娶亲的镜头常在梦里想,人家是父母赠房,岳父母送车,结婚啊那个排场。人家年纪轻轻,这个长那个长,我呢,同样苦干,差点下岗。——为什么呢?为什么?

中年的时候,他会想,人家出名车,住别墅,衣锦去还乡,我呢,坐的是公交车,住的还是经济适用房。人家呢,漂亮姑娘连着谈,娶了一房又一房(特别注明:国家明文禁止娶二房,这里指弃旧娶新,不违法的),我呢,虽然结了婚,一堆债要还。人家呢,年年有进步,经常有进步,官都做到了厅局长,我呢,年年老样子,年年老位置,主任科员刚刚熬到账。人家呢,教授博导,专家院士,这个书那个书,这个奖那个奖,这个钱那个钱,何等的风光,我呢,论文只有两篇,副教授才刚刚评上。——为什么呢?为什么?

老年的时候,他会想,人家功成名就,光荣退休,整天还要夕阳红,夫妻双双把家还,我呢?人家孩子重点大学毕业,事业蒸蒸日上,青出于蓝,我呢?人家九十岁了还健健康康,每天锻炼身体,我呢?为什么呢?为什么?

人人都会想,都要想,这是客观规律,这也是不由人的意志而转移的;没有多少人能通,会通,这是客观现实,这也是不容否认,谁也不能抹杀的。芸芸众生，古今中外，概莫能外。

除了像那位百岁老人能"通"以外，那么，一般在什么样的情况下会通呢？

我认为有几种情况是很容易"通"的。

我们在参加告别仪式的时候，一般都会想通。

不管被告别的人是以什么样的方式离开世界，参加告别的人都会想：财富多少其实无所谓，他这么有钱（可根据自己的实际情况对照，比如十万的和百万的比，百万的和千万比，千万的和亿万比）还不是要死掉？平时只要健康活着就好了，马上想通；有名无名其实无所谓，他那么有名（可根据自己的实际情况对照，比如无名和小有名气的比，小有名气的和大有名气的比，大有名气的和大大有名气的比，大大有名气的和巨有名气的比）还不是要死掉？平时只要自己充实踏实就行了，马上想通；官做大做小其实无所谓的，他这么大的官（可根据自己实际情况对照，比如科级和处级对比，处级和厅局级对比，厅局级和省部级对比）还不是照样死掉？平时只要自己问心无愧就可以了，马上想通。等等等等，以此类推。

我们到监狱去接受现身说法教育的时候，一般都会想通。

不管出来现身说法的是以什么样的方式进去，听现身说法的人都会想：当初要是不这么做就好了。当初做什么了呢？因为情绪激动过失杀人，因为见财起意而故意杀人，因为碎事纠纷而打架伤人，因为偷盗，因为强奸，因为接受贿赂，因为买官卖官，因为贪污，因为渎职，因为——没有那么多的"因为"，"因为"背后有许多的"因为",说的人有许多的"因为",如果没有这许多的"因为",那么一切都不会发生。听的人听了这么多的"因为",他就会牢记这些"因为",从而不再"因为",因为他想"通"了。

我们面临高山大海的时候,有时候会有"通"的想法。

千万丈高山让人类立刻感觉到渺小,浩瀚无垠的大海让人类立刻感到震撼。面对大自然,人类只有顺应,我们就顺应自然吧,大自然就是以一种百花齐放的方式存在的,我们人类也只有以这种方式存在才能与她和谐,人与人的千差万别,就和大自然的千差万别一样,很正常。这样一想,马上通了。

刚看到刘晓庆的博客消息,她说再也不买房子了:我曾靠炒楼花炒房起家,喜欢买楼,还做房地产,但我现在不玩了,玩够了。房子再多、再大,你只能睡一张床。好吃的东西再琳琅满目、五花八门,你只有一个胃。钱这个东西其实没有什么意思,真正有价值的是钱买不来的。刘大姐有没有真的想通,大家可以拭目以待的。

你们问我"想"和"通"还有什么关系?关系多了,互为因果,互相依存,但其中还有两种比较有趣的悖论关系。

第一种:有时"想"了,不"通",越"想"越不"通",狂"想"更不"通";有时不"想",反而"通"了,越不"想"越"通",一辈子不"想",一辈子都"通"。

第二种:劝别人想得通,自己想不通。经常这样劝别人:你不要这样了啦,做人嘛,一定要想得开点,想得开,什么都好办了。自己嘛,体会一下就是了。

我说得太多了吧,头两个字就说了这一大篇,其实我是有用意的,把头两个字说透说通,中间两个字"吃下",后面两个字"睡着",那就水到渠成了,你想啊,什么都想通了,还有什么难的事呢?吃和睡,那只是动物的本能而已。

你问我想得通想不通?实事求是讲,我还没有彻底想通,如果想通,就不会双休日辛辛苦苦坐在这儿一个一个码字了,不如到西湖边,就着冬日暖阳喝茶呢。

台阶台阶台阶台阶

解释一下标题。四个台阶,用的字体分别相差一号,从大到小,依次而下,寓意每个人都要下的台阶。这是字形修辞手法,我研究过的,就像是建筑结构,直观形象。

先从我们这座城市一则"小车顶牛"的趣闻说起。

说是某小区的单行道上,一边来了辆奥迪A6,另一边来了辆宝马745,顶牛了,谁都不肯让谁,都以为自己是有钱人,就这样僵着。差不多僵了两分钟吧,奥迪的主人开始吸烟,宝马的主人也不肯落后,也开始很悠闲地吸烟。上班高峰,大家的时间都是掐点算好的呢。后面的车过不去,拼命按喇叭。他们俩还是谁都不肯让谁,开始吸第二支烟,就这样又僵了5分钟,还是没结果。这时候,围观的人群里突然有人出主意说,你们两人石头剪刀布算了,谁输了谁就倒车!这大概是个好办法,两个人就下来石头剪刀布,说好一盘定胜负。宝马输了,倒车让了奥迪。

这样的趣闻,如果拍起片子来一定很生动。可仔细想想,宝马和奥迪的顶牛,难道只是简简单单的顶牛吗?肯定不是,憋着气呢,谁怕谁啊?幸亏有了石头剪刀布,这是一个很好的台阶,大家都可以下。

一次出差,大家说起停车难时,我举了这个例子,没想到,谈着谈着,大家的兴趣居然都集中到"如何下台阶"上来了。大家一致认为,这样的台阶真是设计得好,下台阶的关键是台阶要好,否则下不来。大家又一致认为,现在书市上还没有一本专讲"我们如何下台阶"的书,这个选题,一定可以做成像杜拉拉那样的畅销书。

仔细一想,还真是有很多的例子呢,这种例子随便可举,这种体验人人都有,而且有的还非常精彩。

以前在做老师的时候,有次语文组的同事作业改烦了,有位同仁大概前晚和夫人吵架了,求教大家:如何才能下台阶。一位老教师兴致很高地谈了自身的体会。他说,他每次和夫人吵架时,基本上是打冷战,家务事什么的一概不做,只干自己的事,课上完了,作业改完了,有空就跑出去玩。几天以后,拎着热水瓶到学校食堂去打瓶开水回来,夫人就谅解他了,基本和好。原来,他们曾经有约定,如果吵架,如果去打开水,就表示不再计较,两人都可这样,互相给自己台阶下。现在想起来,这个老教师设计的台阶基本没什么新意,但很管用,我认为,不管什么台阶,夫妻间能下得来的台阶就是好台阶。

同事之间,上下级之间,邻里之间,单位之间,甚至国与国之间,可以这样说,只要有两者以上关系的地方,只要有会产生矛盾的地方,都会有台阶显示,都有各种各样的台阶要下,今天你给我下,明天我就给你下,今天如果你不给我下,明天我照样不给你下,就这么实在。没有永远的敌人,只有永远的利益,在敌人和朋友之间转换时,就需要台阶,需要设计得非常精巧的台阶。孙权和刘备需要联合的时候,就会设计台阶,什么让荆州啊,什么嫁小妹啊,尽管他们之间也有很多的不愉快。看三国鼎立初期,那种乱象之间,一会儿是朋友,一会儿是敌人,一会儿又是朋友,一会儿又是敌人,在这种转换之间,他们只需要一个台阶就行了,有时,即使这个台阶是伪装的,大家也都心照不宣,照样愉快地下。

有补台阶的,肯定就有拆台阶的。

一个地方一个单位发展得很慢,甚至非常不好,有一个重要原因肯定是领导班子,而重中之重是主要负责人之间的关系,他们不是相互补台阶而下,更多的是相互拆台而不下。各自结派,互相告状,更有甚者,雇凶杀人,有副的杀正的,也有正的杀副的,这种事情屡见不鲜了。还有一种是隐形的拆台阶。一个地方一个单位,主要领导卸任,如果升上去了那还好些,如果就此下了,那么继任者一上来,肯定要弄他自己的所谓发展思路,这个思路,十有八九,要对前任来一番手术刀似的大手笔,不管什么底子,不管什么环境,只要做出能烙上他这一任印记的所谓政绩就行。就让他们弄吧,只要不贪不占,实实在在地做点事情,那就谢天谢地了。尽管拆了建,建了拆,但普通老百姓,又有什么办法呢?

从大的角度讲,各类法律法规也是另一种形式的台阶,这些都是公共台阶,给所有犯法犯规的人下的,处罚,判罪,十年,二十年,无期,甚至枪毙,都是维护正义的台阶,如果没有这些,法律法规就下不了台,只有有这样的台阶,社会才会有秩序地运转。

台阶是用来给人下的,大多数时候,给别人下台阶就是给自己下台阶。我们不可能老是站在台阶上,理论上说,从什么台阶上去,最后一定会下到什么台阶,这个最后的台阶,就是能让我们安心立命而又平稳的大地。

写到这里,我也要下台阶了,要下好几十级呢,不过这个不算,我是下楼锻炼身体去的。玩笑了。

向往动物一样的简单关系

　　一个还比较帅的小伙,在动物园工作,他的任务是养一对猩猩。小伙非常热爱这份工作,他将工作对象亲昵地称为"儿子"和"女儿"。儿女们也非常喜欢他,因为他会和它们交流,因为他懂得它们的心理,他无微不至,他们整天嬉戏在一起,他的儿女们生活得非常健康,各方面的能力都要比别的猩猩强许多。
　　小伙的朋友们于是很羡慕,羡慕他生活在一个关系简单的世界里,不用和人打交道,快乐而充实。
　　一天,小伙来到了某电视征婚现场。
　　现场一片躁动,女生纷纷提问。女生问得最多的是,你对以后的人生有什么规划?整天和动物在一起,以后怎么适应这个复杂的社会？小伙当然都不能很好地回答，因为在他看来，动物饲养员就是他的人生规划啊，他就喜欢和动物交流啊！最后，牵手自然失败，主持人这时候很恰当地为小伙圆场：今天你虽然没有牵成功，但是，谢谢你为我们带来了很多关于动物的知识，我们需要和动物和平相处，我们要有爱心。

曾经看过一个人扮演动物的不知是报道还是小说或是电影，名字记不起，情节却非常深刻。说是某外国人，很长时间找不到工作，最后，他来到了动物园，说出了他自己的创意：他愿意在动物园扮演动物。他不是一般的扮演，而是专门住在一个给动物建的屋子里，而游客并不知道他是人，因为动物园的广告是，从别的地方高价引进一头智商很高像人一样的动物。因为他的惟妙惟肖，因为他的投入表演，动物园生意一下子火起来，大家都认为动物园里来了头智商很高的可以交流的像人一样的动物。这个秘密一直保持着。几年后，动物园又来了个创意：弄个同样境遇的年轻女子加入，让他们扮演一对动物夫妻，果然，生意继续向好。再后来，两个"动物"产生了感情，又生出了小"动物"。这一家，在动物园里快乐地生活着。

两件事情看起来互不关联，但都和现实有关。

动物饲养员其实是一份很具有挑战性的工作，要做好这个工作，应该具备比做好别的工作更多的能力。以前经常陪陆地同学看《动物世界》，这个节目估计还吸引不少成年人，因为它的一些镜头惊险难得。不过，我更关注的是这些节目是如何完成的。完成这些节目的人，大多具有奉献精神和事业的爱好，他们是全身心在做事，并且把它当作一辈子的事业来做。可是，在节目现场，我明显感觉到的是，女生感兴趣的只是小伙工作中有哪些趣事，好玩，其实并不认同他的职业，更多的担心是，这样的人是不能适应我们这个残酷的社会的。社会多么复杂啊，岂是和动物交流这么简单，要么适应社会，要么被社会淘汰，世外桃源式的生活，不是一般人能达到的。

说实话，看着小伙的尴尬，我很同情，小伙站在众女生面前，其实就是在适应社会，他真是不太适应社会，他被社会搞慒了。而那个扮演动物的人，说白了，也是个失败者，因为他不能适应现实社会，只能逃避去做动物。

社会的复杂本身就是个复杂的问题，它应该是多层次的，复杂才符合历史发展规律，我并不想去描述，即使描述也挂一漏万，众多的文学作品也只是触及皮毛而已。我继续想的下一个问题是：社会的人际关系为什么变得越来越复杂呢？人们为什么开始越来越向往像动物一样简单的人际关系呢？

《淮南子·精神训》中说：五色乱目，使目不明；五声哗耳，使耳不聪；五味乱口，使口爽伤；趣舍滑心，使行飞扬。此四者，天下之所养性也，然皆人累也。众多的色彩迷乱了我们的眼睛，众多的声响影响了我们的耳朵，众多的美味损坏了我们的味觉，取舍扰乱了我们的心性，我们的行为变得越来越放荡，这四个方面，本来是天下人用来滋养性命的，但也恰好成了天下人的负担。换句话说，在刘安那个时代，社会就因为过多追求那些"众多"而变得复杂了，那些"众多"其实就是每时每刻在扰乱我们内心的外物。

所以,刘安说,如果看轻天下,精神就不会沉重,看小万物,内心就不会惑乱。一句话,是外物把我们搞复杂了,而既是外物,一定是可以通过内心的定力将它放轻或放下的,不过,这需要训练和时间。

承接看轻天下看小万物,我们还可以设想一下帝王尧的生活:他造房子,用粗糙的椽子,不加砍削,用简单的柱子,柱顶没有方木;他吃粗粮做成的饭,喝野菜烧成的汤;他用布衣蔽体,以鹿皮御寒。所以,当他年老体衰、心情忧苦的时候,就把整个天下传给了舜,传位的时候,就像卸下了沉重的负担,就像退到坐榻脱掉鞋子一样简单。从尧的行为看,确实没有什么值得留恋的。大家想想看,具有这样行为的人,他会把关系弄复杂吗?没必要,也不会。天下的关系都简单了,还怕什么人际关系?

如果按人类学家或动物学家的观点,动物内部也绝对是复杂的,等级、宗亲、地域、性别、种类,等等,一定很复杂。从这个角度说,我们向往和动物一样简单的关系,意义就显得比较单一,那就是,人类和动物是同类中的不同两小类,进化得比较快的人与人的关系无比复杂,进化得比较慢的动物内部的关系也比较复杂,但是,人和动物的关系,虽然为着各自的利益,冲突不断,但关系肯定没有人与人那样复杂。

对那个牵手失败的小伙和扮演动物为生的人来说,现实还需要他们清醒,没有逃避,只有面对,尧的生活,我们只有向往而已。

遗忘的本质

"遗忘"是一个大概念,应该属于心理学家研究的范畴。

我这里说的只是一种生活现象:很急的时候,要找一个东西,明明放在这啊,却总是找不到,而事后又很自然地出现了。哭笑不得而又很无奈,估计人人都有这样的经历。

前段时间,单位体检。在医院的地下停车场,倒进立体车库,下车,锁车门,突然发现车锁匙找不到了,于是习惯性地翻包,没有,包的每一个角落都翻遍了,还是没有。再回到车上,前座找,后座找,座位拉开了找,仍然没有,不可能啊,就这么一分钟的时间,锁匙会跑哪去呢?不可能跑外面去的。因为想着要抽血,要排队,只好丢下车匆忙去体检。体检间歇,依然不停地翻包,一直没有。体检完了,坐进车子,再找,一下就发现了,原来它在副驾驶座位下面悠闲歇着呢!哎,怎么会跑进去的呢?没工夫想,反正找着了,赶紧开车。

这样找车锁匙的事情,至少三次了,每次都莫名其妙。

还有相类似的事情是锁门。有次我下班的时候,已经回到家了,却猛然想起,办公室的门好像没锁,回想一下整个下班细节,于是确定门没锁,打电话给值班司机,请他去锁一下门。司机到了我办公室门口,打电话说:门已经锁了啊,我问:你确定?他说:确定,我都推不开。上班的时候也有类似状况发生:走得很远了,哎,刚刚是不是忘记锁门了,又折回上楼,发现门锁得好好的。

如此遗忘的现象,应该是很有趣的,因为我说起这种事情的时候,好多人几乎都在说自己相类似的经历,例子比我生动多了。

于是,我仔细分析了原因,大概有这么三项:

一、很急,急着赶下一场活动、做下一件事。停车停不好,上面体检排队的人已经很多了,起个大早,不是白起了吗?还有更急的,一领导忙中出错,开计划生育会,却将大力发展生猪养殖的稿子拿来读了!

二、很乱,本来是有充分时间准备的,结果却来不及了。一同事去法国旅行,错记了一天时间,等旅行社在机场打来电话时,他胡乱抓了些东西,赶紧出发,幸亏运气还好,再过十分钟就关舱门了。

三、很杂,本来是有很长时间准备,可事情太多太杂。搬家最典型了,东西不断地打包,书打包,衣服打包,杂物也打包,分门别类,仔细得很,结果搬到新家后,有些书找不着了,有些衣服也找不着了,有些杂物更难找。当然,若干时间段后,又会很自然地出现了。

从理论上说,找准原因并仔细分析,认真琢磨,下次碰到同样的事情就不太会再犯了,可现实情况却是,这种"找不着现象"还是常常出现,而且,它似乎就是不以人的意志为转移的。

也许是有经验了,这样的事情再出现时,我一般会这样做:东西肯定存在的,只要我能确定它还没有遗失在别的地方,或者我明确知道它已经消失。好了,既然东西肯定存在,那就一定会找到,即使现在找不到,等下还是会找到,或者以后也会找到,有时我们满地找锁匙,发现锁匙竟然就捏在自己手上呢!

我还这样想,如果在下面两点上再充分考虑,也许此类现象就会少出现。

内心沉稳。无论什么急的事情来,都不要太匆忙。我们领导经常在重大节日的时候提醒:要仔细再仔细,不要忙中出错,结果是讲完的第二天就出差错了。经常要做一些人的思想工作,我常对人劝的一句话是:愤怒的时候不要做决定。这其实有赖于我们内心的坚定和沉稳,因为它会帮助我们把事情一件件有条不紊地做好,不会因为急、乱、杂而失掉本真,不会因为外界的热闹和诱惑而失去自我!

遵守程序。所谓的生活方式,都是基本固定了的习惯,固定的贬义词是死板,一些事情固定了不好,需要我们去创新,但有些还是固定了好,固定了才不会出错。比如开车:上车,系保险带,发动,打转向灯,车就出发了;停车,挂档,手刹,熄火,拔锁匙,下车,锁车门。这样固定下来,锁匙肯定在你手上。

　　内心沉稳和遵守程序,两者还是相辅相成的,如果没有前者,后者就容易出差错。少了一个手刹动作,人刚刚下车,一转身,车子溜到一百多米深的悬崖下去了,幸亏,幸亏,人下来了!一不小心,人就粉身碎骨了,可见遵守程序是多么的重要啊。

　　找啊找啊找不着,由此说来,遗忘虽是表象,却也透着本质,天底下的事情,常常得之于从容,失之于内心的过分急迫!

农妇。山泉。有点田。

我没有为农夫山泉做广告的意思,但标题确实来自它的广告语:农夫山泉有点甜。这是广大的人民都想追求的一种牧歌式的田园生活。

李一"神仙"最近很火。

我看他火的根本原因还是在这里:财富越来越多,压力越来越大,人际关系越来越复杂,心灵越来越烦躁,身体也越来越差,还有许多的"越来越"。当有一天,听说李一能帮助他们解脱,李一能使他们的心灵宁静,李一能使他们有念想,于是,几千几万元一次课,名人,名流,都来了,摩肩接踵,把个道观搞得空前红火。其实,李一什么也不是,李一就是抓住人们这么一点点追求,农妇,山泉,有点田,这不就是你们想要的生活吗?

那么,这是一种什么样的田园式生活呢?春祥我试解如下。

农妇。

是人,是存在物,更是精神追求。人这一辈子真正难的事情,估计就是找一个称心如意的人了,男的是这样,女的也是这样,虽然这里说的是农妇,换了女的说,也可以回归广告语的本身:农夫。农妇农夫找好了,找对了,而且不是一时找对,是要长期找对,一辈子找对,这个就难了,太难,简直就是大赌博。你看,有些虽然一辈子生活在一起,但未必会是称心如意,估计有许多是凑合,马马虎虎吧。我们报纸上也会有这样的新闻,五六十岁,六七十岁,甚至七八十岁,一群儿孙跟着的,都要到民政局去,干什么呢?离婚啊,理由是,我再也不能忍受了,我要分开!简直不可思议的,现在刑法都规定了七十五岁以上的犯罪者可以不判死刑,干嘛不判?还不是因为他(她)折腾不了几天了呗。西方有哲人在谈到和谐婚姻中不和谐成分时说,在这个世界上,即使是最幸福的婚姻,一生中也有两百次离婚的念头和掐死对方的想法。由此看来,这个农妇农夫是多么的重要啊,她(他)简直关系到我们的一生幸福!难怪人们这么向往。

山泉。

是水,是必需品,是那种不受污染的还带着大自然亲切气息的必需品,是那种让人能颐养天年的环境。水有多重要,环境有多重要,道理就不必我说了,据说,人的生存极限是,不吃食物,可以活一周左右,不喝水,估计只能活三四天。以前,我在富春江边的桐庐县工作,那条江,据说是全国少数没有被污染过的几条江之一,水质相当不错,保护也非常好。即使这样,也仍然有许多市民,起早落夜地到县城边上的一个地方去接山泉,而且乐此不疲。为什么呢,因为那里的山泉特甜,喝了还想喝,特别有助于人的健康。不想,现在我居住的杭州,应该也算大城市了,有山有水,有次看到报道,不少市民也到一个地方去接山泉,再后来一了解,接山泉的地方还不止这一处。再再后来,我还看到别的城市也有这种现象,据说还挺普遍。当然,接山泉的,大部分是起早锻炼的人们。他们这么不辞辛劳接山泉,还不是为了自己能喝得好点。如果能有一处地方,有接不完的山泉,有枕着我们而眠叫着我们而醒的叮咚山泉,那该有多惬意呢!虽然是梦想,可是我们还是不断地寻找,不断地寻找。

有点田。

这个是让我们能够劳作而自食其力的地方,这个也是财产财富,从某种程度上讲也是生活必需品,不是说没钱是万万不能的吗?有点田,还是适度的运动。那么,我们如何来对待这个有点田呢?有多少田才是够的?人有贪婪的本性存在,缺什么人家都说自己缺钱,也不会说自己缺德。所以,这个田的数量,决定着我们人生的幸福程度。

有人说这一类人应该是比较幸福的:有点权,有点钱,有点爱好,有点闲。但有点权的人毕竟不是多数啊,所以这个并不能代表我们大众百姓的。那按你的意思,大家都不要太积极喽,今日有粮,今日有餐,布衣暖,菜根香,这样就行了?那些千万亿万亿亿万家财的人，岂不是要锦衣夜行了？那些奢侈品还有人买吗？那些饕餮大餐还有人吃吗？那些豪华跑车还有人开吗？我们的经济怎么拉动？噢，不是这样的，我说的有点田，只是一种个人的追求而已，至于你对财富的态度，你拥有财富的数量，完全可以自己决定，你有做慈善的自由，你有再创造财富的自由。所以，有点田，对于有些人来说，只是心灵层面的，烦恼的时候，你可以去李一那里装装样子，但你永远到不了毛致用先生那种境界。一个全国政协副主席，也是位高权重了，他过的是什么生活呢？他卸任后，在湖南老家过起悠闲的农夫生活，画家黄永玉赠他的画作上有这样的题词：小屋三间，坐也由我，睡也由我；老婆一个，左看是她，右看是她。

　　我们的生活为什么这么累这么累？好像有人说过，一小半源于生存，一大半源于攀比。农妇。山泉。有点田。足矣，足矣！

坟上的树

先前,坟上种什么树,是有规矩的。

宋代赵令畤的笔记《侯鲭录》,卷第六,引《春秋纬》和《含文嘉》说:天子坟高三仞,树以松;诸侯半之,树以柏;大夫八尺,树以栾;士四尺,树以槐;庶人无坟,树以杨柳。

三仞,一仞八尺,皇帝的坟,高度应该十米不到。一直到士,一米多点。老百姓的坟,绝对不能露很高,否则就违法,不管你多有钱。

松柏,常青不落叶,常常用来形容品格高洁。大夫和士,不管品行有多好,也只能种一般的栾树、槐树,落叶乔木。

孔林中,哪怕是同宗,能树碑的,只有七品以上的官员孔,平民孔,只能是一抔黄土,加几棵柳树罢了。

那杨柳,田边地边,水旁河旁,随地生长,虽满树枯枝,二月春风一剪,粒粒绿绽,率先报春。

柳树下,三两茅舍,炊烟袅袅,酒旗幌子,在夕阳下摇动,这家客栈,在迎候旅人的到来。这些旅人,贩夫走卒,一定都是普通百姓,官家去的都是高级宾馆。月上柳梢头,人约黄昏后。在这样的环境下约会,庶人平民,想想也是幸福的。

坟上为什么要种树?除了树的象征意义外,我猜测主要有两个方面原因。

人类对树的自然崇拜。古人虽没有完全弄清,人从树上下来的演化过程,却也知道,人和树的关系一定密切,树极有可能,是人类除山洞以外的第二个理想栖息场所,从哪来,到哪去,死了,也自然留恋树。

另外,树也是人类取之不尽,用之不竭的重要衣食来源。风雨茅庐,那柱子,那篱笆,那树皮,树叶,哪一样都是温暖的屏障。春夏秋冬,人类可以从树上摘得各类鲜果,树也是哺育人类的母亲。

清代作家钱泳的笔记《履园丛话》,卷五《景贤·乡贤一》,说了一个孝子,在父母坟前种树,发家致富的有趣故事:

有个姓蔡的老翁,以前,他家里很穷,靠帮人打工为生,家里仅种田一二亩,以此度日。父母去世后,他就在家的原址上将父母安葬,墓建好,土堆上,周边全都种上松树、楸树,并且编织好篱笆,将坟围起来,村人都不理解,笑他痴。

二三年后,松树、楸树,逐渐成长,树下长出不少鲜菌,当地人都叫它松花菌,价格非常不错。这菌每天都长个不停,他早上摘个一两筐,到集市卖,能得数百文。如此十余年,他居然积资千金,以之买田得屋,有田数百亩,成为远近闻名的小富翁。

在我看来,蔡翁的发家史,其实就是一部孝顺史。

父母在,不远游,安心务农,虽然日子艰难,但能尽孝,这也是实在的日子。

父母去世,精筑墓,树成荫,他们也能长久地安息。

上苍对孝顺之人、老实之人,回报是丰厚的。

这一切,是蔡翁事先都计划好的吗?很难说是计划,不如看作好人的福报。即便是计划,那也是以孝顺为前提的,这需要孝心加时间,长久地忍耐和培养才行。

这一个坟上树的故事,默默无闻,却充满温馨,中华民族的优秀传统,草蛇灰线,伏脉千里。

1980年7月下旬,高考录取通知书即将发放,我情绪低落,外公却一直比我自信,不断鼓励,认为我一定考得上。30日晚,知晓高考录取消息的前一天晚上,我亲爱的外公,突发脑溢血离世。父亲在外公的坟前,四周,种了一片杉,如今,杉木早已成林,清明扫墓,祭奠完毕后,我们常在林边小憩,缅怀外公。

1980年9月,我去浙江师范大学中文系读书。

教我们宋词的,是叶柏村教授。虽是小个子,但声音的磁性十足,略带沙哑的那种磁性。叶老师是国内著名的宋词研究专家,每每兴致所至,常常会吟唱。词的咏唱,我后来听了不少,大多字面上的激情有余,远没有叶老师那么有味道。叶老师说,好的宋词,在宋代就是流行音乐,会被人一遍一遍反复咏唱。

比如他吟柳永的《雨霖铃》,古韵长腔,顿挫抑扬,我们似乎都和柳永一起在码头,在长亭,共同见证那悲切凄苦场面。柳永不过是一场普通泡妞后的伤感,而叶老师的咏唱中,仿佛加进了唐明皇对杨贵妃的那种刻骨铭心的爱,还有人死不能复生,再也不能见面的哀怨。

1991年,叶柏村老师去世。他有遗嘱,他爱师大,请求将他的骨灰,埋在师大老图书馆附近的一棵扁柏下,不留姓名,所以,知道的人极少。我们回母校,总要去追思一下,扁柏已经长大,我们站在树前思念,叶,柏,村,有叶,有柏,有村(浙师大地处金华高村),树如人,扁柏的清香,伴着叶老师磁性的声音,又清晰地回响在耳边。

世易时移,坟大多变成了碑。起先,树荫碑,碑掩树,不用多少时日,树就成林,成景,碑则成了符号。矮碑高树,那些逝去的灵魂,与大地同绿,与大地共生。

豆种南山

最近一年来,我将QQ签名改为"草盛豆苗稀",有朋友哂笑:是要归隐吗?我说是传统纸媒的日子难过,虽然努力,收成却如王小二过年。

陶渊明豆种南山,却草盛豆稀,为什么会这样呢?主要是陶没有经验吧。

但细想起来,还有很多的意思。水平差,没有经验是主要的。很多不为五斗米折腰的官员,有这样的气节,却没丰富的劳动经验。人毕竟首先要生活,要吃要喝,即使是"一箪食,一瓢饮"。除此外,豆种的质量估计也有问题,种子直接影响下一代的生长,豆种不好,也可能豆苗稀。另外,南山的土质,我没有调查过,说不定也有问题,也许那里的土质,只适合种菊花之类的观赏品,不适合种黄豆之类的生活必需品。所以,许多客观原因,加上不善于劳动的主观因素,虽然他"晨兴理荒秽,带月荷锄归",还"夕露沾我衣",也还是收成不好,归园田,居不易啊。

连朱熹也十分同情陶渊明。他写过一首《豆腐诗》,是这样的:

种豆豆苗稀,力竭心已苦。

早知淮南术,安坐获泉布。

朱认为,像陶渊明那样,种豆南山下,太辛苦,不如做豆腐,可以卖个好价钱。人们一直传说,豆腐是淮南王刘安发明的,朱熹也这么认为。

我现在基本认定,苏轼被贬黄州的那五年,在东坡上种的作物中,一定有豆。贫瘠的生地,撒上一些豆种,浇水,锄草,自然会有收成,是不是像陶渊明那样的结果,实在不重要,他好歹还是个八品官,团练副使嘛,总有点收入的。种豆种出个东坡居士来,豆也算功绩不可没。

那天,在富阳龙门,孙权后代的集中居住地,我听到了孙权祖父孙钟种瓜的故事,有一年,收成不好,孙钟的十亩地里只结得一个瓜,当时就想,唉,种什么瓜啊,要是种豆多好,随便种,凭孙钟的农民把式,一定丰产。

有一个情节至今也忘不了。我做实习老师时,讲《孔乙己》,一学生问:老师,孔乙己站着喝酒,是因为他穷,他摸出几文大钱,一一排开,但为什么他一定要吃茴香豆呢?我愣了愣,是啊,为什么是吃茴香豆而不是别的什么豆呢？用求救的眼光看着听课的指导老师，老师也是王顾左右而言他，只能急中生智了：这是江南一带的特产吧，便宜。非常不满意这样的答案，但我不能解释更多。

忽然想起。小时候，到了种黄豆的季节，在外公的指导下，曾经干过这样的活：生产队一般都会利用田边地角种些黄豆，在宽宽的田埂两边，每隔十厘米，用小锄挖个小角，放点菜饼之类的肥料，再点几粒豆种，用土覆好，几天工夫，豆苗就会长出。我的记忆里，黄豆大概是生命力最强的作物了，点下去之后，基本不用管，风吹雨打，依旧茁壮。那时候，物质匮乏，而我们种的黄豆，到了成熟季节，只要到地里折几棵，水煮，或剥开用青椒炒，诱人得很，冬天的爆炒黄豆，还是种锻炼牙齿的坚果呢。

大豆应该是世界性的产物，多得很。茴香豆呢，很可能引种于安徽淮南、淮北一带，故又名"淮豆"，浙江广大农村都有其栽培的历史。我们小时候都叫它蚕豆、佛豆、罗汉豆。鲁迅外婆家的乡下，立夏采摘季节，一定热闹得很。于是，在绍兴的大街小巷，这种加了茴香等料煮成的豆，就是人们日常的休闲食品了，咪一口黄酒，夹几粒茴香豆，确实惬意。据说，仅绍兴咸亨酒店，孔乙己吃过的茴香豆，日销量就达几百公斤。鲁迅只能让孔乙己吃茴香豆，如果是别的大鱼大肉，如果让他坐着，他就不是孔乙己了。

我喜欢东拉西扯地细究。

陶渊明种豆，表面上是种豆，可为什么不能说他种的是政治豆呢？这样的官，我不做也罢，穷我也要独善其身，我偏不合污，那我就种豆,自给自足,这总行了吧。虽然种豆水平不好,但没关系,我心情好啊。所以从这个层面讲,陶种的不仅仅是生活豆,而是政治豆。

可不是嘛,豆和政治向来联系紧密。

商朝末年,孤竹君有两个儿子,大儿子伯夷和二儿子叔齐,叔齐本来是要做继承人的,可是,他一定要让给伯夷,大哥也不干,兄弟两人就先后逃到周国。恰好碰到周武王伐纣,两兄弟拦住武王的马,极力劝阻,自然无效。武王灭商后,他们耻食周粟,采薇而食,最后饿死在首阳山。那"薇"是什么东西呢?就是野生的豌豆苗嘛。宁吃野豆苗,也不吃周粮,唉,山大不,饿的人多,野生豆苗也不好采啊,有一顿没一顿的,死是他们的必然结果。

煮豆燃豆萁,豆在釜中泣。

文学才子,急中生智,只走七步,拿早上刚刚吃过的豆来完成哥哥的命令。其作为豆的生长母体,既生产了豆,就已经完成了历史使命,用萁来燃豆,就如用稻草来烧米饭,最常见的生活现象了,可在曹植的《七步诗》里,政治寓意却强烈:丕大哥啊,我无意于您的王位,不要害我,本是同根生,相煎何太急呢?!

宋人徐度的笔记,《却扫编》卷中,记载有官员用黄豆黑豆来修身,颇为独特:

赵康靖公退休回到乡里居住,他家的案几上常常放着三个器具,一个用来装黄豆,一个用来装黑豆,一个是空的。他会经常将数颗豆子放进空器中,人们都不知道他这样做是什么意思。

有天,比较亲近的人问他原因,他这样告诉:我平日里,脑子里有一个好念头产生,就投一颗黄豆;一个坏念头产生,就投一颗黑豆,用来自警自省。开始的时候,黑豆多于黄豆,后来,黄豆多于黑豆,现在,好念头、坏念头都忘记了,也就不再投豆了。

我们讲修身,讲迁善改过,为的是使自己的人格更加完善。对于高要求的人来讲,坏的念头都不能有。因为,念头是先行,是指导人们身体的总指挥,有了坏念头,而又不去扼制,那么,坏念头就会成长且壮大,一有合适的时机,就会破笼而出。

干脆,将坏念头扼杀。

赵公的黑豆没有错,只是借代物,它可是很有营养价值的噢。

西哲毕达哥拉斯,更是把政治豆引向极致。

这位古希腊卓越的思想家和宗教领袖,他的养生之道中有一个禁忌:不食豆类。人们很难理解,用途多元又营养丰富的东西,他为什么不吃呢。后来,研究专家认为,古希腊人在选举政治代表时,掷入票匣的是豆子而不是选票(纸张在古代是希罕物)。所以,毕氏对门徒传达的真正意思是:别跟政治扯上边!

我还是比较相信这种研究结果的,因为在他那个时代,许多人要么不坚持,要坚持一种信仰,那就非得坚持到彻底,甚至是决绝。

前些年,农村选举,常常也是丢豆。选李村长,丢进一颗黄豆,选王村长,丢进一颗黑豆,选张村长,那就丢进一颗蚕豆吧,豆就是人,人就是豆,黄黑分明,一清二楚。

近读晋人张华的笔记《博物志》,在《食忌》里看到两条和豆有关的:一说,人连吃三年生大豆,就会身子沉重,行动困难;又说,常食小豆,令人肌肉干缩,皮肤粗糙。

看来,豆在那个时候已经是一种流行食品了,否则不会有这么多的提醒。小豆应该是我们现在的绿豆和赤豆。凡事都有度,吃多了肯定不好。还真是这样,秦汉以前,豆称"菽",它和粟一样,是先民们的主要粮食之一。

豆的功能,还在不断被延伸。

红豆生南国,春来发几枝。

愿君多采撷,此物最相思。

虽然是写给李龟年的,但我敢肯定,王维绝对不是同性恋。谁又说男人间没有纯真的友情,男人间的友情不能用相思来表达呢?相思豆,相思树,还有许许多多的相思。它已经成为相思的千古绝唱了,这就足够。

我在一个网站上看到,"红豆"已经有十六个译本了,举霍华德 2005 年译稿:

In the south the red berry tree grows,

How many twigs sprout as Spring flows?

I wish you pick as many as you could,

Most express my yearning they would.

外国人也许更能理解王维的相思,他们的情感神经比我们丰富。

管他什么豆,豆有如此相思功能,也真是物有所值了。

豆种南山,就是种下了希望,万一来年豆满仓呢?!

阿Q心中的女神

阿Q躺在土谷祠里,几两绍兴酒将他醉得很兴奋,腾云驾雾,他开始想女人了。本来他对女人不敢或不屑,不会有如此强烈想法的。

那日,他闲来无事,屈尊在王胡身边坐下,并和王胡比赛捉虱子,不料比输,更不料因为他想扁王胡却被王胡打得落花流水,这是他生平第一件屈辱事;然后碰见假洋鬼子,本来在肚子里骂骂的话竟然因为愤怒而跳出了口,又被假洋鬼子追着打了几棍,这是他生平第二件屈辱事。待小尼姑迎面走来,他才想起,今天运气这么差,是因为碰到了这么个贱货,于是,他毫不客气地摸了小尼姑的头,这一摩挲,给阿Q带来不小的快感,他兴奋极了,虽然小尼姑哭着喊着骂着"断子绝孙的阿Q",他仍然很开心!可到晚上,睡在冷冰冰的土谷祠里,他就不开心了,断子绝孙不好,他也要有子有孙。

于是,阿Q心目中的女神出现了。

在赵太爷家的某日,阿Q舂了一天的米,吃过晚饭,他便坐在厨房里闷闷地抽旱烟。吴妈,赵太爷家唯一的女仆,洗完了碗碟,也在长凳上坐下了,而且和阿Q谈起了闲天。迅大先生没有详细描绘吴妈的样子,但这不妨碍阿Q对他心中女神的崇拜:他看着吴妈,正看侧看,上看下看,越看越喜欢,"有子有孙"的愿望越来越强烈,荷尔蒙急剧上升。"我和你困觉,我和你困觉!"阿Q忽然抢上去,对伊跪下了。

结局大家都知道的,阿Q不可能得到吴妈的爱情。

其实,阿Q的恋爱是有可能成功的。他本质还不错,干活绝对是一把好手,割麦便割麦,舂米便舂米,撑船便撑船。有这样劳力的人,只要想正经过日子,即使不会打理,如果他娶上一个老婆,那么只要老婆勤劳肯干,会持家,他们照样也会过上平常而平常的日子。如果阿Q讲究一定的方式方法,不那么直截了当要求上床,给吴妈心理准备时间,那阿Q的人生说不定就会改变。当吴妈和他唠嗑时,他可以接上话题,谈工作,谈生活,谈理想,谈人生,而且,一定要用绍兴土话聊,在绍兴土话中,不时地插上几句城里官话,让吴妈在和他聊天中,逐渐认识并充分认识到他的优点,我阿Q也是见过世面的嘛,最主要的是,我阿Q,朴实,乐观,厚道,我能让那么多的人开心快乐,我也一定会让吴妈你开心快乐的。吴妈,我的理想是:农妇山泉有点田,我有山泉,我有良田,现在就缺你农妇了,你就是我心中的七仙女,我却比董永强多了。上无片瓦我不怪你的,下无寸土我自己愿意的。吴妈你听,七仙女唱得多好啊!

除了以上优势,阿Q要恋爱最后还有一招可用。他反正到哪里都是打工,那为什么不在赵太爷家一直打下去呢?一直打下去,用不了多少时间,他就可以将吴妈征服,我肯定。唐伯虎点秋香,看过了吗?阿Q?很精彩呢!

现在,我们将阿Q当作一个概念,并将概念延伸扩大。

阿Q其实就是贫雇农,一典型的农民工。农民工所具有的优点,他都有,农民工存在的缺点,他也有。和一般农民工不同的是,他对家乡鲁镇是比较热爱的,他就在本镇务农,没有跑到上海广州等十里洋场花花世界,顶多去过几趟城里。但不管在哪里务工,有一个问题很现实,那就是他们的个人问题,说俗了,就是性问题。这是个普遍问题,这也是全球性问题,这还是历朝历代都有的问题。只不过是,这个问题,随着环境不一样,它的表现方式会不大相同。孟姜女的丈夫绝对不可能带着孟姜女去修长城的,因此,他也有性问题。给白居易苏东坡拉纤的船夫,每天看着他们带着小老婆喝酒赋诗赏山水,你以为他心里好受?他也经常起性呢,只不过没地方发作,非常地痛苦。

前两天,我看一个叫《上庄记》的中篇小说,小说中有一妻子深谙这个道理,她规定外出务工的丈夫,一年只准两次去洗头店解决这方面的问题。对这个丈夫来说,这个妻子真是太人性了,你不规定,他未必不去,你规定了,他反而自律了,甚至都不好意思去,毕竟是有老婆的人嘛,毕竟没有这个东西并不会影响生命的存在嘛,否则,那些太监怎么办呢?

我每每看一些社会新闻,不管是外地的还是本地的,农民工为了性去犯事,还真不少,虽然手段和花样五花八门,但目的却是直接的,就如阿Q那样的,要和吴妈困觉,问题是,人家吴妈根本没这个想法,没有足够的思想准备,当然也就不愿意了,不愿意,你不就是强奸吗?强奸是什么罪?很重的。这个未庄的阿Q不清楚,但现在农民工们大致都清楚的。可是,即使清楚,那为什么还屡屡犯事呢?法律,政策,严管,教育,这应该是一个综合工程,如果这个问题能有效得到解决,那我们的社会就和谐很多。

可是,还有比阿Q性问题更严重的问题呢!说起性,我们总是害羞,什么人都谈性色变,许多人都是无师自通,自学成材,我读大学的时候也有笑话,有两个小同学接吻了,他们非常担心,偷偷问大同学,会不会怀上呢?现在有的学生倒是大胆了,和女神直接上床,两年内人流九次。我想这女生的家长肯定不知道,知道了绝对像赵太爷家对付阿Q那样的,要么大打出手,要么直接气昏。

去年十一月,在绍兴柯岩景区的鲁镇街上,熙熙攘攘的人群中,我们又看到在人群中闲逛的"阿Q"。我们开玩笑说:阿Q,昨天晚上你又去赵太爷家偷东西了吧?戴着毡帽的阿Q张着嘴巴,扑闪着大眼,连连摆手分辩:没有没有,我现在已经自食其力了,我还是"事业编制"呢！我现在都讨了老婆呢！

　　哈哈哈，我们大笑，这个"阿Q"，演技是如此的娴熟，眉目都会传神了。不知他那媳妇，是不是他心目中的女神吴妈呢！

樱桃树事件

樱桃树成为事件,是因为樱桃今年虽然大丰收,但主人还是忍痛把树砍了。

我们报纸的热线,昨天接到 D 小区居民的电话说,小区里有一棵很大的樱桃树,现在樱桃熟了,很多住户都去采。主人不胜其扰,最后痛下杀手。

记者调查结果大致是这样的:11 年前,主人詹先生花 38 块钱买了棵樱桃树,种在一楼的院子里。过了四五年,樱桃就开始结果,但同时也不得安宁了。不安宁主要表现在这样一些方面:很多小孩大人都来摘,文气一点的,从围墙的缝缝里伸手进来摘几粒,也有人索性爬上墙头,甚至翻进院子,主人对他们说,樱桃还没熟，过几天熟了再来摘，但几乎没人听；今年果结得特别多，摘的人很多拿着篮子、水果盆、塑料袋，更夸张的是，居然还有架着梯子来摘的。主人担心，万一哪个小孩摔在院子里，谁来负责？昨晚六点半，他们一家正在吃晚饭，又有六七个人闯进来，全是大人，闹哄哄的，主人出去讲了几次，根本没人理，其中一个四十多岁的女人，已经摘过四五次了，詹先生说，我都不好意思说她了，可她不觉得不好意思。一家人于是商量，砍了吧，砍了我们还能安耽点。吃完饭，七点半，他们就把树砍了。詹先生说，就在我们砍的时候，还有两个人不肯走，我一边砍，他们一边摘，一包包装了拿走。

樱桃树事件，一时成了人们茶余饭后的谈资。大部分人都指责摘人家樱桃的行为，有人认为可以报警，有人认为可以迁树，但不少人认为还是把树砍了安耽。

一座文明城市出现这样的事，确实有点让人遗憾。但是，我认为这不是偶然，我们并不能据此指责人们的道德水平低下，事件背后还有更深层的原因。

我想用两个设想来试着解释这个事件。

不妨把樱桃树设想成一个公众人物。

樱桃红了，而且丰收，自然引起人们的关注。猩红的樱桃，让人馋涎欲滴，市场上要卖三四十块一斤呢！就如一个公众人物，经过家长若干年的培养，突然有一天红了，而且出场费也很高，人们自然关注和喜爱。伴随着关注和喜爱，一些非理性的举动也会随之而来。

和摘樱桃不同的是，人们会用另一种形式摘公众人物的果子。比如狗仔队，对他们一举一动的捕捉，让你一刻也得不到安宁，总之，关注你的人，比苍蝇臭虫还让人讨厌。谁让你红了，而且这么红。樱桃也是红，人家才不管你是不是私产呢。反正，你红，我们就要吃你！从这个角度讲，樱桃红了，人人都有喜欢的理由。

再不妨把樱桃树设想成一份公共财产。

公共财产的最大特点是，它属全社会所有，谁都有份，而谁都没有份。有份是因为和所有纳税人都有关系，没份是因为这个财产要有充足的理由才可分配。公共财产，是大家的，但大家又不能随便拿，这依据的就是一种先前设定的制度。詹先生家的樱桃红了，而且前几年就红了。这里，詹先生管理这棵樱桃树存在着制度缺陷，墙缝里手伸进来就可以摘到，这不好，如果公家的东西，很容易被拿走，而又不追究责任，那么，十个人里九个人要拿的，不拿的那个反而会被人嘲笑。詹先生为什么不把围墙修成手伸不进来呢？围墙修好了，不仅手伸不进来，即使翻墙也翻不进来，就是说，不管大人小孩，没有我的同意，你是进不来的。对于架梯子这样的大胆行为，确实太过分，不报警，起码也可以让物业出来制止。有了制度保障的公共财产，理论上是比较安全的，至于现实中出现的某些不安全事件，关系也不大，那些不安全事件的主要责任人，法律会让他们付出应有的代价。

这两个设想，不是说那些摘詹先生樱桃的人，没有一点责任。什么时候，人们懂得如何全面尊重别人，遵守约定俗成的规则，我们的社会,才会更加和谐和进步。

　　樱桃吃了也就吃了,樱桃树砍了也就砍了,但樱桃树事件,应该可以载入公民道德课本的,否则真是可惜了这个上好的素材。

"胖金妹"之类

丽江的导游一接上我们,就开始尽职地导"游"了。黑黑的小个子却透着非常精明的阿义说,他是汉纳族,即父亲是汉族,母亲是纳西族。我们只是笑笑,因为这样身份的导游,我们在很多地方都见过。

阿义重点讲述胖金哥和胖金妹的故事。到过丽江的人,一定耳熟能详。故事的主角当然是胖金妹了。号称世界上最幸福的丽江男人,为什么这么幸福?一切的一切,都是以胖金妹为基础而构建的。胖金妹,黑而胖,白天有干不完的活,有时还要用背篓驮着胖金哥走路,为的是怕胖金哥累着呢。阿义说,当然,胖金妹这么任劳任怨,还有一个原因就是,晚上,胖金妹能得到很好的娱乐服务，谁都喜欢男人强壮有劲啊！这个时候，阿义透着坏坏的笑容。

第二天，我打的。司机是个正宗的胖金哥。出于职业习惯，我开始搭讪采访。我说，胖金哥很幸福啊，你还用自己开车吗？胖金哥笑笑说，那些导游全是胡扯，哪有什么胖金哥胖金妹。我辛苦得很。你看我这个年纪，我只有43岁，可是我已经做爷爷了。儿子1991年的，媳妇1992年的，生个孙子还被罚了4000块钱。胖金妹的故事肯定有的，只是司机文化水平不高，估计他不知道詹姆斯·希尔顿，或者不知道著名的《消逝的地平线》，但他只是强调他不是胖金哥，他老婆更不是胖金妹。

古希腊神话中，阿玛宗族有一条族规，为了生育而需要亲近男性者，必须在战场上杀死一个以上的男性，否则永远不得结婚。所以，这个族的女性个个善用刀枪和弓箭。据说，她们为了打仗时投掷标枪和拉弓射箭方便，都将自己左边的乳房切除。这种强悍，让人震撼。从某种角度讲，远古人类，为了生存而采取的任何措施都是合理的。也就是说，带有母系氏族社会特征的纳西族，关于胖金妹的故事，不仅是对纳西妇女的赞美，更是这个民族得以不断延续的重要文化精神动力之一。

去年的一个时候，美国戏剧家恩斯勒导演的话剧《V独白》（也叫《阴道独白》），在中国演出。我注意到了这位导演的立场：不要从名称里看出有什么淫秽，他们坚持的是一种公益性质，如果变成商业，利用女性身体禁忌去赚钱，那将是女权主义者坚决反对的。

我说这些事情的一个很明显的用意是,有很多东西本来是很美好的,却在商业化的浪潮中不断被异化,就如前面讲的胖金妹故事,妇女爱劳动会劳动,应该是件挺光荣的事,但一味将其夸张和膨胀,添油加醋,甚至胡编乱造,就很容易变成笑料。

这种异化,在蓬勃发展的好像打了鸡血似的旅游业身上,最为明显了。

从阳朔回桂林的途中,被赶到一个玉器店:起先我们被集中在一起听介绍,过了几分钟,一人推门探头说,服务员,你不要介绍了,今天,这个团,老总要亲自接待。随后,老总就进来了,名片一圈发下来,上面写着是缅甸某某财团的董事长。该董事长说,今天,是我老爸多少岁的生日,老爸一定要让我做件好事以还愿,所以,我们店对你们这个团实行最大优惠,史无前例。接着介绍一些玉的知识,对我们这些外行来说,很新鲜,很真实,于是有不少人开始心动,心痒痒了,钱袋子就捂不紧了。回到车上,一阵激动过后,我问他们,开价几十万的玉,几百块钱卖给你,可能吗?一群人都不作声,想想也真是,无缘无故,凭什么啊,这只是他们的营销策略罢了。

巧的是,前几天,我正好看到央视财经频道的一个暗访,这回的对象是韶山游。记者分四次报了不同价格、不同旅行社的同一线路游,四次都出现我在桂林途中的相同场景,第一二次是个男的董事长介绍,同一个人演两次,理由一是父亲生日,一是父亲还愿,第三四次是女的总经理介绍,人不同名字相同,理由也差不多。前者是缅甸富商,后者是泰国财团。让玉器商在不同的时间以同样的理由活灵活现地表演,节目趣味性是很强的,我大笑,原来,我只是偶遇一次而已,正因为有许多像我一样的游客都是偶遇一次的,所以,这些把戏,才有不少人上当,这也是这些不良商贩屡试不爽的伎俩之一。

央视这么强有力的曝光后,不知道那些人会以别的什么形式忽悠呢,也许游戏版本会越来越升级了。

这样的异化,极可能会使一些风景真如画的景点走到死胡同里,有些虽然表面上看起来还很兴旺,但我敢断定,要不了多久,冷落和寂寞是必然的。

有关第一次记忆

你什么时候开始记事的？

你脑子里记忆的第一件事是什么？

这应该是一个很有意思的话题。最近有研究者认为，欧洲人早期记忆的平均年龄约是 3.5 岁，东亚人平均是 4.8 岁，新西兰毛利人是 2.7 岁。

我和弟弟相差五岁。弟弟出生的时候，我一点没有印象，他的出生，在我们家来说应该是件大事，这样的大事我都没有印象，那肯定还是处在"童年期遗忘"那个阶段内。也就是这个时期，有一件事我却是有很深的印象，我把它当作我人生记忆第一件事。这件事是，我表舅家造新房，墙角起好后，表外公拿着一把香，弯着腰到四个墙角东拜拜西拜拜,我们一群小孩跟在后面,只是觉得好玩。严格说起来,这是件不太有意义的事情,但却深深印在我脑子里,包括久已逝去的有着长长胡子的表外公的形象。后来,从表舅处证实他们家的建房时间,于是,我确认,我五岁开始有记忆了。

第一次记忆,经常被我当作茶余饭后聊天的话题。

一位同事这样说他的父亲,他的父亲Z,是我们省里知名的作家。这位先生据说一直到四岁还不肯说话。我们说,怎么可能呢,孔融四岁都开始让梨了,小孔这么懂道理,他一定是老早就开始记事了,否则梨怎么让呢。同事信誓旦旦:绝对真实,他爷爷奶奶和父亲自己都这样说。同事继续说:有一天,我们家突然起火了,家里人没有发现,他父亲突然大叫两声:起火了!起火了!话题于是再次热闹:你父亲是一下子从初级阶段跳到中级阶段,一般开始说话都是简单的一两个字,而他居然一张嘴就讲话,还带有强烈的语气和感叹词,真是不一般呢!有人还说,你父亲是冷眼观世界吧,他不愿意这么早就介入社会,只是环境把他逼急了。不用说,这位四岁才开始讲话的先生,他的记忆一定是从那个时候开始的。

再用身边的事例来考察。

陆地同学四岁之前,一直住在我任教的学校里。有的时候,保姆抱着他时不时来我上课的地方转悠,课外活动时,他也常被我的学生们抢着抱来抱去,他还有好几位同龄人,大家经常碰面一起玩的。大部分时候,我们的工作和生活都在校园里。到他五虚岁的时候,我调到别的地方工作,他也跟着上幼儿园。长大后,我们问他,你对我们原来学校还有什么印象,他总是摇摇头,说,不记得什么了。我就很奇怪哎,我们在宿舍边上还搭了个小鸡窝呢,里面还养有几只鸡,我们还经常带着他去捡蛋呢,怎么都没有印象了呢?我想,这不是我能够回答出来的,这一定有很多很多的原因。

对此,1905年,弗洛伊德提出一个观点:我们压抑了儿时的记忆,是因为记忆里充满了性冲动和攻击冲动,这太丢人了。哈哈,他总是三句不离性,你不能完全把婴儿依偎在母亲怀里吮奶而对乳房充满感情理解成性冲动啊。我们知道这绝对不靠谱。要说这个性,八九岁我倒还相信,媒体此前就报道过新加坡一个九岁女孩做妈妈的让人大跌眼镜的新闻。我以前也读过郭沫若的传记,好像也有这样的事,大意是说他在很小的时候就有一种性冲动萌发,他是在爬树的时候产生这种冲动的(估计是摩擦产生力,他又早敏感),冲动的对象是他的嫂嫂,他自己写的,绝对靠谱。

如果,有一项研究,将我们早期那些被遗失的记忆恢复或者释放出来,那将是一件多么有趣的事呢。你想想,这都是些绝对无污染,绝对显童真的,从社会学人类学角度说,这些记忆完全可以从各方面考察我们的道德初始水平。

刚刚读到英国一位叫凯特·福克斯的人类学家的第一次记忆,转记如下:第一次参加婚礼,在教堂,现场一片静默,牧师正在主持婚礼,她突然转向妈妈,大声到几乎刺耳地在她耳边来了一句:他现在就会播种吗?此后好几年,她父母都没有带她参加婚礼,她感觉到不公平,因为她其实早已清楚地掌握了所有的关键知识,只不过把顺序搞乱了一点而已。

每个人都有自己的人生第一忆,我们的第一次记忆,一定是五彩斑斓而又带有深深的社会和时代印记。请不要认为很无聊,如果有足够的时间,它一定可以做成一本大书的。我坚信!

即将老去的旺旺

车刚刚驶进白水老家小院,一阵汪汪汪迎接我们,低沉,浑厚。

妈连声叱咤:旺旺,别叫,别叫,娘舅他们回来了!

旺旺在我脚边嗅了嗅,摇头摆尾,表示我们是熟人,欢迎回家。

你看出来了,旺旺是条狗,是妹妹秋月家的一条狗。

妈一下端上来两盘栗子,一盘生,一盘炒。我坐下来剥栗子吃,旺旺蹲在我脚边,看着我剥栗。中秋刚过不久,百江的山里,到处是咧开口笑的板栗,饱满油光,像个小滑头,却惹人喜爱。刚打下来的鲜栗,放一两天后,栗壳自动拆开,一颗颗拣出,风干。

风逼栗子,味道要好过炒熟的。炒栗,闻着香,吃着却有些噎,淀粉嘛,都有这样的感觉,而风逼栗子却不这样,甜,糯甜的那种,不腻,咬上去软软的,软中又有韧劲,嚼完有回味。

我沉浸在栗子的美味中。

一抬头,旺旺和我对视。

我笑问:旺旺,想吃栗子吗?没有反应,它鼻子透了透气,仍然很认真地盯着我。

妈在一边唠叨:秋月他们搬到桐庐去了,旺旺不会坐车,我们要带它。本来想送送掉算了,看着它忠心耿耿,年纪又大了,实在可怜。

我便问:旺旺多少年纪了?

妈答:十一岁。

爸这时插嘴:狗一岁,相当于人七岁,旺旺比你妈还大一岁呢。

听到这里,我心里一怔:呀,家里两老人,老爷子八十四,妈七十六,现在这个旺旺七十七,家有三老!

妈继续说着旺旺。

秋月搬家后,将旺旺委托给邻居萍香照看,萍香显然只把它当一条普通狗养,给它喂吃的,旺旺也爱理不理。旺旺每天蹲在秋月他们店门口,看来来往往的行人,看上上下下的汽车。有时,秋月他们出门,几天就回来了,这一回,整整七天,不见踪影。终于,第八天,旺旺疲惫地寻到了白水外婆家。

以前,秋月他们经常回白水吃晚饭。傍晚边,镇上的店门一上锁,旺旺就在一旁候着,它知道,要去对面外婆家了。秋月在前面走,旺旺在中间碎步行,荣华在后面拎着一袋东西,阔大的金黄田野,清清浅水的罗佛溪,人和狗都徜徉在风景里,过一段马路,跨一座小桥,一公里左右,就到了白水。百江镇上和村里的人,好多都认得旺旺,它也悠闲,不急不躁,到哪里都受欢迎,旺旺就是个宠儿,名字叫着喜庆,大家喜欢。

旺旺还具有别样的音乐天赋。

秋月他们的店,在街中心,卖百货,修手机,修钟表,充话费,杂得很,店里为了招徕顾客,常常放着音乐,声乐巨响。有次,刀郎的歌响起,旺旺就跟着唱,伸着头,嗡嗡嗡,声音蛮响,开始还不知道它是唱歌,后来,每次放刀郎的歌,它都很兴奋,跟着嗡嗡,荣华就将它录了下来,顾客现场观摩,捧着肚子,笑得不行。我们知道旺旺会唱歌后,也很惊奇,我想,它可能是喜欢刀郎曲子的节奏。刀郎的歌曲,声音清澈,高远,似乎看见西北汉子骑马行走在无垠的旷野下,天苍地茫,随意率性,边行边高歌,而歌声情绪的飞扬,让旺旺极度兴奋。西北偏北,那里是它野蛮祖先发源生长的地方,基因里有一种天然的向往。

关于旺旺的来历,我也不是十分清楚,看它的外表,陆地同学判断,它应该是一只杂种狗,极有可能,父亲是宠物狗,母亲是土狗,或者反一反。仔细看旺旺的长相,和一般的土狗确实不一样,它四脚比较短小,一看就不是那种在野地里疯的土狗。因为吃得好,长得胖,所以,旺旺走路的样子就有点滑稽,小步,碎步,上身会左右摇摆,人见人爱,车见爆胎。

先前,旺旺年轻时,它能一口气跑到白水。有时,老爸沿着302省道走路锻炼,旺旺还贴着护栏伴行,屁股一旋一旋的。节假日回白水,旺旺也跟着我们走过,我和毛书记常常从家门口的51km标志往西行,一直到炮台山将军岭返回,右边是徐坞口、银盘山、清水湾、青桐树、桂花林、蔷薇林,里山是大片成垄的茶园,黄颜色的栗林,翠翠的竹林,山青草葱,满目皆绿,我们快行,旺旺也一路小跑。后来,旺旺年岁渐大,它来外婆家,积极性明显下降,中间它都要休息一两次才行。再后来,秋月他们来吃晚饭,旺旺就不愿意当跟屁虫了,嫌路远。

妈说,这一次,旺旺有点被抛弃的感觉,蹲守七天后,顽强地来到了白水,我不知道它中间休息了几次,但一定很痛苦。

初来的几天,旺旺许是心情还没有得到大的改善,胃口不大好。妈去百江买来猪肝,将肝切成数块,每天喂它吃。对食物,旺旺挑剔得很,一般的东西不吃,蔬菜也不吃,鸡猪鱼,这些要吃,这大概是它脂肪高的原因吧。

一段时间后,旺旺就活泼起来了。它要追猫,它要喝斥别的狗,对于陌生人,它总是吼出一种威严。前天早上,我还在楼上睡着,突然,听到旺旺的低鸣,这种低鸣,常常是厉害的大狗,在大声吼叫前的预警。紧接着是表舅喊妈的声音,他给我们送新鲜的南瓜叶来了,我下楼,表舅说,这旺旺凶得很,刚刚吓一跳!

本想国庆长假后接爸妈去杭州住些日子,妈说,去不了,走不开,你看看,这旺旺在呢,它哪儿也去不了,它也不会坐车。于是,几次说到对旺旺的处理,最终达成的共识是,好好养它吧,它明年就八十四了,狗的寿命也不会很长,到时,旺旺老了,就找人帮忙埋了,也算跟了我们一回。

即将老去的旺旺,要不要替它立块碑呢？我还没有想好。

今天重阳节,我没有写人,而写了一条狗,随手拉杂记下它的一些琐事,只是证明,它和秋月和爸妈和我们曾经一同生活过。

仅此而已。

"显贵"转了四个弯

"显贵"转了四个弯

柏拉图的斧子

尴尬的母亲节

关于钱的一串散想

假如公务员没有薪酬

披着白布的羊

龙袍

我诚挚地献上干姜两片

有精神曰富

听 M 君诉那开会的苦

洗一坨鸟粪多少钱？

尔俸尔禄和民脂民膏

我必须找到坚实的理论依据

耐烦有恒

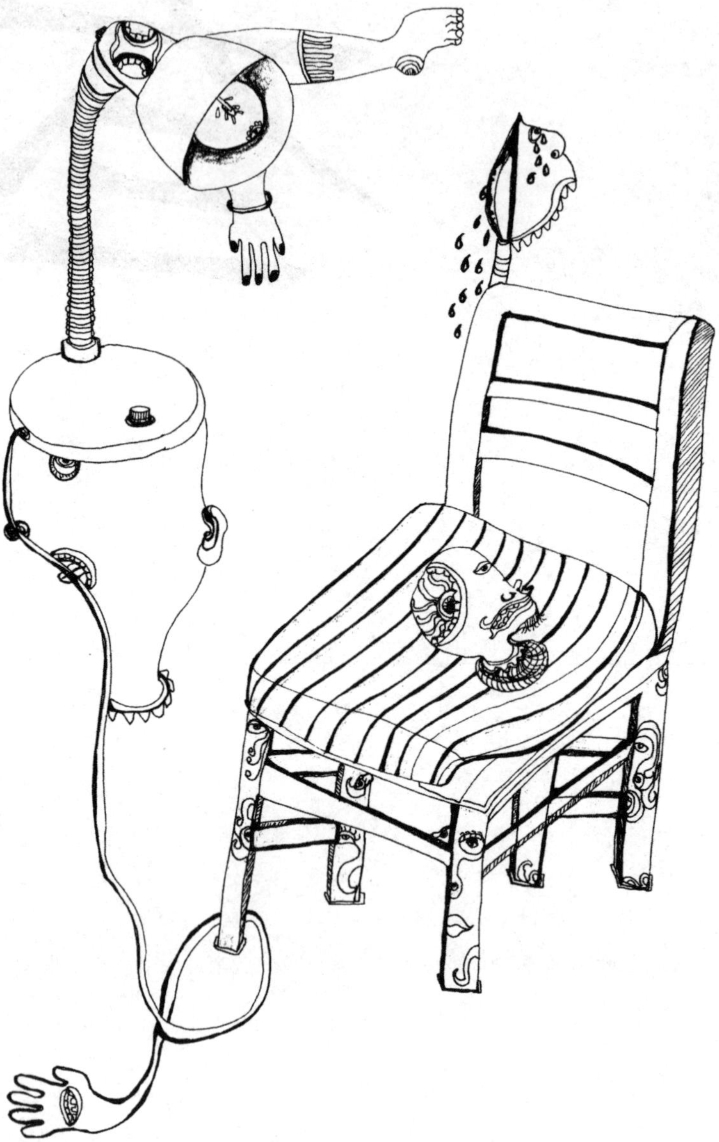

"显贵"转了四个弯

哲学家,中山公子牟,到秦国游学,将要回国的时候,他去拜访秦国宰相范雎。范宰相很谦虚地问:您就要离开我们国家了,根据您的观察和研究,您应该给我一些意见和建议吧。哲学家说,哎,我正要和您说几句呢。

哲学家于是和范宰相说了四个对应关系。

显贵和财富没有必然的联系,但人一显贵,财富就跟着来了;财富和美味没有必然的联系,但人有了财富,美味就随之有了;美味与骄奢没有必然的联系,但一味追求美味就容易骄奢;骄奢与死亡没有必然的联系,但死亡却会因为人的骄奢而到来。历代以来,因此而丧命的人太多了。

范宰相听完,若有所悟:您的告诫太重要了!

不愧是哲学家,"显贵"在他嘴里七绕八拐,转了四道弯,就变成了死亡,或者离死亡很近了,着实让人汗出。

显贵转的第一个弯,他首先碰到了财富。

达到显贵,应该是许多人的梦想。显贵并没有什么不好啊,只要这个显贵是他自己努力得来的,就不太会让人诟病。因为在他通往显贵的道途中,显现着人类的进取心。人们痛恨的是,那些费尽心机而又不择手段,甚至丧失天良而得到的显贵。显贵的标志应该有很多,对一部分人来说,一个重要标志应该是财富,如果财富都没有,那不算显贵。

但有财富并不见得都显贵,法国作家鲁维洛瓦在《伪雅史》中说:在法国三四千个真正的贵族家庭中,只有一千多个才有爵位,而这一千多个当中,有三分之一只是在君主制时期才获得爵位的,这就是说,有许多都是通过非正当途径得到的,有的干脆就是假冒。连著名作家雨果也干这事,他追本溯源,说他祖先是某个乔治·雨果,一个在16世纪末被洛林公爵封为贵族的上尉,而事实上,维克多·雨果的父亲约瑟夫·雨果,出身木工家庭,和乔治·雨果八竿子打不着。

白居易的掩饰,也让他的形象大打折扣:他说他祖宗是楚国贵族,然后是秦国著名大将白起之类,然后就到他们家了。其实,当时的李商隐就怀疑了,后来人家搞清楚,他这个白是胡人,北方的某少数民族,住在一个叫白山的地方,然后就姓白了。

对另一部分人来说,有功名之初,并没有财富,比如范进,中举前连吃饭都成问题,一直要等他上任后,他才有机遇碰见财富。这基本上是一个规律,因为许多显贵都出自寒门。财富碰到显贵后,自然非常亲切,因为财富有他原始的或者说是天生的企图,通过显贵再聚财富。所以,显贵的立场非常重要,他必须要有一双火眼金睛,才能认清财富的真相,否则,财富很容易俘获显贵,撂倒一个俘虏一个,撂倒一个俘虏一个,屡试不爽!

显贵拥有了财富后,显得无比自信,转了第二个弯,他碰到了美味。

这是人之常情,食色是人的本性,没什么好疑问的,吃好喝好也是经济繁荣人民富裕的标志嘛。这个不多说了。

显贵有了财富,再有了美味,他就天天生活在天堂里,他都不想挪动身子了,这样一天一天过日子,神仙也羡慕。但他必须启程,有人焦急地在前头等他呢。于是,他转了第三个弯,这回,骄奢,正张着有力的双臂迎接他。

显贵心里其实很清楚,他和骄奢势不两立,他想将骄奢轻松击倒。

显贵和骄奢正面而对,做出一副要闯关的样子,他知道一切吃的历史都是道德的历史,他非常看不起骄奢:你不就是那个骄奢吗?你有什么了不起的,你又不会创业,你不就是凭着几个臭钱张牙舞爪吗?显贵回头和其他显贵说:我们不要理会骄奢,你们看,商纣王在酒池肉林呢!他不是灭亡了吗?不幸的是,骄奢很强大,他大大咧咧地说:您不要骂我了,骄奢我不是什么坏人,骄奢我是让你享受的,请吧,请吧,来吧,来吧,我是财富的化身,我也是您显贵的化身,鸟还为食亡呢,美味一下又如何呢?!于是,几个人一个晚上可以喝掉七十万的拉菲,于是,一年可以吃掉3000个亿。显贵的意志不那么坚定了,先是很小心,最后欣欣然而忘怀。

显贵这个时候已经集财富、美味、骄奢于一身了,尽管风光无比,外表快活,内心却异常沉重,行事也格外小心翼翼,因为他担心——但是,在第四个转弯口他还是不幸碰到了死亡。

这个时候,显贵已经不那么强大了,他已经没有力气决斗,他在和死亡商量:能不能给个方便,让我往回走,重新来过?死亡笑笑说:呵呵,人生不能后退,这是规律,你能逃得掉规律?来吧,来吧,下辈子别犯傻了!

财富笑了,美味笑了,骄奢笑了,因为他们可以永远重生,所以他们一路轻松牵引着显贵来见死亡。

死亡板着个脸孔,他其实并不欢迎显贵,他累得很,几千年来,接待任务太重了,他只是在执行中山公子牟那个哲学家的遗嘱而已。

柏拉图的斧子

美国作家贾德森和我说,在纽约大都会博物馆的地下室里,有一把历史悠久的斧子。这把斧子是柏拉图先生用过的,它由锋利的青铜斧头和结实的高加索山黄杨木手柄构成。

以下大概是博物馆演绎的故事。

柏拉图有把自己用的斧子,然后把它传给了弟子。有一天,斧子的手柄劈裂了,于是它被换成了橡木的。斧子在哲人弟子手中一代代传下去,一直传到了西亚,那里的阿拉伯人,在西方中世纪时期,曾经是希腊哲学与科学智慧的守护人。尽管悉心保护,但斧子还是被腐蚀了,于是斧头被换成了锋利的大马士革钢斧头。接下来,斧子又传到了新大陆,这个时候,斧子的手柄也出现了问题,又被换成了山核桃木的。

两千五百年来,这把斧子还经历了一些其他的修理与更换,现在依然锋利美观。

这基本上可以把它看成一个寓言了。

它告诉了我们什么?这把斧子虽然不断在变,但其间的规律却非常明显:延续与变化。虽然材质不断更换,但人们始终认为它是柏拉图的斧子,产权一点没变。

柏拉图那把斧子,它的斧头,它的手柄,注定要被改变的,因为时间,时间就是一个历史的检验器,任何东西都会在她面前显形。斧子,青铜质,也会长氯化亚铜,就是铜锈;木手柄,不管你是什么材质,都很快会腐烂,再长也不过数十数百年,即便不烂,出土后也随即风化。但是,只要斧头和手柄不同时消失,那么,代表柏拉图的符号就可以得到延续,这个延续就是不断的修理和充实。特别要关注的是,这把斧子,并不是高高地搁起来供起来,它还是可以为人们所用的,它能帮助人们劈柴、生产,总之,它依然是人们日常生活中须臾不可少的。

于是,我们可将这把斧子看成是一种持久的制度。

有这么久的制度可以一直延续的吗?几乎没有,不要说数千年,几百年也很少,有的时候,就是坚持几十年也难能可贵了。这个道理在斧子中得到了明显的体现。现在我们要梳理的是,在被延续的制度中,有多少传承下来的影子呢?

有一天,颜渊问孔子老师:怎么做才是仁呢?

孔老师回答:克制自己,一切都按照礼的要求去做,这就是仁。一旦这样做了,天下的一切就都归于仁了。实行仁德,完全在于自己。

颜渊再问:请问实行仁有哪些具体的条目呢?

孔老师细解:不合礼的不要看,不合礼的不要听,不合礼的不要说,不合礼的不要做!

在孔子看来,礼崩乐坏,是一个坏时代的典型征候,只有全社会都遵行礼,整个国家才有希望治理好。孔子极力要复礼,礼就是好的制度,礼的优化功能已经被证明好几百年了,他要努力去恢复。礼就是一把斧子,不是柏拉图的,是同时代孔子的斧子。

再比如法,从汉谟拉比法典开始,一直到现代的司法制度,尽管有许多的不同,这种不同,只是根据各国的实情必须要体现的不同而已,但它所秉承的公正公平,相信一定会当作法理的主要精神被尊重被执行。即便是封建帝王,为了治理好他的国家,使国家万世长存,他也会谨遵"王子犯法与庶民同罪",他绝不容许有谁凌驾于法律之上,除了他自己以外。在人类社会发展的长河中,有这么一点点被延续和继承,足够了。

当然,无论从什么角度看,制度肯定有好有不好,它需要和时代契合,因地因时因人而宜。因此,能流传的制度,也不见得都是好制度,那些坏的制度说不定也能流传并发扬光大,而且,事与愿违的是,好的制度往往会失传,或者只在纸上流传,供人敬仰,坏的制度反而流芳百世,永垂不朽。

柏杨先生说的酱缸文化,就淋漓尽致地将一些不尽如人意的东西展现。

比如官场上的一些潜规则,媚上谄上,奉承溜须,假话大话,几乎人人痛恨,但又似乎不用人教,大家都会,似乎是与生俱来的诸如吃喝拉撒的一些基本功能,早就生理性具备了,谁要是没有,或者不会,那就不要在官场上混了,趁早退出,混了也不会有好结果。这一点如何理解?这就好比柏拉图的斧子,已经掺入别的物质,从而改变了斧子的性状。不过,我们仍然可以把它看成是柏拉图的。因为这已经涉及斧子内部的构造问题了,也就是说,这是一把什么性质的斧子,和我们讨论制度的持久,其实是两个概念,但整体观察柏拉图的斧子,必须要分析到它的内部。

柏拉图的这把斧子,一定还会长久地放在博物馆中供人瞻仰。但在科学快速发展的今天和明天,我们宁愿它只是静静地躺在那里,成为象征,成为镜鉴,而不要成为人们生活的羁绊。

尴尬的母亲节

5月13号,美国人正把我们逼向一个尴尬的境地:我们的母亲节,你们过不过?

过!怎么不过呢?你看看,仅我们这座城市,几乎所有的报纸都大做特做,不仅有新闻,头版头条,更有专题,连续大版面,还有诱人广告,折扣空前。

如果不是李汉秋先生大声呼吁,我们许多人还以为这是个世界性节日呢:美国母亲节同美国的历史、宗教有不解之缘,有鲜明的美国文化印记,并没有国际组织宣布,美国母亲节是"国际母亲节",中国也从未宣称"国际母亲节"。那也就是说,这个所谓的"母亲节",我们只是跟着别人,瞎起劲罢了。

洋节日中国化,最典型的要数圣诞节和情人节了。

三十多年前,那时我还在学校工作。我和几个教外语的青年教师,就这两个洋节日,有过比较激烈的争论,我的主要观点他们并不赞同:这种洋节日,在中国不会有长久的生命,因为不太适合中国国情,同样的道理是,美国人,不会过中国人的春节和中秋节的。可今天谈起这个话题,似乎比较尴尬,我观点的前半部分,好像站不住脚了。因为现实情况是,有很多人热衷于这些洋节日。

哪些人最热衷洋节呢?

首先当然是商家了。

他们恨不得天天都是节日,没有节日,也要炮制出节日,何况"母亲节",岂肯放过赚钱机会?中外都一样。有次我看过一个材料,说韩国男青年,最怕过"情人节"了。他们的情人节,不光是2月14号,几乎每月都有,一年十几个情人节,叫人家怎么活啊?

有一年"母亲节",北京的一些餐馆,就推出了道德绑架式的套餐。孟郊的《游子吟》六句被做成六道菜:

慈母手中线——拔丝山药;

游子身上衣——干烧黄鱼;

临行密密缝——烩乌鱼蛋;

意恐迟迟归——脆皮乳鸽;

谁言寸草心——香菇菜心;

报得三春晖——三不沾。

商家自认为是一举多得,最狡诈的是,在这样隆重的节日里,你能少点一道菜吗?不好意思的,母亲把我们养这么大,还在乎六道菜?

而我们自己的清明节、端午节,因为不太好促销,就不怎么去关心了。也是,几个清明团子、几个粽子,能卖出什么钱呢?

献爱心,送温情,大幅折扣,花花绿绿红红火火的虚假,掩盖不住掏你腰包的真面目,而我们大多数普通老百姓,不明就里,不辨东西,真以为天天过节呢!

其次还有媒体跟风。

各式各样的媒体,也非常关心这些洋节,媒体唱的就是四季歌,洋节,已经在一些年轻记者的脑子里,根深蒂固,洋节伴着他们成长,管你什么节,反正我要报新闻,街上流行什么,我就报道什么!

这样去怪商家和媒体,显然失之偏颇。

这只是表象而已,深层次的问题是,我们的价值观肯定出现了一些偏差。我们遇到的种种社会、环境、食品、心理等问题,弥漫在各个领域,许多人都处在焦虑、郁闷、忙碌的状态中。思想混乱,信念动摇,精神懈怠,道德失范,这些你都不能否认,当然,这只是社会的极少部分现象,但控制不好,也仍然会肿痛式蔓延。

1994年,一个美国学者的研究报告,透露出他们的得意:如果一个国家,尤其是东方国家,当她的民众喝着可口可乐,穿着牛仔裤,听着摇滚乐,看着好莱坞大片的时候,不管这个国家的社会制度,本来与我们有多么的不同,实际上,他们的社会状态与我们已经没有多大的差别了。

很不幸的是,这种状况似乎已经成为常态。圣诞节情人节母亲节父亲节,铺天盖地。

再拿文艺作品举例。以前只要出一部作品,就可以卖上几十万甚至上百万册,你的价值观可以得到很好的宣传,现在不行,除了那些玄幻的穿越的言情的,很少有畅销。而我们面对的现实是,人们价值观取向的多样化,因此,这注定是一场无声的充满硝烟味的受众争夺战,既有我们文艺作品各种形式门类之间的争夺,更有和西方强势文化的争夺,争夺中,一不小心,就会走麦城。一个现状是,我们的许多作品,比如影视作品,珠光宝气,豪宅名车,三角四角,帝王气派,富豪品味,无病呻吟,矫揉造作,一句话,离老百姓的现实生活,实在远了些。

如此说来,母亲节这样的洋节日,就应该属于文化价值观方面的问题,它并不是枯燥和概念化的,而是会实实在在影响人们思想的,影响每一个人。每个国家都有自己倡导的价值观,而文化恰恰是一个民族的灵魂和血脉,没有了民族文化,民族也就消亡了。这是很简单的道理。

从另一个角度说,美国母亲节让我们尴尬的一个前提是,正是因为我们对母亲的挚爱和母亲对子女的慈爱,让它有了可乘之机。

我不是狭隘的民族主义者,对于洋节日中,人类共通的向上向善的人性美德,我们自然乐意借鉴和接受,但绝对不能盲从。

母爱如山,大爱无疆。我们什么时候都应该爱我们的母亲,并且要让这种爱,持久终身地浸入我们的骨髓。

爱母亲,其实不需要节日!

关于钱的一串散想

我在读伏尔泰《历史哲学》的时候看到这么一句:金钱是所有伟业失败的根源。脑子里马上跳出一则朱由检的掌故。

军情紧急,吴三桂的父亲向崇祯皇帝要一百万两军费,可当时国库空虚,他又舍不得自掏腰包,于是就要下属们承担国家的危难,发动大臣捐款,可大臣们也精得很,跟着他哭穷,最终的结果是把战机给耽误了。最让人吁叹的是,明亡后,皇宫里竟然发现朱由检的私产达3700万两!

崇祯皇帝大概是历史上最小气的皇帝了,几千年历史,几百个皇帝,估计不会像他这样视钱如命的,结果把命也送掉了。他上吊前还把责任推给人家呢:朕非亡国之君,诸臣皆亡国之臣!

什么人啊。虽然说,明的气数已尽,可是这个小朱的小气也是一个重要原因。国和家,他还没有搞清楚呢。

"人在天堂,钱在银行"之所以流行,我想也是切中时弊吧,这还是一种善意的告诫,别这么拼命啊,钱不就是纸吗?存折不也是纸吗?只是纸张不一样。

这几天,一封邀请函引爆全社会:2010年9月29号下午5时至7时半,沃伦·巴菲特和比尔·盖茨先生,将在北京举行一次私人聚会,特向您发出诚挚邀请,希望此次聚会成为大家就慈善相关话题进行交流的一个契机。他们还声明,参与此次活动的嘉宾,无须做出任何慈善承诺,或是捐款,现场也不会有媒体参加。中国富人陈光标,这是个排名大大靠后的富人,他率先倡议,裸捐。反响真的是挺大,大家都佩服他的勇气。后来还有些细节更让人感动,感动得有些不可理解:他妹妹干的是餐馆服务员工作,他弟弟则是保安,工资都只有一两千,而且一干十几年,他的孩子也还是个位数的年纪,小孩子对他爸爸工作的理解是,他爸爸开的是捐钱公司。对大部分人来说,陈光标的行为几乎不可理解。

另一些富人的反应也是各各不一。

有人说,从内心来讲,他并不欣赏动辄就捐资产的慈善行为,因为在他看来,捐出全部资产并不是真慈善,只有持续为社会创造财富才是真正的慈善。

有人说,没有私就是最大的私,一个不给孩子留一点,不考虑自己的人,你不要相信他会考虑社会。

总之,这些富人们都很害怕被邀请,被邀请去吃饭,如果去吃了这个饭,怎么好意思不向他们学习呢?虽然平时,他们都很想挤破头拉关系,想和这两位富商吃饭。其实,我如果在被邀请之列,我一定会去体验一下两位美国富豪出的"神仙题",这种题目,无固定答案,不用任何准备,只要能自圆其说就行了,我还会反问他们一些问题,比如中国的国情,慈善的本质,慈善的机制等等,搞搞清楚也好,咱中国人腰包不是也渐渐鼓起来了吗?

承德的小布达拉宫,有个千佛阁。我特别注意看了那一排排的小佛像,上面有不一样的数字,我很好奇,问了问才知道,这是人们为保自己和家人平安而捐钱写上的。如果要保平安,一块钱一天,你出几块钱就保几天,于是,不同的数字就出来了,有365天的,有100天的,有66天的,有33天的,最短的是10天。

对于这个10天,我们还有一番讨论:这个保10天平安的人,一定是出差到这里顺便参观访问的,10天大概是他的出差日期,他不想出更多的钱,他又想要保平安,于是就买了10块钱,这大概相当于人身保险吧,有保险总比没保险好,人啊,有时就这么脆弱,说不定什么事就发生了。

这几天,全国的房价还是居高不下,各个城市都是红线,往上涨的,政府的初衷是想大家都买得起房,可是呢,要么大家都不出手,要么大家都疯狂出手,这么多钱哪里来的?我始终搞不清楚,估计也没有多少人搞得清楚。但有一点我很清楚,就是有很多人想用房子来生钱,这个赚头最大。

不妨把钱当作一味药,这可是一副著名的药。

唐朝张说的《钱本草》的方子是这样开的:钱,味甘,大热,有毒。偏能驻颜,采泽流润,善疗饥寒困厄之患,立验。能利邦国,污贤达,畏清廉。贪婪者服之,以均平为良;如不均平,则冷热相激,令人霍乱。其药采无时,采至非理则伤神。此既流行,能役神灵,通鬼气。如积而不散,则有水火盗贼之灾生;如散而不积,则有饥寒困厄之患至。一积一散谓之道,不以为珍谓之德,取与合宜谓之义,使无非分谓之礼,博施济众谓之仁,出不失期谓之信,入不妨己谓之智。以此七术精炼方可,久而服之,令人长寿。若服之非理,则弱志伤神,切须忌之。

这则方子应该算比较长了,看体例,像是仿《神农本草经》。这近两百字的方子,关键是前面六个字:味甘,大热,有毒。真是把钱的药理说得淋漓尽致。甜的东西,人人喜欢,喜欢到什么程度?能召神灵,通鬼气!难怪朱皇帝不肯拿出来救国家啊。在古代,大夫常把五铢钱磨碎后做药引子,除了可以治疗毒疮外,还可以补充铁、锌、钙等元素。由此看来,钱是良药,也是毒药,大热的东西,关键的关键是适度。

有钱可赚的地方,我们会发现一个司空见惯的现象,就是人们的行为举止都不怎么规矩。有的人疯了,有的人狂了,有的人傻了,有的人笑了,有的人进去了,有的人命还搭进去了,世相百态,百态世相,生生的一个钱字闹的。

若想钱而钱来,何故不想?若愁米而米至,人固当愁。晓起依旧贫穷,夜来徒多烦恼。屠隆说,既然这样,那我们还不如流水相忘游鱼,游鱼相忘流水,随他去吧。

假如公务员没有薪酬

公务员为国家工作,却没有工资,这并不是个天方夜谭的问题,至少历史上曾经出现过。

北魏就没有给官员俸禄的制度。真不知道统治者是怎么想的,只给官员一纸任命书,什么也不给,官员就能完成他的职责?

于是,我们可以想见,会出现许多的现象。

第一种,依然廉洁奉公。也就是说,我是凭自己的本事,自食其力。估计统治者的思维是,我们的平民百姓不都是靠自己的劳动而生存的吗?我任命你为一个地方官员,如果你连自己都养不活,那你的能力就大可怀疑,这样的人我怎么能放心地把一个地方交给你管理?

有一个叫高允的中书令,官职已经不小了,他家的日子却过得很苦,家里只有草屋几间,睡粗布制作的被子,穿乱麻为絮的袍子,家中只有盐渍的蔬菜,几个儿子经常上山打柴。有一次,文成帝拓拔濬到高允家中慰问,一看这样的景象,颇为感动,连声叹息,赐给高丝绸和粟米。

高允的同事游雅曾这样评价他:我和他相交四十年,从没有见过他脸上呈现喜怒之色,他博学多才,内心文雅贤明,外表柔顺。

第二种,在灰色地带游刃有余。这样的居多数。既然皇帝让我们自食其力,那我们必须生活得好一些。想想看,如果我们当领导的自己都没本事把家庭建设好,把小日子过舒服,那还有什么脸面去领导别人?这不是明显证明你的能力不行嘛。但是,我们又要遵纪守法,君子爱财,取之有道,不能乱来的。总之,我们的原则是,既把工作干出色,也让自己的生活美美满满。

威远将军崔宽,镇守陕城的时候,他所交的朋友都是豪门大族,他跟这些富人们的关系特别好,他甚至和一些盗贼的首领都有来往,换句话说,他是黑黄白多道通吃。与老板们交往多了,这个你懂的,对他们来说,这简直就是九牛一毛,他们能看着官员朋友这么穷酸?怎么也要拉一把嘛,何况,他们有许多事要求他呢。一个很显明的事实是,交往广泛,朋友多,路子宽,钱财来得也容易。最主要的是,我替他们办事,他们给我钱财,这叫双赢。所以,崔宽还真是路子宽,不仅自家条件好,给他钱财的人也都没有怨言,换句话说,他的口碑还是不错的,至少纪检委没有接到什么举报。

像崔宽这一类干部,基本要占北魏的大部分,替公家干事,也替自己谋财,公私两不误。

第三类,自然是贪赃枉法的。这一类干部也不少的,他们是想尽办法弄到乌纱帽,既然挖空心思了,而且是花了代价的,那自然想着要捞回来。电影《让子弹飞》里,葛优演的那个去鹅城上任的县长,他就是想尽办法去捞钱的。一个基本规律是,廉洁的官吏总是相似的,而贪赃枉法的官员却各显神通,考验他们自己的智商了。

但是,统治者既然敢推出这样的无薪酬制度,肯定已经想好对付的办法了,管理没有别的妙招,只有重罚。文成帝规定,如果官员通过不正当的手段得到十匹以上的布料,一律处死!明元帝又下诏,在核对地方长官的钱财时,不是自己的都登记为赃物!

辽东公翟黑子接受了他人贿赂的布匹,事情暴露之后,翟黑子向高允谋求对策,高允说:你是朝廷宠臣,有罪应该如实自首,或许能被原谅。翟黑子想侥幸过关,结果被拓拔焘给杀了。

当然,还可以分出若干类的干部,但我以为主要应该在以上三类中。

无俸禄制度肯定不是什么好制度。既想不花钱,又想把国家给治理好,明摆着要坏事的。

果然,各种乱七八糟的事情多了以后,统治者就改变策略了,孝文帝说,那就给大家发工资吧。不过,既然我有工资发给你,那我也是有要求的,这个要求还挺严厉:贪赃满一匹的一律处死!

这样看来,公务员的薪酬也就是制度管理。国家拿钱养你,你要好好工作,带头遵纪守法,多占超占统统杀头!

披着白布的羊

我以为目前在政绩上的忽悠肯定是有所收敛了,原因不言而明,主要是各级领导的警惕性都大大地提高了,整个环境对忽悠不利,本山大叔那根拐不太容易卖得出去。但也不全是这样,当我把"披着白布的羊"这个新闻说给大家听的时候,大家都说,现在忽悠也要讲创意呢。

披着白布的羊,其实不是羊披着白布,羊干嘛没事去披着白布呢,它自己也披不了白布。应该是披着白布的人,人披着白布去混充羊。人干嘛吃饱了撑着去披白布混充羊?那一定有原因。这个原因是:某乡镇为了接待领导检查山羊养殖情况,把所有人家的山羊集中起来赶到山上,感觉还是不够,于是就叫干部身披白布混入羊群中，终于营造出了羊儿满山的喜人情景。

新闻就这么简单。这个乡镇的领导做这种事的时候很是驾轻就熟，把所有人家的羊集中起来，真是太老练了，如果仅仅是这样的做法，那根本算不了创意，这种做法太普通了太常见了，根本不会引起记者的注意。有创意的是让干部披着白布混充羊。

这个看似简单的创意，有两点值得关注。

一是细节的逼真性。让干部披着白布充羊，有几个细节必须要注意，比如距离：你如果近距离看羊，一不小心就会被识破的，所以看羊儿满山的关键是距离，这个距离想必他们肯定试验过，不能太近，也不能太远，太远了，没有真实感，也显得上级领导不亲民，什么样的领导啊？就不能爬爬山，离羊近点？最好的感觉是：树草青青，羊儿满山，嬉闹追逐，偶有羊倌挥挥鞭，还来段儿信天游什么的，如果再来点雾，那感觉更好了，电视中的镜头一定美得不得了，说不定还会带动这个地方的旅游呢。

另外一个是，让干部去混充羊，这是创意中的创意。充羊的干部，忘记了自己的身份，一点架子也没有，把自己混同于一般的老百姓。因为他们深深地知道，如果上级领导视察成功，那一定会有很多的好处，他们的领导就有升职的可能，如果他们的领导升职了，他们也有升职的可能，就是不升职，奖励也会不少的，去充一下羊，也没失多少身份，关键是要让领导满意。就当是一种娱乐吧，披着白布，弯着腰，跟那些羊在一起，随着羊群的移动而移动，把严肃的政治和娱乐一挂钩，那就是一件很轻松的事了。

有人很愤怒，谴责那个做出让下属充羊决定的领导，脑子里就是没有把一般干部当人,当作动物了。但我相信,能做出这样决定的领导,脑子里其实是有深厚思想基础的,为了让再上级的领导满意,让下属做什么都应该,装装羊,这没有什么好议论的。让下属充一下羊,总比王怀忠将阜阳只有17亿的财政收入充成400亿,将纳税人充为秦始皇、克林顿、叶利钦等古今中外政治明星要好吧。

我还想将这个话题扯得远一些。

动物园里的孔雀,给人印象最深的是开屏,也就是说,它们会把最漂亮的一面展示给人们。好多中小学都要上的公开课,也如孔雀开屏。

公开课主要上给家长或者同行们听,公开课的质量,那不用说,一定是最好的,老师像导演,也更像演员,师生互动相当成功,一节课老师赞扬学生几十次,回答对了还给小礼品。但我看过这样的新闻,说是有的学校为确保公开课的成功,成绩差的孩子不能参加,怕回答不出问题,还有的学校为准备公开课,往往要排练好多次,弄得学生很疲惫,老师也很疲惫,你想想啊,上课一点新意都没有了,那还能打起精神?

这样的公开课,还不如叫舞台剧准确些。布衣在这里对学校的公开课有微词,只是厌恶其虚的和假的部分,有人甚至说这简直就是以组织的名义造假。这个和披着白布的羊,有异曲同工之妙。

两眼之间的距离最近,可能产生的误差却会最大,少数看羊的上级领导其实只要再走近些,就会发现那些披着白布的羊了。

不能指望这种创意一下子绝迹,但视察领导如果能当即发现,那以后这样的事肯定要少许多。一定的。

龙　袍

伏羲神农黄帝，他们根本没有想到，以后的子孙们，会把一件穿在身上黄黄的衣服弄得这么精致，精致到无与伦比无以复加。他们当年可都是用粗麻线穿树皮随便披在身上的噢，人民空前团结，社会空前和谐。

这件让天下人日思夜想的大部分时候还充满血腥的黄衣服，在宋应星《天工开物》里这样被描写：凡上供龙袍，我朝局在苏杭。其花楼高一丈五尺，能手两人，扳提花本，织过数寸，即换龙形。各房斗合，不出一手。赭黄亦先染丝，工器原无殊异，但人工慎重与资本皆数十倍，以效忠敬之谊。其中节目微细，不可得而详考云。

这件叫龙袍的黄衣服,我们撇开它的一切故事不说,单讲它的制作。

宋文有两个细节,我们可以关注。

第一,技术的难度。

因为上贡给皇帝的东西,而且不是一般的东西,是要体现威仪的,是要接受百官朝拜的,要求自然高。苏杭是丝绸之乡,所以重任就落在了肩上。如果把这个任务交给别处,就是想拍马屁也不一定拍得好,这需要很高的技术含量。这里的技术是,要能手,也就是最好的高级工程师,而且要非常非常有经验;织锦的规矩,每织过几寸后,就换织另一段龙形图案,这些图案,由几个织房分织接合而成,并不是一个人完成的。由此可见的是,不仅程序丝毫不能差,还需要严密的配合,否则如何能接合而成呢?出了一丝一毫的差错,这件龙袍就作废了。

第二,高昂的成本。

从上面的描述中,我们大致可以推算出一件龙袍的成本,这还仅是织锦的过程,还不包括龙袍的设计、制作等过程。据记载,做一件龙袍,要花十年的时间。而皇帝的龙袍,从来不能洗,稍有污损,就换上新衣。定陵出土的大红龙袍,经过300多年的地下岁月和腐烂尸体的浸淫,虽然已经严重褪色,但面料上织出的17条龙,依然金碧辉煌,还夹杂着五彩光芒。

《红楼梦》里的江宁织造府是干什么的?那是专办宫廷御用和官用各类纺织品的,它下设供应、倭缎、诰帛三个机房,织机千余台,各类匠役三千余人。据说当时南京靠织锦业为生的多达30

万人,家家户户机杼声昼夜不停。千锤百炼之下,南京就出现了一个传世的品种——云锦,以其色彩美丽,如天上的云霞而得名,兴于东晋,盛于明清。

南京的云锦研究所,曾经为复制那件定陵大红龙袍,花费了数年的时间,仅一个细节就让人咋舌:制作真金线,首先要把金块制成金箔,经过3万多次的锤打,把一块厚重的黄金,硬是变成轻如鸿毛的金箔,金箔只有0.1微米厚,娇嫩柔软,稍微吹重一口气,就会破碎,金箔做好了,黏在一种特殊纸张上,压紧抛光,最后裁切成条,和蚕丝相互缠绕,加捻搓成金线。

然而,皇帝们是不管这些,他只要他的威仪,他只凭他的兴趣。

宋代皇帝赵佶就很喜欢瓷器。有一天,他忽然下命令说,你们给我做一种这样颜色的瓷器来:"雨过天青云破处,这般颜色做将来。"不知是他高估了工人的水平呢,还是他想专门考验人,幸亏工人们聪明,终于做出来了,这种汝窑瓷器就成为了特殊的珍品。据说,要把玛瑙研成细粉,作为主料,调成釉汁,出窑后,才会形成隐约像螃蟹爪一样极美观的细纹。

皇帝要穿,皇后也要穿的,太子要穿,太上皇更要穿,太后也要穿,这些东西都是和龙袍差不离的高贵。我们于是可以想象,织龙袍这个产业,一定很繁荣的。

还有那些一品至七品八品九品的文武百官呢?反正,我是想象不出来的。

极度的奢侈?皇权的威严?幸好这一切都已成了历史。幸好我们现在仿制龙袍只是为了研究和文化传统的传承。

一件龙袍,虽然轻巧精致,对老百姓来说,却重如泰山。

我诚挚地献上干姜两片

南朝。齐。绍兴人孔琇之,做临海太守好几年,以廉洁著名。

有一天,朝廷让他改任其他官职。他料理完一些事项后,就去拜见皇帝。带点什么礼物呢?他实在想不出有什么好东西可以带给皇帝,也没有这个习惯。突然,他眼睛一亮,窗台上不是还有几片干姜吗?就用这个吧,干姜,祛风和胃,抗菌养生,也是临海的特产呢。于是,孔琇之就将两片干姜,用纸小心包好,献给齐武帝。

武帝一看,怎么送姜片给我啊,太寒酸了吧。孔琇之看着皇帝不太好看的脸色,自言自语地推荐说:这个干姜,我把它当作很好的补品,冬天可以驱寒,夏天可以解热,放半片,开水煮开,加点糖,鲜甜无比。姜片虽少,我的心是诚挚而无瑕的。只是成干姜片了,来年不能做种子呢。

武帝看着孔琇之,知道他的清廉,于是连声啧啧叹息。

我猜测,武帝一定是在感叹,我朝有这样清廉的官员,实在太高兴了,或者还有自警,我们的官员是不是太贫困些了呢?

明代冯梦龙,在他的笔记《古今笑》里,对孔琇之献干姜,有一句评语是这样的:比医家一剂药尚少一片,太矫,太矫!

是啊,孔太守似乎有些不近情理了,你要么就不送嘛,要送就送个几斤,再不济也送个一包嘛,最不济也送个三片啊,两片?一剂药还要三片呢。

孔琇之献干姜片的事迹,一定要大大表彰的,这可是广大干部清廉的典范啊。

但是,不同的版本,却有不同的记载。

事情是一样的事情,只是数量不一样。数量不一样,有的时候,会导致性质的改变呢。

《南齐书》记载:"姜两片",是"姜二十斤"。

《南史》记载:"姜两片",是"姜二千斤"。

从史家生活的时间看,《南齐书》的作者是南朝的萧子显,《南史》的作者是唐朝的李延寿,那就是说先有"二十斤",后有"二千斤"。"二十斤"怎么会变成"二千斤"? 我的推测是,"十"变"千",只是字形上的相近,完全有可能的是,李延寿看到萧子显的版本,因为人工刻印的原因,刻印工人刻误了,多了一撇,于是就一错再错。刻错的事,历史上太多了。

而冯梦龙在写《古今笑》时,一个"二十斤",一个"二千斤",让他迷糊了。"二十斤"似乎还近情理,这么点干姜,实在不值什么钱,你看看,那些小摊小贩随便哪里批发一下,也不止这个数量,这么点姜,怎么赚钱呢?"二千斤",从情理上看却不合,临海虽产干姜,但他弄这么多的干姜究竟想干什么呢?送给皇帝内宫做成姜罐头?皇帝后宫女人大大的体虚?他不可能如此大方地拿公家的东西做自己的人情!而且,已经有"二千斤",皇帝还嫌少,武帝这么贪吗?

冯从孔琇之的生平,再结合齐武帝当时的表情,还不如干脆写成"两片","十"会变"千",难道"斤"不会变"片"吗?极有可能!这样不是更能显现孔太守的清正廉洁吗?

《南史·孔琇之列传》中有这么一个场景描写:有小儿年十岁,偷刈邻家稻一束,琇之付狱治罪。或谏之,琇之曰:"十岁便能为盗,长大何所不为?"县中皆震肃。

毛泽东读到这里,有几句批语是这样的:不要学孔琇之那样,从偷了一捆稻子的十岁小孩,就推断他长大必然为盗的形而上学,认为"此种推论,今犹有之",应予警惕。

这样去断定孔的行为是形而上学,现在看来,是不是也有些武断?我的《焰段》里有一则《一枚铜钱的血案》,似乎比孔琇之严厉百倍千倍,因为张咏要了那个偷了一枚铜钱吏卒的命:

宋朝人张咏做官崇阳时,一案震天下。

一名吏卒从府库中出来,张见他的鬓发下夹有一枚钱币。张于是追问,吏卒承认是府库中的钱。张于是命令杖打他,吏卒突然说：一枚铜钱算什么？还要打我！你只敢打我，却不敢杀我！

张拿起笔写下判词说：一日一钱，千日千钱，绳锯木断，水滴石穿！写完，拿着剑走下台阶，斩下吏卒的头，然后向府衙自我弹劾。

吏卒的蛮横想来是建立在他熟知律令的基础上，不会因为一枚钱而开除我，并判我的罪，公家的钱拿这么一点真的不算什么！张咏的胆量也是建立在合理推理基础上的，想来你已不是第一次了，日积月累是个普遍的道理。一枚铜钱的血案，空前，但不会绝后，许多为钱而亡的历朝历代贪官都证明了张咏推理的正确性。

因此，我不认为孔琇之治罪偷稻小孩是形而上学，水滴石穿也是很普通的道理。

孔琇之献干姜片，到底是"两片"，还是"二十斤"，抑或"二千斤"，让文史学家、文字学家去考证好了，形而上学的帽子无论戴还是不戴，都不影响孔琇之清廉刚正的形象。

谨向孔琇之的两片干姜致敬，这是一个正直廉洁官员留给后人的宝贵财富。

有精神曰富

虽相隔百余年，但华亭（今上海松江）人陈继儒，一定是富阳人董诰的精神偶像。

陈大师一生豁达超脱，诗书画皆擅，留有许多人生感悟类的格言警句，如读书：读未见书，如得良友，见已读书，如逢故人。如做人：做秀才，如处子，要怕人；既入仕，如媳妇，要养人；归林下，如阿婆，要教人。更有精神高度的"功名富贵"铭让董诰震撼：有补于天地曰功，有关于世教曰名，有精神曰富，有廉耻曰贵。

大音希声。陈继儒的功名富贵观，就这样深深影响着董诰。

董诰既有家传，但名气要胜过他父亲董邦达，他完全靠自身的修炼，以陈大师的格言为人生方向，才打拼下如今的好名声。

富阳的鹳山公园,我见到了董诰书写"功名富贵"铭的条幅,规矩馆阁,沉着有变,最触动我的是后两句:有精神曰富,有廉耻曰贵。

三个小细节可以证明董诰践行了自己遵奉的格言:

董诰因母奔丧回富阳,正好川楚兵事不断,乾隆几次想召他商量,每见到大臣,都要问好多遍:董诰呢,董诰什么时候回来?

董诰做宰相三十年,他的画像,两次挂进紫光阁。

董诰去世,嘉庆皇帝亲临祭奠,并写诗称赞:只有文章传子侄,绝无货币置庄田。

《清史稿·董诰传》记载如下:其父子历事三朝,未尝增置一亩之田,一椽之屋。

翻检史籍,有多少人官居高位后,能未尝增置一亩田一间屋的?

我试着冒昧探索一下影响董诰内心世界的富贵观。

三个词极关键:富贵、精神、廉耻。

一般人眼里,富贵是什么?用不完的钱,穿不完的锦,住不过来的屋,地位显赫,人人敬惧,总之,要什么有什么,享不完的福。精神为何物?话题太大,哲学中,将过去事和物的记录及此记录的重演,都当作精神,我的理解,应该是除物质以外的,所有能让自己内心安定下来的神情意态、意志活动。

人向往富贵,人不可能没精神,在董诰眼里,富贵和精神一定不是钱财物,若论外物,像董诰这样的高官,如果不设防线,绝对不请自来,和他同朝为官的大贪官和珅就是很好的明证。

为官有许多诱惑,后来者也未必没有看到前车之鉴,起初也是谨小慎微,血肉之躯常常躲过了这一弹,又立刻迎来了下一枪,虽久经沙场,一个疏忽,仍然不幸中枪。但无论什么借口,疏忽都是主观原因,董诰深谙这个道理。

过去的事和物,回忆起来,能让你心安吗?董诰常常这样告诫自己,置田造屋,要那么多田和屋干吗?田再多也是一天三餐,房再多也是一张卧床,官员的生活,基本有制度保障,用不着考虑身后的事。果然,董诰退休,拿的就是全工资,这已经是很高的待遇了,这些工资足够让他生活得很好。

荀子先生告诉董诰,人处世,要轻物,生命以外的所有东西都是外物。君子可以支配外物,而不应该被外物所支配。身体虽然辛苦,但心安理得,我们就去做;利益虽少,但合乎道义,我们就去做。好的农夫不会因为洪涝和干旱而不去耕田,好的商人不会因为一次亏损而不做生意,同样的道理是,士君子不会因为贫穷而懈怠于修身养性。董诰坚持做君子,他还是《四库全书》的副总裁呢,天天浸淫在前辈优秀的典籍里,真正知行合一。

关键词来了,廉耻。中国人说起廉耻,源远流长,廉耻乃为人立身之根本。假如,没有廉,什么东西都可以拿,没有耻,什么事情都会去做。先哲孟子讲,能以无耻为耻,就能免于耻了。廉耻作警钟,董诰的一生,几乎找不出污点,如王冕赞自家池边的荷花:只留清气满乾坤。

无疑,能做到廉耻,就是贵人,用这一点来反观,那些先前表面鲜光却没有善终的官员,级别无论多高,都毫无贵可言,他们什么也不缺,就缺廉耻了。

作之不止,乃成君子。董诰为官数十年,精神、廉耻和谐组合,已化为每日自觉言行,并深深地浸入他的骨髓,我觉得有两点至今给我们以深刻启迪:

和内心斗争。明人吕坤分析,我们的身外有五个强敌:声色犬马,钱财利禄,名誉地位,忧患艰难,太平安逸;我们的内心也有五个强敌:憎恶愤怒,喜乐爱好,牵缠踌躇,狭隘争躁,积习惯癖。就是说,我们整天都会被这些内外的敌人扰害得神魂颠倒,需要勇气和强有力的克制才不会随波逐流。

学会舍弃。这仍然属于人内心方面的。吕坤继续深有体会地告诫:我活了五十年,才体会到"五不争"的真味,有人问什么是"五不争",我说,不和聚敛财产的人争富,不和醉心仕途的人争贵,不和夸耀文饰的人争名,不和急慢轻傲的人争礼节,不和盛气凌人的人争是非!看看嘛,整一个不求上进的与世无争。其实,我们也需要这样的与世无争,不过,只有学会舍弃一些东西,看透事物的本源才能做得到。

一个冬日的雨后,我去拜谒这位中国古代官员的模范。

富春江南,富阳新桐蛇浦村,凌家山的坡地上,董诰的墓在一棵棵的矮橘树中隐现,空旷而不荒凉,遥望富春江,墓前的两只石虎,憨厚地伴着这位清廉官员已经两百年。它们见证着,多少富和贵,都如眼前春江水,浩浩汤汤流去,一去不复返。

有精神曰富,有廉耻曰贵,石虎无言,却似乎在聆听董诰掷地的金声。

听 M 君诉那开会的苦

M 君在 L 县的一个比较重要部门做一把手。M 君所在县，县直部门七七八八加起来有一百多个。

每次碰到 M 君的时候，他一般都要向我诉苦，诉苦的中心不是别的事情，而是多如牛毛的会议。

当领导开会不是很风光的事情吗？有的时候还可以坐主席台，有的时候还可以有纪念品，再不济也有个饭吃。就如现在年底到了，茶话会、表彰会、联谊会、答谢会，不是挺好的嘛。而且，现在不是从上到下都在控制会议吗？听说媒体对会议报道也是严格得很，一般的会议都不给上呢。看我这样理解，M 君笑了：如果如此简单，倒也省事，不仅是我，其他领导也为会所困，比我大的领导更为会所扰。

难道我们对会议的治理仅仅流于形式？难道我们中国人就这么喜欢开会？我不太相信。

M君说，我只要给你说几点你就清楚我的苦衷了。

第一，我们班子里有十一个人，其实是十一条线，每个分管的上面都对应着一个县领导，你说，一条线上一年开个十次会，就一百多次了，我是正职，副职分管的线我基本都要参加。但一年一条线上何止十个会呢？二十个都不止。

第二，我们县里有四套班子，不，应该是五套，要加上纪检委的，这个不能少。每套班子基本都有七八个领导，大套的还不止，起码十个以上。每套班子的每个领导都分管着几条线，你想想看，大家都要开会的，他给谁开呢，还不是给我们这些人开啊。有的部门为了显示自己会议的重要，还要设"迟到席"，主要领导如果不参加，还要通报批评。

第三，大会开完了，要开小会，要一级一级地开，否则就落实不了，落实不了，你这个领导还想不想干了？于是，关于会议的会议，关于落实会议的会议就多了起来，大家都松懈不得，谁不重视了，就是对某个领导的不重视，对我们来说，哪一个领导都是重要的，得罪不起。

第四，其实，凭良心讲，我们还不是最累的，我认为，最累的应该我们县委和政府的一把手。你想想，他们不仅要出席各种各样的会议，还要讲各种各样的话，讲一天可以，讲十天也可以，可是他们要讲一百天，讲三百六十五天，甚至要讲一千天以上，如果当一千天,当上去还好,当不上去的话,他们还得年年讲月月讲天天讲,再有讲话欲望的领导,他也有讲腻的时候,讲话稿也有拿错的时候,中国文字也有读错的时候,所以,我们对领导真是佩服得五体投地啊,当官真不容易呢,综合素质一定要高,身体一定要好,否则怎么坚持呢。

第五,另外再说一下和会议有关的简报。这个简报也是我们的特产呢。基本上每个部门都有简报的,简报不是一年出一期,一年出一期那不叫简报,那是总结,简报也不是半年出一期,半年出一期那还是半年度总结。这个简报啊,一般的部门基本是一周一报,大的部门一周好几报,全县上百个部门,这个简报你数数有多少?出简报干什么?就是给领导看的嘛,各部门做了那么多的事,不写出来,不向上级汇报汇报怎么行呢,那不等于没做吗?有些重要部门的简报,还要一直抄送到市、省,甚至中央部委。再说了,不送简报,各分管领导的批示,写到哪儿去啊?

听M君一番话,很有感触,很是同情,真是不容易,不容易啊。

于是我好奇地问了,那一百多天的节假日,你们是不是还要开会?你们平时还有多少时间在做具体的工作呢?M君笑笑:幼稚了吧,我们的工作就是开会,这你不懂啊。你没听老百姓在说我们吗:一天不开会,回到旧社会。

小时候,有个想法很简单,我以为世界上就两个国家,一个是中国,一个是外国。听了M君的诉苦,我以为M君等等同志的革命工作,一个是开会,一个是落实开会。

M君,千万不要说我弱智噢。

洗一坨鸟粪多少钱?

这本来是一个很小很小的投诉,但我觉得在十五分钟内,有家电台把它搞复杂了,而且,搞得很复杂,简直就成了一出闹剧。

请原谅我把这个事情看得如此严重。

前几天,下班回家的路上,习惯地听着我们这个城市影响比较大的汽车广播电台。刚好,这个时候是一档关于汽车的投诉节目。

我听到的信息是这样的:

一女士投诉,昨日在某汽车美容店洗车,因为她是某银行的龙卡客户,所以这里洗车免费,但她车顶上有一坨鸟粪,于是要求店家特别注意一下。洗车工说,这个鸟粪很难洗的,要打下蜡,另加二十元钱,她坚持不打蜡,洗车工不再坚持,她也就以为不用加钱了。女士说,只见洗车工往鸟粪处喷了点什么,然后就洗了,结束时,店家说付二十元,因为他们用了松香水和别的一种什么液(忘了名了)。女士不肯付,店家一定要她付。

从女士的投诉听出,她最终还是没付这二十元。

接下来的节目,就变得很有意思了。

主持人,大概此类事情处理得比较多了,也有些经验。他听了女士的情况后,再让导播找一个同样的店家,问他同样的情况出现在他那里,他们如何收费(那店家说洗车时顺带洗鸟粪,不加钱的),再问松香水什么的多少钱一瓶(那店家说的价格要比前面投诉的店家低很多),于是主持人再让导播接通被投诉的店家,让店家说情况,店家当然要强调收费的理由了,我为什么要收这二十元是有道理的。

这个时候,主持人开始指责店家:

你怎么能这么黑呢?别人都不收钱的,就你要收钱?要收少收点,为什么一坨鸟粪要收二十元?

店家开始不服:你知道什么情况呢?你怎么知道是一坨鸟粪呢?那车停在树底下有很多鸟粪的!

主持人:有多少鸟粪呢?是那些鸟列队飞行时经过车顶拉下很多鸟粪还是鸟开大会时专门拉下了很多的鸟粪?难道是满满的一车顶鸟粪?

大约这是问题的关键点,必须要搞清楚,于是他们就开始不断地争论,双方话语都很难听,简直就是两个男人在骂街,而且,主持人边主持边发狠地讲:我们对这个事情一定还会关注下去的,所有的人都听好了,这是家位于什么什么地方的洗车店,重复好几遍,用意很明确,所有的听众,都不要去那家黑店洗车了。

听到这里,我已经很不舒服。

我们的媒体,在为客户维权时如何做到有理有节,如何在有理有节中显示我们的强势,这确实是个问题。就事论事讲,你虽然是在直播,但人家做生意的哪管你在直播啊?像这种洗车的小店,并不会赚到很多钱,他们就是靠这么几块几块艰苦攒起来的,他们当然要计较了。当他二十元钱没有收到,还被人投诉,还让人骂了,而且是直播的,语气急,口气难听,实在正常。不正常的是我们的主持人,他和店家一样急,而且一定要压倒对方,因为他是在直播啊,他天天在主持呢,如果不压倒对方,他怎么在江湖上混呢?不仅如此,他可能脑子里想的就是自己是在做包青天一样的事,一定是正义的,一定是有人支持的,但他没有想过,或者很少想过情况的复杂性,不要说光听一面之词,就是听了两面之词,有时也不可能得出完全正确的结论,于是理和节就显得非常重要。

辱骂和恐吓,绝对不是解决问题的方法,也绝对吓不倒对方。你主持人想得到尊重,人家小老百姓就不想得到尊重吗?

因此,媒体的立场,事关原则。

刚刚看了某电视台一档叫《谁赞成谁反对》的节目,也有种说不出的感觉。这期节目,讲的是一对老夫少"妻",男的六十二岁,女的十九岁。反对方请的嘉宾中,有一个是医院的精神科医生。

而且,节目显然有很明显的嘲讽意味,把这一对男女当成有疾病的人看待,实在让人看不下去。我在想,你如果觉得这两个都是病人,那么就更应理性地对待这件事,有没有必要一定要做这样的节目？如果不是病人,那你干嘛要请个精神科医生来(不是说精神科医生不好做嘉宾,只是这里很不合适)？

为了收视收听率,为了阅读率,一些媒体总是千方百计百计千方地找题材做深度,但一定要有度。法制越来越完善,人文关怀越来越广泛,我们的媒体,真应该梳理一下平时做新闻的角度和方法了,否则,洗一坨鸟粪多少钱的闹剧还会不断地发生。

尔俸尔禄和民脂民膏

老百姓看到中央各部门陆续发布的"三公消费"账单后，基本上都会议论一番，有的不明情况，有的分析还是到位的。到目前为止，差不多有接近三十家公布了。此前，国务院要求今年六月底前，九十八家部门要全部公开。

公费出国、公车消费、公务接待，这个"三公"应该不是中国特色，全世界只要政府存在都有的，只是程度不同而已。就如公车消费，中科院是7420万，交通部是8256万，水利部是9994万，农业部则是1.5亿。有网友说了，财政部不是有账单吗？统一发布不就行了？理论上是不难的，但是，鉴于中国国情，实际上并没有这么简单。

说到公车消费，公众总是咬牙切齿，总是拿韩国及别的什么国家和地区作比，说是首尔这么大的地方，只有四个人有专车，香港也只有二十辆。人家先进的东西总是要学的，不过也得有个过程。"三公消费"公布，目的也只有一个，就是让老百姓知道，这些钱该不该这样花？对于通情达理的中国老百姓来讲，只要合情合理，大家总会谅解。可以预见的是，随着不断的透明和公开，那些钱一定会用在该用的地方。

不是老百姓计较这些钱，只是因为这些钱都是大家的钱，你我都有份，既然人人有份，那就该十分地计较了。

后蜀国主孟昶，不是个英主，皇帝该干的事他干了，皇帝不该干的事他更干了。但他亲政后，有一道《令箴》颁发给各级官员，却值得说道。他说：百姓的生活我十分地关心，为了百姓，我是吃不好，睡不香，我也希望你们各级官员同我一样关心百姓。管理就如同弹琴一样，各项工作要井然有序开展，我希望在你们的管理下，你那个地方能出现这样的场景：蝗虫都不会来你们这里，鸟兽也都懂得礼仪，儿童都有仁爱之心，这样就达到圣人之治了。还有，为政清廉的法规绝不能荒废，政治要宽猛适度，不能让百姓的利益受到侵犯，不能使百姓的生活受到破坏，当官的虐待百姓很容易，可是上天却难被你们欺瞒，田赋收入是国家的切身要事，军队和政府都是靠百姓养活。你们做官所得的薪俸，都是人民的血汗膏脂，凡是当百姓父母官的，没有不懂得对百姓仁慈的。希望你们都要以此为戒，很好地体会我的意思。

宋太宗赵光义，从他兄弟赵匡胤手中接过大宋江山后，估计是对孟后主这段话印象深刻,他也要教育他的干部,以更好地使他的王朝长治久安。但是,宋太宗显然比孟后主聪明,他言简意赅,老孟说了长长的二十四句,官员恐怕记不住,他只引用了四句:尔俸尔禄,民膏民脂,下民易虐,上天难欺!而且,他还让人把这四句刻在各地官府的石碑上,叫做《戒石铭》,让官员永久铭记。

因此,我想把这个版权归于宋太宗,是他,才突出和深化了最主要的三层意思:

第一,百姓是你们的衣食父母,不要搞反了。以为你在为百姓工作,以为你有多大的能耐呢,你吃老百姓的,喝老百姓的,你们就应该是百姓的公仆,什么叫公仆?就是大家的仆人。怎么做仆人?战战兢兢,如履薄冰。

第二,这个钱是老百姓的血汗钱,是一分一厘汇聚起来的。纳税人起早贪黑,纳税人节衣缩食。不错,你也是纳税人,你想对了,如果你经常这样想,你就会对这个钱珍惜了,十分地珍惜,一顿饭一头牛,屁股底下一栋楼,你不会那样做的。

第三,要发自真心地对百姓好。既然是你的衣食父母,既然分分都来自不易,那么,就应该敬之爱之抚之惜之,上天时刻在看着你的一举一动呢。

十六字箴言,自此后广为流行,应该不奇怪的。

十六字箴言,不做表面文章(制度和自律),什么时候在脑子里生根了,十分自然地生根了,那么,诸如"三公消费"之类的公布,都是小儿科。你们千万不要有什么情绪,你们一定要想通,不该用的咱坚决不用,有什么不好公布的,一分一厘都可以说得清。

接下来的是,省市区县镇乡,一直到村,都要公布,统统地公布,不仅"三公消费"要公布,其他更多的还要陆续公布呢!

尔俸尔禄,民脂民膏。很希望它就是观世音传给唐僧的紧箍咒。

我必须找到坚实的理论依据

英雄莫问出身。

但是,英雄必须有出身。

看下面著名人物的一些特殊经历。

重耳讨饭。公元前655年,晋公子重耳,在一场宫廷政变中,被迫流亡,长达19年。有一年,他经过卫国的时候,"卫文公不礼。去,过五鹿,饥而从野人乞食,野人盛土器中进之"。尽管卫文公不招待他,但野人还是有同情心的。野人就是乡下人,乡下人不怎么讲究,看到大公子如此饥饿,就将食物放在泥盆子里献上。堂堂晋国公子,哪里有过这样的待遇?他愤怒了:你的盆子这么脏,让我怎么吃啊?随臣赵衰力劝:"土者,有土也,君其拜受之。"公子啊,这是好兆头啊,泥盆子,不是土做的吗?有土,就表示我们将会有国土啊!真的吗?重耳虽然有点迷糊,但还是立即转怒为喜,愉快地接受并深深地感谢了乡下人的食物。

重耳最终成就了大业。但无论怎么说,重耳都是中国最早的"乞丐王子"。

孔丘讨饭。公元前489年,63岁的孔丘先生去楚国访问。不想,在陈国和蔡国之间的一个地方,被困七天。这陈国蔡国和楚国不和啊,你想啊,哪还有好日子过,被困的日子,也就是断粮的日子。孔丘先生一把年纪,经不起折腾,"如丧家之犬",同学们也都面有菜色,尽管孔老师教育大家,君子固穷,君子忧道不忧贫,但这七天,一定是在乞讨中度过的。不容置疑。

佛祖讨饭。传说释迦牟尼29岁时,不做王子,离家出走,他是去寻求人生的意义去的。七年后,他在印度那棵著名的菩提树下大彻大悟。《金刚经》说:"尔时,世尊食时着衣持钵,入舍卫大城乞食。"可以想象的是,释氏在那七年寻觅过程中的艰辛,托钵化缘,一定是他的生活常态。

韩信讨饭。韩信"漂母之恩"的故事不亚于"胯下之辱"。司马迁《史记》有很生动的描写:信钓于城下,诸母漂,有一母见信饥,饭信,竟漂数十日。信喜,谓漂母曰:"吾必有以重报母。"母怒曰:"大丈夫不能自食,吾哀王孙而进食,岂望报乎!"

那漂母,本不一定非要在此漂数十日,但她见不得韩信饿肚皮,看他那个样子,能钓到什么啊?不饿死才怪!虽不是公开乞讨,但毕竟是嗟来之食。这一段历史也是抹不掉的。

朱元璋讨饭。比起其他几位,朱皇帝是正宗讨饭出身。公元1344年,一场旱灾加蝗灾,使得朱家家破人亡。这一年,他16岁,此后他在淮北和河南一带讨饭达三年之久。

例子还可以一直举下去。

这些著名人物都有乞讨的经历,也属正常。撇开佛祖,从公元前18世纪到1937年,中国有记录的重大自然灾害达5258次,其中大多是水灾、旱灾、蝗灾、冰雹。生产力低下,自然灾害频繁,饥荒是再正常不过了。冯小刚的电影《一九四二》,因饥饿而黑压压的逃难人群,让人极其震撼。

于是说到乞丐。

三教九流中,无论哪种排行法,乞丐都是排在最后,甚至不入流。

1930年5月,毛泽东率红四军前委机关从会昌到达寻乌。这时,闽粤赣边界战事较少。毛泽东利用这一相对安定的环境,在寻乌做了一次全面深入的社会调查,写出了《寻乌调查》。调查中获知当地对人群阶层有上九流和下九流之分。

上九流是:一流举子二流医,三流问卜四堪舆,五流丹青六流匠,七僧八道九琴棋。下九流是:一削(削脚趾),二拍(拍背),三吹(吹鼓手),四打(打烟铳),五采茶(男女合唱采茶戏),六唱戏,七差人,八剃头,九娼妓。

因此,乞丐根本不算职业。

但是,我看了好几本关于乞丐历史的书,都将上述人物当成乞丐的祖宗。也就是说,尽管,乞丐是一种不入流的职业,但乞丐史却是无比的荣光。

这是必须要找的理论依据吗?

不管是以个体形式活动的乞丐,还是内部有严密组织的"丐帮"内的乞丐,他们都是以不拥有物质来表现的。

物质其实就是身外之物,当这种身外之物,一点都没有的时候,就是赤贫。如果要活下去,而你又没有起码的食粮,"好死不如赖活",那就吃嗟来之食吧。

其实,从精神层面讲,还有精神乞丐呢。

精神赤贫,那太多了,人们往往视而不见。当一个人说,他穷得只剩下钱时,那就差不多是一个精神乞丐了。

现代社会,物质的富裕,精神的贫穷,往往两两相对。那么,我们怎么将这个乞丐的命题研究下去呢?看来有点麻烦的。

岔开去。

前段时间,我去了曲阜。整个曲阜,孔姓人数要占三分之一强。孔府、孔庙、孔林,是世界上保存得最好的家族文化范本,没有哪个家族能找得出如此详细而明白的家谱。即便那些皇室,也没有孔家详细。

于是,我们许多人都有这样的想法:我们的祖宗来自哪里?我们到底是哪里的人?很多人都想搞清楚,自己是这个姓的第几代,祖宗是谁,和自己同姓的那些历代名人,是不是和自己有血缘关系。

但是,往往找不到,断代了。

即便找得到,我看也不见得经得起检验。

看钱文忠如何解读他的钱姓。

他说,《史记·楚世家》记载,五帝之一的颛顼,有个曾孙叫陆终,陆终太太怀孕,一怀三年,剖腹产下六个孩子,老三就是著名的彭祖。彭祖姓篯,名铿。他有个后代叫彭孚,西周的时候担任了钱府上士,相当于今天的财政部长,从此以后,他的后人,便以钱为姓,去掉了竹字头。所以,钱姓源于彭姓。发源地在今天的西安附近。因此,过去,钱彭不能通婚的,因为是一家人。

我不明白的是,彭祖为什么不跟他爹姓陆,而姓篯?钱文忠没说,他没说,我估计是找不到想说的理由,只是人家这么说,他也这么写罢了。

再来说我的陆。陆姓绝对是颛顼的后代,上面钱文忠这么说了。颛顼帝(一说是黄帝)的后裔吴回,在尧帝(一说是舜帝)的时候,担任祝融(掌管火种的首领),吴回有一个名叫终的儿子受封于陆乡(今山东平原),于是称作陆终,其后代便以陆为姓。

我还是糊涂,颛顼帝的后裔,为什么又姓吴了?按这样的推理,钱姓的祖宗姓彭,彭姓的祖宗姓陆,陆姓的祖宗姓吴?

我想,没有人能搞得清楚。所以,只好含糊地说,我们都是炎黄子孙。这个一定没错的。

这是大的理论根据,没有人会反对。说实话,说中华文明有五千年的历史,甚至还可追溯到八千年前,但是,有文字可考的,却只有三千多年,还有比甲骨文更早的文字吗?因此,其他的统统只是传说,并不可靠。

但,我们的习惯思维依然是,必须找到理论根据。

前几天,我偶然听了一集百家讲坛,讲的是中华文化中的体育运动史。那专家,将夸父追日,当作中国人长跑的开始。我听了,很感新鲜。真是好玩,那夸父追日,并不是心血来潮,原来是长跑锻炼呢。

只是,这样的理论依据越多,越让人迷糊。

耐烦有恒

我多次请书家书写"耐烦"两字,是因为这两字能够时刻告诫自己,虽为一介布衣,仍然觉着"耐烦"事关做人做事的全部。

先解"耐烦"的基本义。

耐,经得起,受得住;烦,从火从页,身体发热了头痛了,引申为烦闷、烦躁、繁杂、琐碎、烦忧、烦劳。耐烦,就是要顶得住碎烦的人和事。因此,耐烦并不难懂,且是个使用率极高的常用词。

意思简单,并不代表能做到做好。

年轻时的曾国藩也曾风流放荡懒散,当他经过内心自省,特别是做官后,就将"居官以耐烦为第一要义"奉为座右铭,几乎苛刻地遵从。耐,就是要和急躁浮泛作抗争,虚一而静,虚心,专一,内心镇定,从而到达宁静的彼岸。曾国藩深知,自己处事如果不急不躁,无怨无悔,就能时刻保持头脑清醒,如此,才能有效地驾驭部下,在任何场合,都能做出正确的决断。性烈如马,急躁冒进,只会自乱阵脚,昏招迭出。

曾国藩以"耐烦"作做官诫律,自然八面玲珑,顺风顺水。他大尝"耐烦"的好处,将"耐烦"扩大到做人做事所有的方方面面。他的观点是,人生不如意事常八九,怨天尤人不是办法,只有摒除烦恼,直面现实,冷静思考,才能找出解决之道。

其实,居官以耐烦为第一要义,并不是曾国藩的发明,它是明朝嘉靖年间户部尚书耿定向的名言。耿尚书曾这样告诫向他求教的某县令:历代做官的名言中,都没有说到"耐烦",而我认为,"耐烦",却在廉洁之上,做官要廉,就如女性要守贞洁一样,是本分,而"耐烦"了,就会虽烦而不厌其烦,做什么事都会成功。

曾国藩的名言,一定在沈从文心里打下了强烈的烙印,沈从文也一定崇拜他的著名同乡,于是,他也将"耐烦"作为自己的诫律。不过,沈从文将"耐烦"的意义发展引申为锲而不舍、不怕费劲。

我是在汪曾祺的回忆文章《星斗其文,赤子其人》里读到这些文字的。汪是沈的得意弟子,汪的回忆应该准确:沈先生很爱用别人不太用的一个词,"耐烦"。沈先生认为自己不是天才,只是"耐烦"。他对别人的称赞,常说"要算耐烦",看见儿子小虎搞机床设计,勉励"要算耐烦",看见孙女小红做作业,也鼓励"要算耐烦"。这里的"耐烦",意思偏重于做事要不怕麻烦、持之以恒。其实,关于"耐烦",沈从文自己也有解释:北方话叫发狠,我们家乡话叫"耐烦",要扎扎实实把基本功练好,不要想一蹴而就。

综观沈从文的一生,他真是"耐烦"的杰出践行者。不说他文学的辉煌,单单是他的服饰研究成就,也达到了前人少有的高度。但是,有多少人能耐得住这个烦呢?

这个世界,无论古今,无论中外,都有无数的烦恼考验着我们的耐心。

英国哲学家罗素,他在《快乐的世界》里,为我们列出了一百多年前他那个国家生活中的三类邪恶:一类是物质的,如死亡、痛苦以及使用田地难以生产出粮食;一类是性格的,如愚昧无知、缺乏意志以及暴烈的脾气;一类是权力的,如残暴专制,用武力或者用精神去干涉别人自由发展。罗哲学家认为,三种邪恶没有明显的界限,它们相互牵制相互影响。他还给出了解决的基本途径:用科学去对付物质的,用教育去干预性格的,用改革去完善权力的。这些邪恶,就是影响人们快乐的主要因素,必须要解决。

其实,我们完全可以将这些生活中的邪恶看作烦恼,从生到死,从生活到工作,从物质到精神,烦恼总是抱团而来,想躲也躲不开。面对烦恼的包围,最有效也是最简单的拆解方法就是"耐烦",在耐烦中注入科学、教育、改革等生动活泼的因子,从而解决烦恼。

以倡导生活禅为主的星云大师,面对他的信众,不厌其烦讲要"耐烦"。

他用彼得懒得弯腰捡马蹄铁,尔后为了捡耶稣掉下的十八颗樱桃弯腰十八次的故事,告诫人们,人要有足够的耐心,生活中,等人、交友、听话、处众、学习、成熟,都要"耐烦",还有,生病、守信、工作、家事、孝亲、人情,更要"耐烦"。"耐烦"做人,才能把人做好。

于是,我们就可以将"耐烦"的外延和内涵进一步拓展,比如,修养,度量。善于倾听和沟通,站在别人的立场上观照自己,站在自己的立场上思考对方。或者,退一步海阔天空,忍一事风平浪静。

但要防止另一种"耐烦"。

电视剧《人民的名义》中,孙连城区长是反面镜子。大风厂批地的事,信访办窗口改造的事,他都不急不躁,似乎耐烦得很,上可推给贪官丁义珍,下可责骂信访办,下班时间未到催着上访者离开,回到家躲进阳台仰望星空,反正升官无望,就这么耗着呗,他耐烦了,骨子里却是在推卸责任。孙连城是虚构的撞钟占位干部的形象,不过,现实中,孙连城一定有不少。

就现代社会来说,居官要耐烦,就是要以民为重,心里装满百姓。百姓是你的主人,你就会耐烦,谁会对自己的主人不耐烦?百行百业,当医生、做教师,也要耐烦,病人和学生,都当成自己的家人和孩子,就没有理由不耐烦。至于你求人家办事之类的,更要耐烦,帮你是情分,不帮你是本分。以此类推。

我可以毫不夸张地断言,人与人的差异,就在"耐烦"和"不耐烦"之间。

迅速将"耐烦"培养成自己的工作和生活方式,并成为你思想乃至身体的一部分。

"耐烦",且有恒,便能有一种平和的巨大力量,战胜所有的烦人和烦事。

小学五年级

小学五年级

数码综合征

"岱奶"

功必不唐捐

洪迈的人生四比

机器化写作

关于"剩经"和《非诚勿扰》

捡垃圾

文学奖以外

精神荒原的抚慰

两株李（梨）树的哲学表达

莎翁门前那棵树

树之根

树之功

威尼斯葬礼

重耳走西口

作之不止

有个伟大的词叫"倦出"

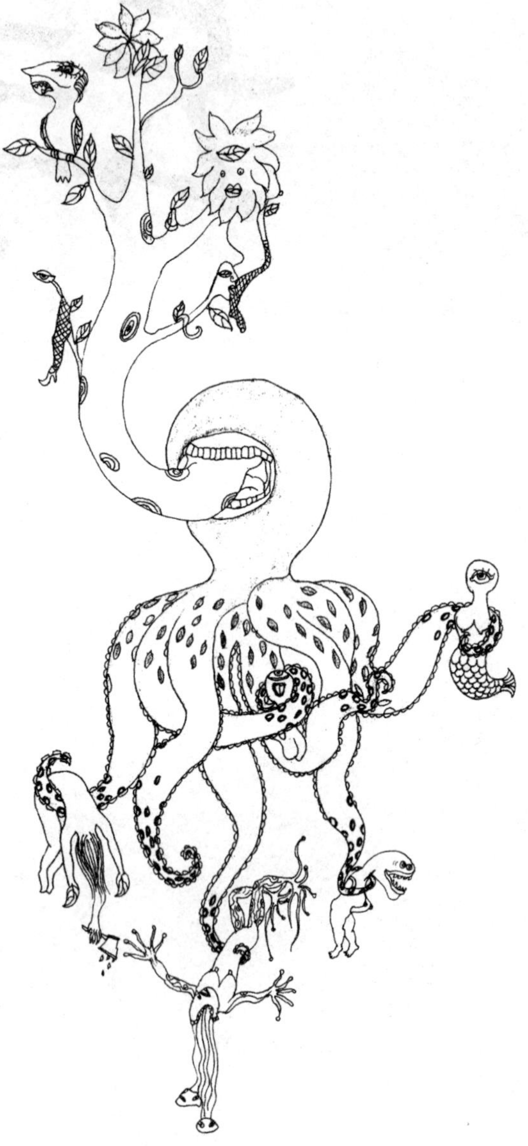

小学五年级

小学五年级,这个学历榜上处于最低层次的小小弟,最近却比最高层次的博士要红,使它改变身份的契机就是莫言获诺奖。

莫言自称,他的学历确实是小学五年级。他读完小学后,21岁才去参军。至于后来,他读解放军艺术学院的本科、读北师大的硕士,都可以看作成人教育,是中国特色,国家承认,但拿学历的他自己心中十分有数。

诺奖让莫言疲惫不堪,各种仪式让他如坐针毡。最近又在传,他为要不要上央视的春晚而纠结。幸好,他读的小学没有搞庆典仪式,不是不想搞,估计是早年读的那所小学早就不在了,一定要找的话,只有前身。就这点来说,他应该庆幸,但高密的初中就少了一位名人,高密的高中也少了一位名人。高密的教育部门一定很后悔,和莫言同年级的初中同学高中同学很后悔(如果莫言读了初中高中),一般的名人也就罢了,莫言可是世界级名人噢。解放军艺术学院、北师大,好像都没有搞他获奖的庆典,至少目前我没有看到这样的新闻。

小学五年级,这个时候就显得很气足,又不丢什么人,咱实话实说,凭的是实力!

莫言还好呢,读到五年级,至少毕业了吧,那童话大王郑渊洁就要差一点,他自己说只读了小学四年级,但郑渊洁的百度辞条上这样牛逼地写着:2009年以2000万的版税收入,荣登"第四届中国作家富豪榜"首富宝座;2011年以1200万的版税收入,荣登"第六届中国作家富豪榜"第3位;2012年,以2600万元的年度版税收入荣登"第七届中国作家富豪榜"榜首。有次晚会上,郑这样说,他的书卖了一亿多本,没什么可害怕的。

比比童话大王,众作家们真是惭愧得很。麦家曾感叹,一个作家辛苦写了一年多,好不容易出版了,拿到了稿费一万多。其实,这还算好的了,多少总有点可以糊口!这估计也是目前中国作家的常态。

让人不可思议的,是郑大师对儿子郑亚旗的教法。小郑小学毕业后(不知道是不是五年级,要是五年级,那就比他老子多读一年了),老郑就自己编教材自己教,三年时间就教完了中学六年的课程。现在,小郑发展得也很好,开着名牌车,做着以老郑为品牌的公司CEO。

这些榜样,深深刺激着一些人。

前段时间,浙江卫视搞《中国梦想秀》。有一期,我认真地看了一个多小时。刚好是一个初中毕业然后读艺校的女青年,想要实现自己歌唱的梦想。大腕主持周立波,气场很足,不说有皇帝君临天下的感觉,也差不到哪里去。我虽然不喜欢周那个派头,但想看看他怎么表演的。听着女青年含泪诉说,周大腕在安慰她,突然,他话题一转:你知道我的文凭是什么吗?我现在告诉你,我真正的学历只有小学五年级!全场一时大惊!我也大惊!这个波波老师(大家都这么叫)真是神人啊,这么厉害!我想,这下,媒体又有料了!果然,第二天,媒体都以"惊爆"字样描述。

我猜想,《中国梦想秀》现场的很多观众都有强烈的自卑感,唉,本来初中高中还不好意思呢,但和波波老师比比,已经很不错了哎。那些大学生研究生们会想,唉,我们还在这里瞎起什么哄啊。

我还猜想,为什么在以前所有的节目中,周大腕都不说自己的真实学历呢?难道是没有合适的话题?不可能,如果要说,没有话题也可以想办法策划一个嘛,周的团队是以策划著名的。那么,肯定是说的时机还没有到,而现在这个女青年却为自己的初中学历而自卑,这正是说的最好时机,因为小学五年级的光环已经在瑞典诺贝尔的文学殿堂里闪闪发光呢!周的海派清口,就是以新闻为生的,他不可能不知道莫言的故事。

这两天,《泰囧》大热。主演徐峥在接受凤凰网《非常道》采访时,提到了郭德纲和周立波。徐称周"不适合主持""表演水平应该再去提高""技术稍微草率一点"等等,波波老师知道后非常不满,立即通过个人微博,非常不客气地回应:"你扮猪挺像,扮人挺囧。"骂战不断升级,记者采访周立波,周说了这样的理由:"我和徐峥认识,没过节,但他的性格我不喜欢,不是我愿意交的朋友。这个人的名字不在我的字典里,我从来没提过他,这次是他先惹的事,错不在我。为什么?他的确有点过,而且莫名其妙,同行比较是大忌,他直呼我的名字,却称郭德纲'老师',他想怎样?而且他就是小辈,我1981年就入行了,他根本没资格评论我,没眼界还指点江山!"

前两天,我到浙江万里学院做过一个关于读书的讲座。

讲座结束后,同学们提的问题中有一个就是:请就莫言的文凭和他获诺奖发表一下看法。这个同学的问题一提出,有很多同学都起哄,他们可能认为,这简直就是一个小学五年级的问题,答案不是很明显的嘛,文凭不等于水平,还用问?我王顾左右而他,就把郑渊洁的版税、周立波的纷争说了下,然后反问同学:你们认为呢?中国的初中、高中、大学、研究生院,还有没有必要再办下去?你们读大学后悔吗?

这是一个很复杂的话题,但我还是给了提示并鼓励:可以从偶然和必然、因和果、现象和本质等等哲学角度去分析,无论如何,只要你思考了,就会有收获的。

写到这里,突然想起,老爸也是小学五年级,那时候叫高小毕业。家里穷,读书迟,小学五年级读完他就十七岁了,然后参加革命工作。老爸今年整八十,退休金每月可领三千多元,正安享晚年。

　　小学五年级,空前？绝后？抑或不空前不绝后？我实在无法准确预测。

数码综合征

1.

早上一睁眼,第一件事,立即开手机。

昨晚关机后,一定还有什么重要的消息在发生,一定还有朋友微信上留言,朋友圈一定还有太多的信息要圈阅。

手机打开,各种信息如潮涌来。果然,美股大跌,非洲A国首都骚乱,奥巴马确认塔利班最高头目被美军炸死,加拿大森林大火,希腊欠债马上到期了,海地又地震了。总之,各大洲各大洋,都有大事要事发生。这些事太重要了,如果你不关注,不分析,是要吃亏的。美股跌惨,今天的沪深股市也好不到哪里去,该跑还得跑,否则一年白赚。你知道森林大火发生在什么地方吗?加拿大石油主产区,蝴蝶效应,世界油价肯定要涨。哎呀,时间怎么这么快呢,都快八点了,上班要迟到了,迅速起床!

2.

三下五除二,拿上手机和车钥匙,疾步出门。

找到车子,要三分钟,边走边翻手机,只看标题,不翻内容,字太小,路要转弯,啪,撞电动车了,还好还好,不是交通事故。

发动车子,以N码的速度往单位开。红灯,没事,打开手机瞧一眼,滴滴,后面在催了,这么快,不就几秒吗?又红灯,脚踩在刹车上,打开手机瞧一眼,有微信,好几个群里都在说话呢,滴滴滴,后面又催了,别催别催,谁不是这样啊,你看看,十个司机九个玩手机,你能保证开车没玩过手机吗?!

此时,本市交通台,刚刚报完路况,开始插播社会新闻了。

司机们注意啦,开车别玩手机啊,今天两则新闻,都和玩手机有关!

一则是,交警在监控里发现,某大货车司机,快速行车路中,低着头,左手拿个手机,右手也拿个手机,任车子前行。立即通知相关路段巡警拦截,扣车一查,情况属实,原来,货车司机有两个手机,一个老手机,一个新手机,刚刚接到一个新手机电话,没接着,没显示,他就打开老手机,用新手机号码打老手机,看看是谁给他打电话,程序多复杂啊,但他在高速公路上开着车呢!

一则是,某中年妇女,穿高跟鞋开车,仪表盘上的手机,突然滑到脚下,她一边开车,一边伸手摸手机,一眨眼,车撞护栏了,这是辆一百多万的保时捷。

嗯,这两则消息,提醒及时,开车不要看手机,监控看到,也要扣分,可就是忍不住想看,一点都忍不住,停下来就要翻手机!

3.

终于到单位,停好车,拿上手机,进电梯,边翻边看,电梯里十个人,十个在看手机。电梯里怎么会没有信号啊,老早的事,神十都上天了,电梯还会没信号?

到办公室,手头有一大堆事情要处理,手机暂时丢一边,没办法,领导来检查,影响不大好。现在的领导,可鬼呢,上回,我们领导,工作时间,突然在群里发了一个大红包,十个红包,瞬间抢光。中午时分,抢到红包的,都接到了人力资源部的短信:上班时间玩手机,扣奖金五十元,本次属警告,下次再犯,一次扣二百!

虽说脑中有弦,几分钟后,还是忍不住要偷偷翻手机,不敢多翻,翻一下也是好的,各个微信群、QQ群太活跃。我有三十多个朋友群呢,小学同学群,初中同学群,高中同学群,大学同学群,我们小学、初中、高中,好几个平行班,这就有小群,有大群,一年轻同事,他有一百多个群,连幼儿班的同学群都有!同学群,只是朋友群的一种,更多的是各种各样的活动群,爬山的,骑行的,吹萨克斯,吹葫芦丝的,拉小提琴的,学绘画的,你以为只有年轻人有群啊,那些退了休的,也有群,他们也要玩,现在就是群的社会!群就是小世界!

终于到中餐时间,奔向食堂。餐厅很大,一下子可以坐五六百人,以前,饭堂里都是闹哄哄的,现在,安静多了,大家一边往嘴里塞着饭菜,一边在专心翻手机,这么多的客户端,这么多的新闻网站,这么多的朋友群、朋友圈,这个时间,谁也不打搅谁,看看,笑笑,你不能说他(她)傻笑的,他一定被朋友群里的哪件事情雷倒了:呀,这只小狗穿着人的衣服,在学人走路呢! 呀,这个东北小姑娘,和她爹妈吵架,妙语如珠,口才一点也不输小沈阳!

4.

接下来,午休,一直到下午上班。

网上浏览新闻,评论,朋友间语音、视频,朋友群互动,朋友圈互动,点赞。赞是必须的,这个朋友关系比较好,要赞,不管他发什么,都要赞,那个朋友,虽然刚认识,但是,以后少不得有事情要求他,他的朋友圈,也必须点,先给他留下一个良好的印象。还有那个名人,我圈子的名人不多,点赞他最大的好处是,告诉别人,这个名人,我也认识,且还有联系。给人家不断点赞,自己也受益,我听有个朋友说他的朋友,朋友圈里的每个人,他都点赞,好处呢,他自己每发一条朋友圈,都会收到无数个赞,来而不往,非礼也,中国人要的就是面子,点一下,不伤筋,不动骨,更不要花钱。你不用点开的,不管他内容写什么,只在标题点一下就行了,前不久,我们单位主管新媒体的领导告诉我,现在的微信阅读量急剧下降,一百万的粉丝,有个一两万的点击量,已经不错了,唉,那些广告商,又要捉急了!

当然,午休时间,有人会去走路锻炼。

桃红柳绿,岸青河清,走路的大好时光。手机必须带,它可以计算步数,走多少步,一清二楚,如果不带手机,那这路,简直是白走了,不知道步数,走路有什么意思呢?走几分钟,看一下步数,一千步了,再走几分钟,又看一下,三千步了,又走几分钟,再看一下,五千步了,走走走,看看看,一万步,嗯,好,今天目标达成,在朋友圈排第五第六。明天要多走,争取排第一,按现在大家的节奏,估计有个两万步,就能拿第一了!万万没想到,两万步还是没第一,一连几天,都这样,奇了怪了,那个小青年,刚来我们单位不久,平时看去也不像个运动员,怎么天天第一呢?谜底终于揭开,那天,我正使劲走,恰好碰到小青年在遛狗,这小子,居然将手机绑在狗身上,那狗,哪闲得住啊,一天到晚东跑西窜,难怪运动成绩这么好!

回到办公室,偶尔翻下报纸,一则惨案入眼帘:某村,有少妇夜间走路,边走边看手机,一下子跌进路边的水塘里,挣扎几下,挥了挥手,几秒钟后,人就不见了,直到第二天,才发现她的尸体,这一切,都是村头监控拍下的。少妇留下一个两岁的孩子。

唉,不幸的事!

再接下来,是下午的班,这个,我不细写了,情节也可以和上午类似,但一定还会有不少新鲜的玩法。比如,你要参加一个接待,来了一批客人,会谈很成功,交流很愉快,结束的时候,就有客人前来,要加你微信,来,我们加一下,我扫你,还是你扫我?都可以啊,你能不加吗?人家大老远,好不容易跑来,多个朋友多条路嘛,加吧,大家开心,这个客人加了,那个客人也跑上来,来,我们也加一下！于是，这样一次性的微信朋友不断多起来，多到你都想不起他是谁。对这个问题，我总是有疑问，一记者朋友告诉我，有的人加你，就是想让你看他的朋友圈呢，等于变相发展客户，这种场合，你不加他，难为情的。有一个号称新闻达人的，朋友圈里有七八千人，有这么大的手机容量吗？那肯定有的，这又不是什么高科技！

5.

终于下班。下班路上，也许更堵，没关系，我们有手机呢。

回到家，时间完全自己调配，这个时候，就如战场上的将军，拥有强大的指挥权，手机就是他的兵卒，他想翻多久，就翻多久。

翻啊翻，点啊点，夜深了，人静了，可手机不静，先把孩子赶进被窝，强行拉黑灯。你不知道的情节是，黑夜里，孩子盯着一张窄窄的亮屏，不断翻阅，聊天，直到眼睛酸痛，不得不罢了！

而你们呢，两夫妻，靠在床头，各自握着手机，一直如勤奋的皇帝一样，在辛勤批阅着各类奏章，偶尔，夫妻间也互相点个赞，并不说话，一直到疲惫不堪。一天中的最后一件事，就是恋恋不舍地关机。有对小夫妻，结婚半个月，每天都各自玩手机，连性生活都不愿意过，不是笑话，是新闻！

明天，基本上是重复昨天，重复我文章的开头。

矛盾还是来了。饭菜不会从天上掉下来，家务事不会自动完成，爹娘不可能照顾你一辈子，孩子要教育，谋生压力大，因为玩手机而吵架的，小吵，大吵，离婚，数也数不清。

一周,一月,一年,时光的时光,逝者如斯夫。手机只是数码产品之一种,微信只是社交圈之一种,还有,微博控,手机控,爱派控,电脑控,游戏控,等等等等。

6.

有天,我听到这样一个新名词:数码综合征。

医疗专家指出,这是种病,它的症状为:大量碎片化的阅读,会让人产生严重焦虑,人过度依赖机器,创意性脑力劳动急剧下降,数算不出,字写不出,极容易健忘,长此以往,大脑萎缩,人就会变得痴呆了。

虽然很多人并没有这么多的时间玩手机,但还是吓得不轻。

数码产品有诸多好处,我肯定不会因噎废食,但接下来,准备做几件事:

开车努力不翻手机(怕违法);

关闭各个群消息通知功能(大不了抢不到红包);

关闭朋友圈(大多耸人听闻,太多垃圾信息);

工作时间远离手机(提高工作效率);

夜间手机不放枕头边(有辐射)。

一句话,每天看手机不超过一个小时(全国人均周用手机时间 25 小时以上)。

我不知道能不能做到,但实在不想做数码的牺牲品。

又忽然想起,苏东坡静坐读书,有四句话挺有意思:"无事此静坐,一日是两日。若活七十年,便是百四十。"如果像东坡说的那样,阅读能延长我们的生命,将一辈子过成两辈子,那么,那些将手机当伴侣的,不,比伴侣还伴侣(伴侣要腻,手机须臾不可离,已经变成我们的器官),即便活了七十,也只能算三十五啦!

为百草忧春雨,为数码忧自己!

"岱奶"

"岱奶"不是齐鲁泰山一带生产的牛奶,也不是袋装牛奶。"岱奶"是我的杜撰,它是明朝大才子张岱先生,因为环保和美食的需要而创制的一种牛奶饮品。

张岱以好吃出名。他自己也大大方方地承认是越中第一吃手。

《陶庵梦忆》有著名的《乳酪》一节。

总的意思是,他喜欢吃乳酪,但是嫌从别人那里买来的不干净,味道又不好,于是就自己养一头奶牛。这应该是一头体格健壮又生机勃勃的激情奶牛,否则产量不够张岱折腾的。他完全参与了整个的制作过程:夜晚取奶,静置一夜,大概为的是乳脂分离。天亮开始,用一斤乳汁,四瓯(小盆)兰雪茶,掺和调匀,用铜铛久煮,煮多少时间?要"百沸之",经过这样的程序,得到了他理想中的乳酪:玉液珠胶,雪腴霜腻,吹气胜兰,沁入肺腑。但这只能说乳酪的品质比较好,还远远没有达到张岱对美食的要求。他对于吃,真是想尽办法试验:或用鹤觞、花露入甑蒸之,以热妙;或用豆粉掺和,漉之成腐,以冷妙。热饮冷吃,都是有讲究的。或煎酥,或作皮,或缚饼,或酒凝,或盐腌,或醋捉,无不佳妙。

好了,功夫不负有心人,张岱终于研制出了他自己想要的乳酪。

张是富贵之后代,虽没做过什么官,日子却很逍遥,这种逍遥都体现在《陶庵梦忆》和《西湖梦寻》里。他的吃功,他的玩功,他对于戏剧的理解和实践,都让他的才情得到了充分的展示。虽然后来生活得拮据贫困颠簸曲折,仍然不妨碍他沉浸在旧日的梦想欢乐中。

显然,做"岱奶"是为了让他的舌头获得更多快感,更多美味。自养奶牛只能算他的一种情趣而已。

几百年过去,虽然机械化生产大行其道,"岱奶"现象却又重新出现。

一朋友也学张岱。他说,他是被逼的。三聚氰胺什么的让他害怕了,但他又喜欢喝奶,于是自养奶牛一头。显然,由于他的精心饲养,奶产量挺高的,一家人根本喝不完,于是,他又分送一些亲朋好友。

听到这则"岱奶"新闻,我很羡慕,但认为不具有操作性和推广性。因为有很多问题不能解决：

奶牛养在哪里？农家可以试试，住别墅的可以试试，但大部分没地方放奶牛吧。我们总不可能将一头奶牛养在地下室里，即便全楼居民都同意，那不见阳光的奶牛会生产出优质奶？

奶料如何解决？我看电视里放一些牛奶品牌的广告，都是在辽阔的大草原上，一群硕大的花奶牛，吃着青青草，喝着山泉水，很快乐地生活着，如果只喂饲料，那也不可能生产出鲜活优质的牛奶。

卫生如何保证？虽然你想到了很卫生的方法，虽然你按很卫生的程序，但外人仍然担忧。我们的记者，采访浙江台州椒江一位叫阿更的"岱奶"专业户，他的奶很畅销，他的口碑很好，他是这样来保证鲜奶卫生的：凌晨挤的奶先冷藏在冰柜里，下午挤的奶，挤完就拿去卖。挤奶前，阿更用毛巾擦洗奶牛的奶头，同时，阿更的父亲陆续拿来西蓝花和麦麸喂奶牛。洗完两头牛后，阿更推进吸奶机同时给两头牛吸奶，阿更的妻子则负责分装牛奶。

前两天看到一幅国外漫画，内容大致是这样的：

一奶店内，一头大奶牛站在柜台上，奶牛的奶头就如一个个啤酒桶下面的开关，柜台外有两个顾客，老板顺手在挤奶。看来，这个漫画作者和我一样，都没有"岱奶"的基本常识，鲜奶必须煮熟了才能喝，煮的过程也是杀菌的过程。不过，从画的内容看，人家外国也有奶忧奶患。

不管怎么说，"岱奶"都是高级营养品。

影视剧中经常有这样的"岱奶"镜头：一革命战士（或红军、八路军、解放军,甚至还有俘虏,甚至还有日本鬼子的俘虏)受伤,来不及转移,某百姓自告奋勇照料,承担着杀头的危险,营养不够,于是养一头牛,一匹马,一只羊。那时候的卫生,想必不怎么顾得上,有奶喝就已经很不错了。实在没有条件养,那只好就地取材,喂人乳,沂蒙山老区就有这样活生生的例子:战士喝着年轻嫂子的奶,很快就上战场英勇杀敌了。

某次闲来无事,在华数的电影库里浏览,《斗牛》,我好奇,一看,竟然就是个"岱奶"故事。

抗战时期,沂蒙山区,国际友人向八路军某部,捐赠了一头荷兰大奶牛,该牛黑白相间,产奶量大,部队用鲜奶给伤员增加营养。后来,部队紧急撤退,将奶牛委托村民喂养,光棍牛二(黄渤饰演)抽签认养,牛二有个性,大奶牛更有个性,整个故事,悲欢离合,奶和生命相连。血腥和人性,坚守和光明,都围绕这头大奶牛展开。

当高级营养品变成日常之需,当内地的奶让人信心不足后,目光自然瞄向外面。许是国人财大气粗,动不动就抢购。还要不要让人家吃了?于是,香港人不高兴了。为限制内地居民抢购奶粉,适当预留婴儿奶粉给本地居民,香港特区2013年3月1日起实施《2013年进出口(一般)(修订)规例》。根据该法规,离开香港的16岁以上人士,每人每天不得携带总净重超过1.8公斤的婴儿配方奶粉,这相当于普通的两罐900克奶粉,违例者一经定罪,最高可罚款50万港元及监禁两年。

奶已成患?无语。

"岱奶"是张岱味觉上作乐的结果,不喝岱奶不会死的,只是喝了更加快活而已。但诸如奶粉之类,则关乎国家的未来。

开个玩笑,还是鼓励年轻妈妈们生产自销"岱奶",不要过多地在乎容器的美观不美观,妈妈哺育孩子,天经地义。

"岱奶"如果盛装,问题自然迎刃而解。

功必不唐捐

万历三十八年。

湖北公安,筼筜谷。

著名作家袁中道一早起来读报,一条消息让他震惊:西洋陪臣利玛窦逝世(1610年5月11日)。

想来袁作家对利玛窦比较熟悉,以下是我读到的他在《游居柿录》中的部分描述:

利从他的国家到我们这儿来,航海了四五年才到。初住闽,住吴越,渐通华言及文字。后入京都,向我们朝廷进献了天主的像及自鸣钟。他们国家信仰天主教,居然不知佛。利善于谈论,会写东西,收入很少,但常常送人钱。好多人怀疑他有秘术,可惜没有探访到。他有一个观点,说天体的形状就像鸡蛋一样,天是青的,地是黄的,四方上下都有世界。这个我们好多人都不能接受,假如像他说的那样,我们上半球的人与下半球的人头脚不是相顶牢了吗?下半球的人就像那蝇虫一样倒挂在屋梁上了。他这样的话真是好奇怪呢。利玛窦和其他的士绅经常到哥哥袁中郎家里来,我见过好几次。他只活了六十岁,听说还是童真身子。

看了袁中道的记述,我很惭愧,我只知道利玛窦是明朝西学东渐的代表人物,只知道他是诸多传教士中比较有名气的一位,不知道更多。于是,这个让明朝知名作家都印象深刻的利玛窦,引起了我进一步的兴趣。

利氏不远万里来中国,目的只有一个,传教,将天主的福音向全世界传播。可是,想要把思想渗透到一直以自我为主而且闭关自守的大明王朝,难度可想而知。他想尽了办法,吃尽了苦头。他写封信到罗马,收到回信,却要六七年时间。他父亲去世的信寄到北京时,他也和父亲一样去了天堂。但在利的心里,传教的事就是终身信仰,可以献出生命。因此,他什么都不怕,什么困难都会去克服。

我总结了下,有几个关键环节使他取得了成功。

首先是学习汉语。

他花十二年时间,用自己的方法学习汉语,并且为许多汉字创制记忆定位体系,汉语因此学得很溜。他能流利地用汉语演说,还用汉语写作,他的第一部汉语著作是《交友论》,"吾友非他,即我之半,乃第二我也,故当视友如己焉",这样的择友观还不把中国的士大夫乐坏啊。他还把包括《论语》在内的一批儒学经典翻译成拉丁文,他将翻译和研究儒家经典,当作他传教的一个重要部分。谁能说利氏仅仅是在传教?

其次是改穿儒服。

这是一个很聪明的举动,就如我们现在各地电视屏幕上,经常会有各式各样的老外在大说中国话,大唱中国歌,普通话越纯正,越能得到中国观众的喜欢,同样,利氏改穿儒服,立即获得主流阶层的认可。他的行为感染了许多士大夫,多好的一个老外啊,这么信仰我们的文化,我们也是兼容并蓄的,那就让他参加我们的各类活动吧,于是,当时文人的各类活动他都应邀参加。我经常看明人小品,发现他们的活动太多了,焚香、试茶、校书、鼓琴、尝酒、礼佛、打坐、翻经、看山、洗砚、临帖,而利氏进入的都是精英阶层的圈子,这些人大多能说会道写写画画,都是有极强传播力和影响力的。他算是找准了抓手。

第三,他还用大量的精力向人传授数学和历法天文。

这就是我们所说的科学技术了,不得不承认,这一点,由于欧洲的文艺复兴,他们已经远远领先于大明。利氏绘的世界地图,第一次向中国人提供了认识五大洲的工具,因为当时的中国人并不知道新大陆的发现,也不了解非洲西海岸,他们只知道中国很大,即使有其他国家,也是很小的蛮夷。《利玛窦中国札记》中这样写道:"中国人认为他们的辽阔领土的范围实际上是与宇宙的边缘接壤的。与他们国家相邻接的少数几个王国……在他们的估计中几乎是不值一顾的。""(中国人的世界地图)据说是表示整个世界,但他们的世界仅限于他们的十五个省,在它四周绘出的海中,他们放置上几座小岛,取的是他们所曾听说的各个国家的名字。所有这些岛屿都加在一起还不如一个最小的中国省大。"而且,他还第一次让中国人知道我们居住的地方是个球形而不是方形。如袁中道的疑惑一样,连他这样的文化人都不知道地球是圆的,何况平民百姓。

利氏似乎在记忆上有特殊功能,美国学者史景迁,在《利玛窦的记忆宫殿》里这样写道:人们随意在一张纸上,以任何方式写下大量汉字,不需按照什么顺序,他只要看过一遍,就能按照书写者所写的方式和顺序,将这些汉字牢记于心。那些想要以考试进阶的士人,都以为利氏是神人,纷纷向他请教。其实,利氏的心思是,以此来吸引中国人对他的文化的兴趣,进而引导他们对上帝产生兴趣。

尽管利氏做了这些功课,但据资料显示,他的传教成绩却是微乎其微的,不过,这没有关系,对整个西学东渐的历史来说,利氏绝对是先锋,他的实践是一个很好的铺垫。后世学者对利氏在中国活动期间所结交的全部人物做过统计,其所结交人物共129人,徐光启等一大批知名学者都是他的挚友。因此,主观目的是传教,但讲授西学,重刊舆图,熟读儒书,结交耆学,客观上却让东西文化产生了很好的交流。中国由此认识了更丰富的世界,而中国文化的包容性也使得天主教开始在中国传播。

文化交流应该是双向的,利玛窦可以进中国传播,中国人当然也可以走出去。只是中国人比他们早多了。

前几天从兴化过扬州,出了瘦西湖,直奔大明寺。因为那里,也同样有一位文化传播的先驱者,唐代大和尚鉴真大师。我考大学那一年,正值鉴真像从日本回扬州探亲,新闻热报。为了对付历史考试,我甚至暗暗押了一道题:鉴真东渡的现实意义。在我看来,鉴真东渡传法,一点也不比利玛窦逊色。五次东渡均以失败告终,而且,第五次东渡时,他双眼染疾以致失明。要换常人,也就算了,肯定不会有第六次,人生地不熟,却又看不见,海途艰险,年纪也六十多岁了。但如果停止东渡,那就不叫鉴真,也就不会有今天中日文化交流史上厚重的一笔,"为是法事也,何惜生命"!第六次东渡终于成功,十年后病故。就在这短短的十年里,鉴真做了很多事,不仅传授戒律,建寺造像,还积极诊病制药,向僧徒传授医药知识。日本的佛教、建筑、雕刻、医药、书法、印刷术等方面的发展,鉴真的影响极大。日本的律宗太祖、圣僧、日本文化的大恩人,这些称呼,我相信是出于日本人发自内心的敬仰和尊重。

有一个词语叫"功不唐捐",功是指功夫,唐是徒然、空的意思,捐,舍弃。这是一个出自《法华经》的佛家语,意思讲,世界上所有的功德与努力,都不会白白付出的,必然有回报。简单说来就是:功夫不会白费。

鉴真大师双目失明,仍然东渡东瀛,孜孜不倦地为传播中国大唐文化而献身日本;利玛窦历尽万苦千辛,为传播西学而献身中国。抛却狭隘的文化渗透论,他们的人生经历则从另外角度告诉我们一个简单道理:为信仰和兴趣而努力,内心坚定而充实,百折不挠,功不唐捐! 功必不唐捐!

洪迈的人生四比

洪迈《容斋随笔·士之处世》中,对读书人的处世用了四个比方,我觉得范围可以扩大至所有人。

这四个比方有点像四帖中药,味深而意长。

第一,视富贵利禄,当如优伶之为参军。

我们对待富贵利禄,应该像戏剧演员扮演军官一样。你看那军官,正襟危坐,哇哇地发号施令,声音抑扬顿挫,众演员全都拱手而立,听从他的命令,一出戏演完,一切也就结束了。

昨晚新闻曝,著名歌唱家芦秀梅去世,有些细节令人唏嘘。说她丈夫赵安(央视导演)出事后,一直爱围着他转的一些明星也立即消失,以前明星们天天把他俩的电话打爆,赵入狱后,家里几乎没有来过一个明星,某受过关照的明星,竟声称不认识赵,小女儿读书再也没有明星帮忙接送了。知情人还透露,以往芦秀梅参加各种演出,演出商给的出场费都有四五万,后来的出场费仅有税后的2000元。

人走茶凉的事太多了,只是这样的事再出现时,不免让人感叹。其实想想世道的炎凉,也就那么回事。赵安凭什么风光?因为他多次执导春晚,而那些想上春晚的明星还不削尖了脑袋钻啊,你家什么事他都会知道,自然,肯定抢着接送小孩了,演出商估计也是赵的面子才给高价,那时的赵安,就是台上的军官呢,那些明星就是士卒,呼啦啦一挥手,旗飘而卒应。然而,戏散了,大家也就各归原位,你家什么事他都不想知道,知道了有什么用呢?不就是逢场作戏嘛!

第二,见纷华盛丽,当如老人之抚节物。

这里告诉我们说,见到豪华艳丽的场面,要如同老年人对待时节的景物一样。比方说,碰到一些节日,如上元、清明等,年轻人是昼夜出游,唯恐时间不足,那些彩灯收了,鲜花凋零了,还显出一副懊恼的样子,长时间不能忘怀。而老年人则不然,他们不曾把欣喜和忧戚放到心上。

豪华艳丽的场面是多方面的。我们的交警查酒驾已经很有经验了,他们都是半夜候在去酒吧迪厅一条街必经的路线上,一查一个准。而且,一些节假日,他们更是重点巡防。现在节假日自然要比洪迈那个时候多了,仔细算一下,一年至少有百来天,而这百来天,活动的五彩缤纷,足以让年轻人唯恐时间不足。

我觉得豪华艳丽还可以引申,它不仅仅指豪华场面,也指那些能让人着迷的现代事物。网瘾是如何产生的?还不是那些五花八门的游戏拽住了人的双眼。微博控让人很不好理解,一天十几个小时泡在微博上,难道这个外部世界就那么离不开吗?可是,对于微博控来说,也太好理解了,我不就是想时时关注我和粉丝的互动嘛!你们大家不都是手机不离身嘛,你过一天没有手机的日子试试?是啊,如果今天上班忘了带手机,焦急不安是无疑的。真不知道,我们以前的日子是怎么过来的。

第三,睹金珠珍玩,当如小儿之弄戏剧。

这点很有意思,面对那些黄金、珠宝、珍贵的器具,应该如同婴孩做游戏那样,当那些东西摆在你面前时,倒也是喜欢好玩,倘若丢下它们走开,一点也不留恋。

人之初的婴孩,没有人生经验,还不知金银的魔力,自然也不会留恋和关注了,对他们来说,那些东西仅仅是精巧光亮的笨重器具,一点也不好玩,还冷冰冰的,为什么要去喜欢它呢?

能做到这一点是最不容易了。印度有四百万的耆那教徒,他们对饮食有许多的禁忌,不吃肉,还禁止从事农业,在他们看来,农夫犁地也会伤害虫类等生物。因为怕破坏植物,所以他们不吃任何蔬菜,只吃植物掉落的叶子与果实。他们是真正的苦行僧。这样的人生,这样的修行,那些金珠珍玩,也就没有什么可以留恋的了。

当然,我们绝大多数都是普通人,而普通人有七情六欲,自然也都喜欢那些东西,只是君子爱财取之有道而已,取之有道了,自然也就心安理得了。

第四，遭横逆机阱，当如醉人之受骂辱。

这里是说，遇上强暴无理、被人设计陷害的时候，应当如同醉酒之人遭受辱骂那样，竖着耳朵什么也没听到，睁着眼睛什么也没看见。酒醒之后，我还是原来那个我，一点损害也没有。

要做到这一点，同样也难。原因是我们每个人都有基本人格，人不就活一口气吗？然而，身处其境时，每个人不同的应对态度结果却会完全两样。我经常劝人的一句话是：愤怒的时候不要做决定。有诸多因素会造成你的愤怒，而有些愤怒完全是你自己造成的，因为你没有全面了解事件的前因后果，你只看到了表面，而表面真实有时并不真实，你只站在你自己的立场考虑问题。所以，有人说，有的时候，我们愤怒或者我们看不惯，都是因为自己修养不够。

2006年国庆，我到苏州。在东山镇一座叫紫金庵的小庙中，看到里面有一幅壁画，上面画有寒山、拾得，对面而立，一问一答，颇有意味。

寒山问拾得曰：世间有人谤我、欺我、辱我、笑我、轻我、贱我、恶我、骗我，如何处治乎？拾得云：只是忍他、让他、由他、避他、耐他、敬他、不要理他，再待几年你且看他。

寒山和拾得的问答无疑为我们提供了一剂人生成长的良药。人生不如意事常八九，多读读，遇事也就释然了。

从人生态度上说，勾践替夫差尝粪便、韩信受胯下之辱，并不是他们自愿的行为，我相信，他们在做这些事的时候，一定如醉酒之人,暂时将自己忘却,然而,活下去的勇气和复仇的种子,却早已让他们铸成钢铁般的意志了。

如何对待名和利,如何对待各种诱人物质,如何承受各种压力,洪迈的四个比方,虽不能供全部人生成长之需,却也值得我们时时比照了。

机器化写作

我这里的"机器化写作",不是指网上那些输入某些词,就可以生成诗歌或者其他作品的那种软件。我是指某些作家的作品写作,像机械化生产,在程序员(编辑或者出版公司)的操纵下,按程序按规定时间完成作品。

下面是一篇我们报纸最近刊发的新闻报道,我借用过来,略有删节,凡真名实姓的地方基本用符号代替。

如若发表,稿费我会转给我们报纸记者的。因为是她完成了这个采访。

2011年12月19日,写了整整5年的《DMBJ》,将正式推出大结局。虽然现在还没有开卖，但通过书迷的反应，以及此书前7本达到了近1000万册的销量，MT公司的负责人认为，NPSS是明年作家富豪榜冠军的有力竞争者。

M编辑刚刚完成的工作是——专职督促NPSS写完《DMBJ》大结局。虽然通过各种斗智斗勇，M编辑终于等来了《DMBJ》大结局，但其间遭遇的各种痛苦，导致她现在动不动就会对身边人说："赶快啊，别让我觉得自己这辈子的唯一工作就是在催别人。"

但事情并没有到此结束，临近宣传期，NPSS又玩起了"失踪"。M四处追查，电话打到烫手，才得知他跑去瑞士度假了。这不是第一次发生类似的状况，NPSS在圈内是出了名的拖稿王，人送外号"拖拉机大王"，拖延几个月交稿是家常便饭的事情。

为了盯住他，编辑曾经特地从北京飞到H州，包下一家酒店房间，天天跟NPSS同吃同住，硬生生逼他把书给写出来。

这次，M为了完成盯稿任务，她把NPSS请到北京，一下飞机就直接送进一家五星级酒店，摆出一副"不写完就休想再见天日"的架势。负责《DMBJ》大结局的是MT图书出版公司第三编辑中心，总共有7个编辑。为了NPSS，其中6个编辑轮番上阵，编辑之一C说："我们这次是倾巢而出。"

事实上，NPSS在编辑眼里并不是一个难搞的人，C编辑觉得对方非常随和，也很风趣，"但要找到他就太难了，电话也不接，有时候干脆关机"。

把NPSS"骗"去北京前，11月初，M编辑试过在H城完成催稿工作。离开北京的前一晚，她在微博上用悲壮的口气写道："明儿飞 H 了,没订回京的机票,回不回得来,就看胖子(NPSS 的外号)了。"

不出所料,NPSS 一见到 M,就很干脆地说:"周五跟你去北京写稿。"过了两天,他又改成下周一走,后面还安慰性地补了一句:"这次肯定交稿。"又过了几天,他说要参加一个朋友的重要活动,还得再等等。等来等去,M 在 H 城足足等了两个星期。

这两个星期,M 和 NPSS 约定,每天中午 11 点在咖啡馆见面,工作 12 个小时,到夜里 11 点,各自回去睡觉。后来发现,NPSS 更喜欢在夜里写作,于是 M 把见面时间调整成下午到半夜。在这样的"高压"政策下,NPSS 总算保证了每天 1 万字的产量,但离全部写完还差很远。

M 编辑形容那段时间的生活:"和同一个男人,面对面十多个小时,每天大眼瞪小眼,晚上一回到酒店,就想这是在拍恐怖片吗?"

终于,NPSS 跟着 M 编辑去了北京,虽然有 6 个编辑助阵,但 M 还是不敢掉以轻心,她说自己像个全职管家,要全程监控一切,"只要看到 NPSS 坐在酒店房间里,我就安心了"。

可一个作家不像流水线工人,偶尔会陷入一个字都写不出来的枯竭状态。这种时候,M 又要扮演心理辅导师,想出各种好话安抚 NPSS。不过,双鱼座的 NPSS 会来几招"善意的忽悠",他经常告诉 M"你放心,你放心",估计也是同样告诉自己。M 说她能理解 NPSS 玩"失踪"这件事,没状态的时候只能这么干。"要是进入状态了,他就会写得非常顺利。"

"在旁边看他写稿,其实也是一件体力活,不能说话,也不能发出大动静。"M说,有一次她打电话的声音稍微大了点,结果把正在构思恐怖情节的NPSS吓了一大跳。

新闻导读思考题:

1. 结合本案,思考一下名著是如何诞生的?
2. 写作机器是怎样炼成的?
3. 如何理解文学作品的机械化生产?
4. 文学机械化生产对传统作家有什么启发?

关于"剩经"和《非诚勿扰》

有位拿到多个文凭的留洋女孩子,参加了20多次的相亲节目,却被人嘲笑成"文凭无用论"的典型。于是,这位女孩发誓:要写一本"剩经",以剩女的视角,解读相亲中的各色男人。

已经有专家出来辟谣了:所谓"剩女",其实是个伪命题,真正的现状,应该是男多于女,"剩男",才是我们这个社会要面对的窘状。

广西武鸣农民梁积华,读了关于"二胎政策"的文章后,给《南方周末》去信说:

我所在的生产小组,三十年来,人数基本稳定在200人左右,对比一下三个十年的剩男剩女数,也许能说明农村受男女比例失

调的影响远大于城市:

1980年代,剩男:3个,剩女:0个;

1990年代,剩男:15个,剩女:0个;

2000年代,剩男:20个,剩女:0个。

有些剩男迫于无奈,娶了弱智、精神病等"剩女"为妻,而剩男中的部分人已成家无望。

看来,"必剩客""剩斗士""齐天大剩"等等剩女们,都跑到城市里去了。

《非诚勿扰》的主持人孟非说,节目组两年来报名的人数近80万,成功牵手的四五百对,真正走进婚姻的数十对,去年有了一对节目宝宝。

如果孟非说的这个数字是真实的话(应该真实),我们就有必要重新审视一下诸如此类的相亲节目了。从效果看,它们基本上已经不是什么相亲节目,因为我们随便搞个联欢会,成功的概率也要远远高于这些节目,它只是一个平台,一个青年男女都想去展示的娱乐平台,只不过是以相亲的面目出现而已。

《非诚勿扰》的另一位点评嘉宾乐嘉说:每个人就是一本书,你如果很少看书,就把每期的《非诚勿扰》,当成一篇短篇小说姑且看之。

原来如此。

不过我猜测,这些相亲节目,目前还比较火的一个重要原因是,其他的节目太枯燥了。当那些花枝招展或青春勃发的年轻男女,鱼贯出现在观众面前时,实事求是地说,心情还是比较愉悦的,哎,好玩,看看他们的游戏怎么做。无论是24选1,还是50选10,10再选1,我都有一个疑惑:姑娘们为什么都这么客气?这么推让?都想把好的留给其他人?难道都是利他主义者?她们不是来相亲的吗?应该是典型的利己主义者才对!原来,她们都懂一个简单的道理:有些人看起来很真实,很适合自己,但都是表面的,或者说表面真实的往往不真实,一个人的内心,短时间很难探寻到真谛,几分钟或十几分钟要想决定自己的一生,确实有高风险。大家都认为很般配,却不长久,大家都认为不靠谱,却厮守恒久。道理也很简单,是因为,还有爱情婚姻以外的东西在维系着爱情婚姻。

从这个角度说,《非诚勿扰》要高出其他相亲节目一大截,他们已经不完全把它当作相亲节目了,他们在节目中有意识地注入了许多非相亲的元素。

这当然离不开主持人孟非。

我是很迟才知道孟非的。有次吃饭时,大家在开一个S同事的玩笑,说他和孟非很像。S也是光头,头型比较大,是比较机智的那种,整天还笑咪咪。我那时才知道有个人叫孟非,是相亲节目的主持人,尽管孟非已经很火了,我却不知道,真有点孤陋寡闻。后来,偶尔会看一下《非诚勿扰》,一般是冬天睡前泡脚时,陆地他妈强行调到那个频道上一起看的。

孟非前面讲的80万人报名,如果按24比1推算,那么这个所谓的"剩女"数字还真让人有些担心。或者都想通过电视的娱乐方式去显一下名?

我设想这篇文章的结尾有两个：

一、留洋女孩子，不长时间就写成了一本《剩经》，因为素材太多，太典型，不仅有血有肉，还有各类斗剩攻略，一时大火，堪比《圣经》。最终，女孩成功脱剩。

二、有一天，孟非到了天堂。上帝问：你来了？孟非说：我来了。上帝又问：你来了，《非诚勿扰》怎么办？

我写结尾二是冒一定风险的，孟非本人绝对不高兴，你这不是咒我吗？江苏卫视也可能不高兴，你不是藐视我们吗？我们除了孟非难道就没有别的人才了吗？

所以，我还要在有限的篇幅里，写第三个结尾：

中山大学有一门公共选修课叫"人类遗传学"，没有人报；改成"哈利波特与遗传学"，马上受到热捧。同理类推，恋爱什么的被包装成非诚勿扰或者爱情连连看，也只是一时的时髦，终究还是娱乐。

爱情就是简单过日子，本质不会变的。

捡垃圾

这样的过程,不写出来简直有点可惜。

当小 W 向我绘声绘色描述他们一行到公园捡垃圾的活动时,我觉得真是太精彩了。你尽可以把它当小小说或者杂文来读,但过程绝对是真实的。

某天一早,一行十几人的青年志愿者就骑着自行车出发了,目的地是我们这座城市最大的一个公园,我们的行动是"创文明城市,建美好家园"活动的具体体现。

一到公园大门口,停好自行车,小 Z 立即报告了一个不好的消息:刚刚我看到两辆大巴进公园去了,从架势看,他们也是去捡垃圾的,这下完了,垃圾一定会被他们捡光了!我们这几个人怎么捡得过他们这么多人啊!

不管怎么样,我们不能灰心,出师未捷身先死,这怎么可以呢!我们不仅要完成任务,而且还要圆满完成任务。于是大伙集中起来,开了个诸葛亮会。我们认为,那些有环卫工人的地方,一定要避开,凭着他们的职业素养,经过他们的扫荡,肯定不会有什么大的收获;我们一定要朝着人多环卫工人少的地方行动;我们一定要避免和另外几支捡垃圾的大部队发生"正面冲突";还有就是要注意死角,比如植物很茂盛的地方,说不定有人会扔进个矿泉水瓶啊什么的。我们甚至考虑,在湖水比较浅的地方,用特别的打捞工具,进行拉网式搜查,有些沉在湖里的垃圾就会被捞起。我们已经做了最坏的打算,如果颗粒无收,那我们就不惜成本,把那些长得很密集的绿丛一段段地扒开,从中发现垃圾。

大家立即分开,三人一组五人一伙,地毯式席卷。

我们恨不得长双鹰样的眼睛,发现垃圾,立即俯冲。突然,眼睛一亮,前面草坪上,有一大堆小学生在搞活动,乱哄哄的,而且正值午餐时分,小学生们吃的吃喝的喝,我们想,这里肯定有货,不急,慢慢来。我们在周边装模作样地转啊转,眼睛却一直瞄住草坪,心里也急急,拜托拜托,别的部队不要过来啊。等学生吃得差不多了,突然,人群中间的一位老师大声宣布:同学们,请大家把身边的垃圾都收拾干净,全部扔到垃圾桶里去,我们绝不能给环卫工人添麻烦,我们要做好学生!老师一提醒,一发动,小孩子们互相监督,等他们离开时,草坪上什么也没有,只有被压软了的草。大家那个失望啊,别提了,哎,怎么回事呢,捡点垃圾还这么难啊!

我们是什么人啊,我们是青年志愿者!自然不能被困难所吓倒,今天一定要捡到垃圾。

情况其实并没有我们想象的那么糟。

转啊转,突然,大家又兴奋起来了,前面又有一大群学生在用餐!

果真,这批学生显然也是一个学校的,但这群人人数更多,更热闹,秩序好像没有刚才的好,于是我们又充满希望。

这次,我让我们几个改变了下策略,直接进入学生们的"心脏"地带,随时注意他们的行动,一有垃圾,立即捡起,省得等下落空!一小学生刚刚喝完一瓶饮料,瓶子一丢,小B立即捡起,如获至宝,那眼神仿佛告诉我,他很能干呢,我们相视而笑。一孩子刚刚把一只塑料袋放下,小G马上做出上前捡的姿势,不想,我手上拿着长长的垃圾钳,快速伸过去,等他手伸到孩子背后时,塑料袋早已落入我的囊中。我也很高兴,终于有斩获!

见我们这么认真而又努力地在捡垃圾,老帅们觉得不好意思了。领队老师站起来向同学们发表了讲话:同学们,等下我们一定要注意自己的身边,我们要向这些大哥哥大姐姐们学习,学习他们的环保精神,学习他们的奉献精神,一定不让垃圾留在草坪上!

下午两点钟,我们很疲惫地出了公园,在取自行车时,又发现戴着鲜艳帽子的一群志愿者,兴高采烈地进公园去捡垃圾了!

看来,我们的文明行动如火如荼哎!

文学奖以外

这个话题,由近期颁发的老舍文学奖引发而来。

2014年老舍文学奖,似乎出了问题,老舍儿子舒乙说,差点取消了评奖,后来,虽如期颁奖,却没有奖金。

于是争议声不断。

争议的焦点,集中在奖金上。因为上一届老舍文学奖,还号称是国内奖金最高的纯文学奖,长篇小说奖金5万,超过了当时的鲁奖。

2012年,莫言拿到了诺贝尔文学奖,奖金折合人民币750万。

假如诺奖没有奖金,我是说所有的诺奖,都没有奖金,我们猜测她能走到今天吗?没有人研究过这个话题,但这一百多年来,诺奖的奖金在不断提高,却是事实,这不仅仅是资金问题,更是公众对她的信任度问题,世界最权威奖,奖金也是世界最高,理所当然,不高,才有问题呢。当然,也有可能,诺奖,没有奖金,或者是很少的奖金,却是大家最认可的奖。假如这样,这个奖就有可能不是诺奖,诺贝尔凭什么设这个奖呢?著名化学家有很多啊,著名物理学家、天文学家、宗教领袖等等也有很多呢。

当然要说到法国的龚古尔文学奖,这个奖有奖金,先是50法郎,现在却只有10欧元,基本等于没有,只是荣誉,但她很权威,分量很重,一个标志是,获这个奖的作家作品,销量会在40万册以上。这基本上就是一个特例了,好比考古上的孤证,只有一个事例,很难推断出科学的结论。

国际上的其他文学奖项,如布克奖、都柏林奖,等等,都有奖金的,只是多少不等而已。

回到国内最权威的四大文学奖,茅奖、鲁奖、全国儿童文学奖、全国少数民族文学创作"骏马奖",奖金也是每届都在提高。还有,各地的文学奖方兴未艾,在场主义散文奖,头奖30万,浙江的郁达夫小说奖和内蒙古的鄂尔多斯文学奖,夺冠作品都是10万,还有什么冰心散文奖、朱自清散文奖、施耐庵文学奖,各省作协几乎都有官方的奖,太多了,数不过来。这些花花绿绿的文学奖,品质不去说,却都有一定的奖励,只是数额不等。

对文学来说,奖多了不是什么坏事,起码可以让人关注一些,让写作者也有一定的物质动力。各地设立文学奖的目的却有很多,有的是纪念名作家;有的实则是名作家搭台,唱地方的发展经济和文化的戏,政府出钱的那种,目的尤其明显;当然还有,企业家出钱,借名作家扬自己名的。

我们报纸要举办一个什么大奖,写作、摄影,或者别的什么征文,首先是找赞助和合作单位,这个单位一定是出钱出物的,没有钱物,很难想象会有人来参加。

幼儿园里的小红花,每天每周都评选,小朋友很当回事,大人当回事吗?大人们都知道,这是骗骗小孩子的,没有哪个重点小学会将得多少小红花作为入学标准。等小孩子长成大孩子,再和他们说起小红花的事,他们都很害羞:别提这个,别提这个。

全国评比达标表彰工作协调小组 2011 年 10 月透露说(查不到最新消息),由中央纪委牵头,人力资源和社会保障部等部门参与,全国共清查出各种评比达标表彰项目 148405 个。现在保留 4218 个,总撤销率达到 97%,可谓战果辉煌。

依我推算,各种奖项其实远远要超这个数。放眼四周,如果哪一个单位,哪一位个人,甚至幼儿园孩子,要是没有几张乃至数张以上的奖状,那简直不可思议。做人太失败了,这样的人怎么能在社会上混呢?

奖状情结,已经深深渗入到我们民族的骨髓,但最后的结果呢,都是一堆废物,垃圾而已,自己骗自己。

1985 年,中国原子弹特等奖颁发,奖金总额:人民币 1 万元。

这个奖怎么分呢?平均分配,人人有份。两弹元勋邓稼先病危的时候,杨振宁从美国赶回来看他,原子弹奖金很神秘啊,老杨也问了这事。邓夫人许鹿希说,奖金是人民币 10 元。邓补充说,是原子弹10元,氢弹10元。杨以为他们在开玩笑,许回答说,这是真的,不开玩笑。据说,当时的等级是,10元、5元、3元。这大概相当于我们现在的中国科学技术一等奖、二等奖、三等奖吧。

时隔二十多年,中国科学技术特等奖500万元,直逼诺贝尔奖。

回到标题。

奖金的"金",是物质的具体体现。一个人活在世界上,首先需要物质保证,人的趋利性,应该光明正大,没有什么见不得人的,除非神仙,何况还是劳动应得的,作家写作也是劳动,应该有报酬。获奖了,就更有大报酬。

奖精的"精",是精神的具体体现。一个人活在世界上,并不仅仅只是需要物质,更需要精神。作品的价值,也不仅仅是用金钱才能衡量,那些网络作家,有的有数千万上亿的收入,但作品不一定就是精品,就会流传后世。

不过,精神,一定要回到物质中来,这才是真实的生活。

不是布衣恋物,因为单单恋物反而会将文学捆住手脚,但那些没有奖金的什么大奖,除特例外,大多不会走得很远,不信?等着瞧吧!

精神荒原的抚慰

新年元旦前,《病了的字母》的责任编辑、上海文艺出版集团的杨婷,问我要一本签名书,这是为她们的一个民间捐助活动用的,她们在微博上将签名本拍卖,然后买书。

杨婷她们这个民间草根组织,每年都要发起这样一个活动,募集几万块钱,替四川、安徽贫困山区的小学建一个小型图书室。她们用自己微薄的力量,已经建好四座了,正在建第五第六座,今年据说还要搞一个读书征文比赛,请我做顾问,我很乐意。

每一个城市,每一个地方,官方的,民间的,这样的活动数不胜数。我所在的单位,年年都要搞好几次,每次场面都很火热,每次都会募集到数千上万册书。

我曾经看到过这样一条刷在墙上的标语:磨刀不误砍柴工,读完初中再打工。以后在很多相关的场合,我都会说起这条标语,说的时候,大家往往唏嘘不已,甚至心痛。九年制义务教育,在有些贫困地区,竟然是这样的难,几百块钱就能把人憋得喘不过气来。对他们来说,首先要生活下去!

2010年最新全国人口普查结果公布,我只对一个数字感兴趣,文盲人口。十年前据说有8500万,现在的数据是5465万,脱盲成绩真的很巨大。要知道,外国也有很多文盲的。可是,建国都六十多年了,为什么还会有这么多的文盲呢?这个问题让我百思不得其解。我知道有难处,但不可能有书读也不去读吧。

曾经读过陈丹燕的《莲生与阿玉》,这是她以父亲回忆录为线索写的一本书,里面有一个关于文盲的细节:我去她做群众工作的地方调查,那都是些陕北最贫穷落后的乡村,整个乡没有一个识字的人,春节写春联,只能用碗边蘸上墨,在红纸上按几个圈。

按时间推算,用墨按圈作春联的事,应该是延安整风的时候,1941年,恰好七十年时间。今天,现在,这样的事情,估计不可能有了。

然而,有些情景仍然让人心酸。

有次,我看凤凰卫视《问答神州》节目,吴小莉采访贵州省委书记栗战书。

栗说,贵州应该是中国目前最深度贫困的省份了,到什么程度?常说一户人家的贫困是家徒四壁,可是,那里的百姓却是四壁都没有,也就是说房子都是用几根木头搭起来的,根本没有壁!

人均1182元的标准线,那里有505万人在贫困线下。

栗说,有天从一户百姓家出来,看到另一户人家的门板上写有三个大字:刘但青。大概这户人家叫刘但青吧,可是仔细一看,还有几个小字,刘后面有"去"字,还有一个是"心"字,还有一个应该是"照"字,再有一个是"汗"字,大家一研究,应该是"留取丹心照汗青",文天祥的著名诗句,但是,七个字居然错了五个字。

穷和教育是一对天敌,穷让人痛心疾首,教育出现问题则会让人痛苦一辈子。

有个从贫困地区考上来的大学生说,他从小学到考上大学,除了教科书,基本没读过什么课外书。不是不读,是没书读,也没钱买课外书。

事实是,我们可以用最简单的读书,来帮助他们改变人生。不是说读了书就能改变人生,但是,读书绝对可以改变人生。

所以,我在想,除了有这么多的热心人捐书以外,我们似乎应该理一下思路了,贫困的根源到底在哪里?治穷的良好途径如何寻找?

昨天,我们单位的团委书记述职,我注意到了其中的一个细节。搞艺术节的时候,单位那些保洁员、维修工,他们站在门外,却用一种羡慕的眼神盯着舞台上的表演,她关注了这种眼神,于是又在艺术节中加进了一个"达人秀"海选,本单位不论什么性质的员工都可以参加,结果,"达人秀"出现了非常意外的结果,有一对保洁员夫妇,夺得了才艺秀的第二名。

我在内心里很为这个细节赞赏,她关注的是人的精神需求,而精神产生的巨大内动力是几条棉被几桶油所完全不能代替的。

杨婷她们的活动很热闹,她后来又要求我多签一本,两本《病了的字母》签名本,被热心的网民以560元的价格买走了。我想,书肯定不值这个钱,是他们将爱心附加了,不,是倾注了,那些饥渴的眼睛深深地在祈求。于是,我在签名本上不仅写上他们的名字,还加了一句:谢谢你们的大爱!

两株李（梨）树的哲学表达

春天悄然而至。

李白赞，李花怒放一树白。

岑参叹，千树万树梨花开。

陆布衣却要扯着说一说两株特别的李（梨）树。

一株是著名的王戎李树。我不太喜欢竹林七贤中的王戎，主要是他小气。这个中国古代头号小气鬼，连卖个李剩下的核都不肯随便丢掉，还要弄碎它，唯恐长出新树让别人受益。但是，王戎七岁时的智慧却又让我深表赞赏，这个人的确有脑子。

这是一个家喻户晓的故事了。小屁孩王戎和一帮大小同学游玩，看见路旁有棵李树，果实累累，压得树枝倒垂，同伴们争先恐后采摘,只有小王原地不动。他不动的原因不是耍少爷脾气,等着人家给他送上嘴,不是这样的,他不为所动,是因为他心里有这样的判断:李树在路旁长满了果子,却没人摘采,那一定是苦的李子。果然。

另一株梨树说的是许衡。这个元代大儒,从小就有思想,让人喜欢。同样是年少时候,小许曾经在某个暑假,经过河阳这个地方,路旁也恰好有棵梨树,同样的场景,同伴也在争着摘食。只有小许端坐树下,镇静自如。他镇静的原因也不是摆清高,等着人家摘给他吃,不是这样的,他无动于衷,是因为他心里也有这样的判断:不是我的东西而拿取,绝对不可以!有人劝小许说:世道混乱,百姓流亡,这棵梨树没有主人呢!小许说:梨没有主人,难道我的内心也没有主见吗?

哲学家说,任何事物都可以有联系,现在我把李(梨)转换成两种有属性的存在物来分析。

假设一:这两种存在物都是私有财产。

对于私有财产,虽然不是保护得那么严格,但"风能进,雨能进,国王不能进"的概念还是有一些的。西晋的那棵李树,果子虽苦,但也是有主的,某天某个人,在路旁种下了这棵李树,某人的想法是,路边栽树,既能够造福路人,也能够给自己带来一些好处,如果能结上一些李,果子成熟,拿到市场上,是不是可以卖得几枚钱呢?同样的假设,也可以让元代路边的那棵梨树成为某人私有财产,或者,此树本来就长在人家屋前,只是发生变故主人迁走了,于是变成了路旁之树,但性质仍然是私有财产。小王虽然聪明,但他绝对不会从这个角度想,他只是认为李子果苦而已,没必要去凑那个热闹,他可是十分喜欢吃李啊!小许却不一样,他的内心深处已经非常坚定,人家的东西,是不能随随便便去据为己有的,不管你是吃下去还是带回家。

假设二:这两种存在物都是公有财产。

同样的道理,既然是公有财产,那就不能私人占有,私人随意占有,那还叫什么公有?假如小王他们看到的那棵李树的果子不苦呢,不仅不苦,味道还超好,那么,小王会是什么态度?以我的设想,他肯定会积极参与,否则他就吃亏了,以他的聪明劲,他应该去采摘那些果大而饱满的来满足自己。公家的东西,又没有人管理,随便摘好了,你现在不去摘,过一会,人家就全摘完了,既然是公家的东西,我凭什么不摘呢?不摘白不摘嘛。你如果不摘,只会被人嘲笑,傻而已。小许因为内心的坚守,不管是公家的还是私人的,哪怕甜得让人垂涎,不是我的,坚决不碰!

冯梦龙说,小王和小许应该都是神童,一是智慧,一是大义。

我万分赞同。

就小王来说,智是外在的,是他在已有的经验上判断出来的,尽管他年少,因为他读书早,识得多,见得多,再加上比别人聪明,从而能够迅速做出异于别人的判断。从技巧上讲,他是经验类比推理,即使没有实践,也可以从书本上学到。类似的曹冲称象,乌鸦往瓶子里填小石子而取水,老鼠一只咬住另一只的尾巴倒垂偷油吃,原理都一样,都是巧妙转换、借助外力而达到目的。

就小许看,义初看也是外在的,虽有人之初性本善之说,但义仍然需要后天的涵养,只是因人而异,有人能养成大义,有许多人却养不成,小义也没有。而义的表现形式,有时往往被人当作智的对立面去理解,比如傻啊笨啊。所以,大义更需内心的坚定和诚实。义可以有智,但智不一定有义。

因此,我们完全可以把这两株李(梨)树,看作衡量人们行为处事的道德价值准尺,虽然无形,也足够烛照人心了!

莎翁门前那棵树

莎士比亚是一个文学符号。可是，他的故乡，英格兰腹地小镇，斯特拉福德，却要比符号慢热得多。

十八世纪上半叶开始，斯特拉福德小镇才开始热闹起来。

精神朝圣，人们最想去的一个地方，便是莎翁的故居。我去英国公干，短短的三个晚上，我也去了，必须去。故居门前有一株莎翁亲植的桑树，游人们都会在树下指点盘桓，神情满足而去。1756年，房子的新主人，被众多的游人搞得烦不胜烦，愤怒地将那棵桑树砍掉了。他以为，没有了桑树，人们肯定会少来了。他不可能料到，莎翁的名气会越来越大，其实也会给他带来财富的，可惜他不懂。当然，一位聪明的木匠，立即购买了那棵桑树，将木料做成各式纪念品出售,狠赚了一笔。

故居没有标志物,旅游效果显然大打折扣。

有聪明的居民,于是给另外一棵苹果树,精心编好了故事。

这个故事的基本蓝本是:年轻的莎士比亚,有次和朋友打赌喝酒,大醉,就倒在这棵苹果树下,睡了一天一夜。这就好比是莎士比亚的华盖啊。故事不断地宣传,游人不断地到来,这棵苹果树,成功转型为斯特拉福德的新著名景点。

但是,游客们仍然想从苹果树上得到些什么,剥块皮,折根枝,因为管理的粗放,1824年,这棵莎士比亚华盖苹果树也死掉了。

现在,斯特拉福德小镇,莎士比亚的故居,只有小屋几间,一个不算太大的院子,院子中间有一个微凸起的圆墩,上面钉着木板盖,供游人小憩。我盯着圆墩看,这是不是那株桑树的原址呢?可惜没有标明。那株可怜的桑树,估计是长在圆墩这个地方的。

幸好,莎翁院子里有一大片草坪,几张躺椅很闲适,正午的阳光很闲适,我们躺上去自然也很闲适。边上一群人,围成一个圈子,有两个不化妆的群众演员在起劲地表演,那阵势,那模样,应该是《哈姆雷特》,因为我听到很熟悉的一句:To be or not to be。

当然,莎翁故居没有了树,只是逊色而已,并不妨碍世界各地络绎不绝的旅客。

我觉得斯特拉福德小镇的居民还算理性,他们在吃莎士比亚,他们在用莎士比亚,但终究还是尊重莎士比亚的。没有再去弄一棵莎士比亚的桑树,或者苹果树。

话分两头。

一头是旅游有关部门。

对于如何利用莎士比亚,斯镇一定有一个详细的发展规划,虽然莎翁属于全英国全世界,但人们一定会追寻源头,这是他们独一无二的资源。他们其实并不需要去弄那样一株假的苹果树。

而我们各地在做景点规划时,争抢名人资源不说,还有太多的附会,有些附会粗陋和低俗充斥,穿凿牵强,无中生有,假得让人摇头,远远没有莎翁的那棵苹果树自然生动。

另一头是关于游客的。

几百年来,游客的好奇心一直没变。在莎士比亚故居,他出生的那间房,有面白墙,那面墙上写满了签名,其中包括司各特、丁尼生、狄更斯、萨克雷,萨因为没地方签名,居然签到了天花板上。可见,名人也很好奇。当然,这面墙,也收获了意外,因为狄更斯他们也是名人。

莫言获诺奖后,他高密家乡的那几间老旧破屋,也一下子被人关注。风水师拎着罗盘来了,破屋旁的破屋,被人高价租走了,卖盗版书的生意很好,土特产商贩也来了,高矮不平的泥土地面,也硬是被无数参观者的脚踏平了。游客们走时,连菜园里的萝卜都拔光了。他们只有一个目的,沾一点文学大师的灵气啊。

不仅如此,整个高密,似乎都在狂吃莫言:莫言故乡的手工馒头,莫言故乡的泥虎,高密甚至还要投资亿元种红高粱。

可惜的是,莫老爷子还是眼光不够,当年,若是莫言降生时,他在院子里种上一两棵什么树,那现在也是名树了,值不少钱呢。

从上面两者关系看,游客追名人的心理,就是有关部门不惜造名人的基础。难怪要如此不惜代价,即便粗俗也毫不顾忌。

"在我的后园,可以看见墙外有两株树,一株是枣树,还有一株也是枣树。"一个深秋的夜里,鲁迅先生在他的《秋夜》里写下了这样的开头。显然,这两棵枣树,并不在他院子里,只是在他的视线里,因此根本不可能是他亲自栽种的。但是,这两棵枣树却很有名,专家告诉我们说,这是鲁迅先生的暗喻,借指那个社会和时代的单调和冷酷,以及冬日的凋敝。

我不知道,迅大先生的这两棵枣树还在不在,估计十有八九不在了,城市的大刀阔斧,不允许它们活到现在。所以,有关部门想嫁接故事,很有难度。

也有活得很自在的,曲阜孔庙里的那株孔子手植桧,两千多年来,生而死,死而生,一如孔圣人的思想,精神永在。

莎士比亚门前那株桑树,虽然已成永远,但它曾经是一种存在,一种莎翁精神的外向表达。有,或者没有,都不妨碍这位世界文学巨匠的光焰永存。

树之根

如果想很形象地体会"盘根错节"这个成语,我建议最好到阳朔的大榕树景区现场观摩。

景区核心的核心,就是一棵大榕树,不,应该是一个大榕树的家族。

这个据说已有1400多年历史的榕树家族,已经很树丁兴旺了,树高竟达17米,树围7米多,要若干壮汉才能合抱,而它浓荫盖地的面积,我一下子说不上来,反正我随着人潮,围着树转了好几圈,感觉有上千平方。我想搞清楚,它究竟是如何生长起来的,也就是说,它的第一代第二代第三代至现在的第若干代,能不能明显地看出来。后来,我停下来了,停下来的主要原因是,头有些晕，根本分不清它的家族谱系，只能凭它的粗细来划分。

而且，这棵榕树的神奇之处在于，它的根须垂直插地，须也长得粗壮，颇像树干了。于是，就形成了一个有趣的景观：主干不断向天空中突破，围着主干，不规则斜伸出去的树枝，可以伸得很远，就如同跑出去到亲戚家做客一样，一直往前伸，在树枝的下方，那些根须都很有序和顽强地挺进大地，也如同桥墩，托着树枝往前伸；在树枝的身上，又长出树枝，树枝的身下又插入大地，不断地往前伸，好像接力跑。根变成枝，枝又生出根，在水边的那一片空地上，互不干涉，互相勉励，极为融洽，极为欢快。

我想，如果能科学清楚地标出大榕树家族的生长路线和结构图，那一定是件很有意义的事情。1400年的历史，都被浓缩在这棵不断成长的大树身上了。

安吉拉·帕莫尔，一位英国的女艺术家，用十墩巨大树桩作料，用"雨林魅影"作题，创作的这个作品震撼了许多人。

非洲的加纳，过去的50年间，热带雨林减少了90%。女艺术家，对人类共同的家园遭到如此掠夺，非常痛心，于是，她把目光瞄向了那些被砍伐后留下的巨大的枯死树桩上。用意很明确：雨林是地球的"肺"，每隔几秒钟，地球上就要消失一片足球场那么大的热带雨林，它迟早要出大问题的。她选择了十墩巨大的树桩，每个都在20吨以上，费时费力费钱。先到英国著名的特拉法加广场展出一周，然后，到哥本哈根，让那些开联合国气候大会的人们关注热带雨林的命运，再然后，把它们都弄到牛津自然历史博物馆中，让人们永久瞻仰。你不能不感到震撼，从那些巨大的树桩可以推测出,这些树的高度都在50米以上。这样高的树,应该和我们和平相处的,它们多么希望能自由自在地生长和老死,热情快乐地拥抱天空,可是——。而这十墩树桩,仅仅是加纳那些永远逝去的热带雨林的代表而已,因此,它们也是全世界热带雨林的代表。

因为人们的庇护,大榕树家族仍然旺盛地成长着,它们的生命力也许就在盘根错节中,根只有如此地盘,节只有如此地错,它们才会抵御一切外力而自由生长;加纳热带雨林巨大的枯树桩,它们不会白白地牺牲,它们带血的伤口一定会触动许多人!

浙江绍兴的柯岩景区,有一根古时候采石留下的"石树",孤独地挺立着,人们叫它"云朵"。"云朵"有几十米高,上粗下细。这样一根石树,伫立千年,久经风雨而不倒。为什么呢?道理很简单,它生长在大地上,它的根牢牢地扎在大地上,大地仍然在不断滋养着它。或者说,它和大地本来就是一个整体。所以,任你十级东南西北风,我自岿然屹立不动。

木之树,石之树,一个极简单的道理是,根深方能叶茂!

树之功

杭州至千岛湖的公路叫杭千线,也是浙江省的省道,数字标号302,302省道的第51公里界碑,往右一拐,里面就是我每次回老家的终点,我从小在这个叫白水的小村里长大。

因城里带来的习惯,我会沿着公路边疾走。一定要经过第52公里碑,再看到第53公里碑,然后往回走,又回到第52公里碑,再回到第51公里碑。四十多分钟时间,路右边是连绵的深山,层次叠延,一边走路,一边观景,满眼绿色,心情很好。

走路以碑为目标,我这么不厌其烦地一路数碑,其实是有目的的。

因为,路上的里程,用石碑可以表示,用树也照样可以表示。

明冯梦龙《智囊·植槐》，就有这样的记载。

北朝韦孝宽在做雍州刺史的时候，先前路旁每一里设立的记号是，一个小土堠。这样的小土堠，又不是水泥浇铸，几场大雨过后自然就被冲毁了。韦到任后，经过深入考察，提出一个简单实用的办法，就是在辖区内的每个土堠处，种植槐树，如此，既免于经常修复，又方便了行人旅客。那些养路工人也轻松不少，省得大雨过后老是要去维修。更大的作用还在于，那些树长大后，就成了一道风景，路上行人走路走得欲断脚时，依着大树，乘凉歇息，惬意无限。

从土堠到石碑，这并没有什么科技含量，古人如果想到了，也可以用石碑的，估计是没人想到。但从土堠到以树为碑，却是一个创造，韦刺史完全可以入选北朝当年度优秀公务员的。后来，韦刺史的老大宇文泰看到了这样的事，叹息说：哪能只有一州这样做呢！于是下令各州，都丈量道路里程，并种树为记。

人是绝对活不过树的。

嵩阳书院内的那两株古柏，据说已经有4500多年了，汉武帝将它们命名为"大将军树"，汉武帝离我们多少年了？两千多年了吧，估计他当时看到这些柏树的时候非常震撼，虽说只是命名，但也算正儿八经的封号呢。

因此，许多人心目中，那些大自然中的各色树类，其实都是有勃勃生命的，它们和我们，在同样的地球上都拥有各自的生存空间，彼此应该尊重。你尊重它，它就会给你带来不尽的好处。

宋朝人范忠宣公担任襄城县令时，襄城的旧俗是，百姓不从事养蚕织布,很少有人种植桑树。范公很忧虑,他想出了一个推广的办法,命令那些犯罪较轻的人,在家里种植桑树,种多少,依犯罪的轻重而定,其后根据所种树木的繁茂程度再来免除罪责。当地百姓从此获利。

范公以桑树来抵刑也是一种创新,有点类似现在的缓刑,看你的表现。而且还是强有力的制度设计:你如果植树造"零"(杭州植物园为纪念香港1997年回归,97位电影明星栽下了97棵银杏,15年过去,没有一位明星回来看过,现在的明星林,只是一块空地),敷衍了事,只管种,不问成活,那我完全可以再把你关进去。因此,那些桑树一定会枝繁叶茂的,谁都想要自由!

我以前工作过的桐庐县政府,所在地是一所千年古寺,寺叫圆通寺。当然,我们不在寺里上班,寺没了,路还在,我们的通讯地址是:圆通路5号,这个地址,就是桐庐的中南海。

然而,1370年历史不是说抹掉就抹掉的。清乾隆二十一年(1756)编撰的《桐庐县志》上有一则官司很有意思。圆通寺当家和尚很喜欢种树,寺院内外,田头路边种了上万棵。附近老百姓担心树长高后,会妨碍田地日照,影响庄稼生长,于是将老僧告了。县老爷接状问僧:您看,这个事情怎么办呢?看来县官不糊涂。老僧也不说话,埋头写了四句诗:本不栽松待茯苓,只图山色镇长青。老僧他日不将去,留与桐庐作画屏。

桐庐县政府后来南迁了,圆通寺5号又变成了千年古寺。我曾进去过一次,昔日的部委办局都变成了殿堂经所,香火暴旺,很有些感慨。

古树森森,我不知道圆通寺的哪些树是那老僧种的,但桐庐人在老僧种的大树下乘凉是无疑的。

自然,树之功绝不止于计算里程和给人乘凉。生前为人类,死后更是鞠躬尽瘁,全身奉献,这个就不去说了,大家都懂的。

威尼斯葬礼

脑子里对威尼斯的印象，比较深刻的有这么几件。

首先当然是威尼斯那个著名的商人了，为了要置对方死地，夏洛克真是费尽心机，按协议一定要割对方身体上的一磅肉，我的学生们当然是恨死这个奸商了。不过作为老师，我倒是想到了另一层意义，这个威尼斯，当时就这么繁荣，商业多发达啊。人们的商业和合同意识非常强。只有这样的环境，才能使商业繁荣。马可·波罗不就是那个地方的人吗？

有个研究颜色的英国专家，给出了一个佐证：16世纪，威尼斯已经成为欧洲最重要的红色颜料交易中心，那里的商人们，将红颜料转卖到中东，去做地毯和织物的染料，而威尼斯女人们的需求量也不可小觑,说是城中当时修女只有 2508 位,妓女却有 11654 名。这么多妓女,胭脂红当然是大大地需要了。

2004 年的 5 月,我有机会到了威尼斯,看到这座被水围着的城市,人挤人,水巷里到处游弋着贡多拉。

这样繁荣的名城,会突然死掉吗?

完全有可能!

意大利媒体报道,威尼斯居然为城市举行了葬礼。

一个由三艘贡多拉组成的"送葬船队",运载着象征威尼斯已死的粉色棺材,沿着威尼斯大运河缓缓前行。在抵达著名的里亚尔托桥后,众人把棺材抬上了岸,并接着把它抬到了市政厅前面。在里亚尔托桥边上还竖起了一个巨大的电子屏幕,显示着正逐年下降的威尼斯人口数量。威尼斯人为什么要这么做呢?说是自上世纪 50 年代以来,城市的人口一直在减少。根据官方公布的统计数据,1951 年威尼斯的常住人口为 17.4 万人,而 1996 年这一数字已经下降为 7 万人。2010 年 10 月公布的常住人口数量则不到 6 万人,其中四分之一为 64 岁以上的老年人。威尼斯市人口统计部门官员表示,照此趋势发展下去,截至 2030 年,威尼斯将不再有本地出生的常住人口。

原来是因为人口减少。

但这个减少不是一般的减少,而是急剧的减少,减少到这个城市没有人住。按我的想法,没有人住是不可能的,因为那是个著名的旅游城市,全球著名,不是现在著名,老早就著名了。

我不担心威尼斯会死亡,只有一种原因能让威尼斯彻底死亡,那就是像马尔代夫或者图瓦卢那样,被大海淹没。不过,威尼斯人如此郑重其事地举行这样一个葬礼,绝不是吃饱了撑的。

第三次到丽江去虚度光阴。

丽江更加热闹,四方街依旧游人如织,你撞我的肩,我踩你的脚。最新的数据是,古城的经营户已经达到2495户,餐饮、酒店、客栈约占三成,七成以上的商户都在吃着"东巴"。我见到最多的是,各类银饰品,东巴文刻在各类骨头上的小物件,东巴纸坊,东巴木雕。在束河,导游阿义突然和我们说,丽江有三多,"卖银的多、漂客多、雕民多",我们全都愣在那里,他随即大笑,各位不要想歪了,我是说卖银的多,就是丽江卖银器的店特别多,漂客就是过路客,就是游人嘛,至于雕民,很好理解了,就是搞各类雕刻的。中国语言真是神奇哎,以前到过鄂尔多斯,很羡慕他们的"扬眉吐气",羊绒、煤炭、稀土、天然气,形象准确。丽江表面看很热闹,可从前世居于此的纳西居民,却很少见,他们乐得省事,将房子和铺面租给外地人,自己住到别的地方去了,于是外来移民就代替纳西原住民成为古城的主体民众了。

满大街在唱的也不是丽江歌手的作品,满大街在梆梆响的居然是非洲手鼓。尽管政府有要求,各经营户都要穿纳西民族服装,尽管有很多的摩梭织品店,织女正在努力地表演着,但是,大部分一看就是假的,只是做生意而已。这样长此以往的结果很可能是,纳西文化的根基没有了,更不要说积淀了,丽江就是一个大卖场,丽江将会变成纳西族的符号,只是一个符号。

从某种程度讲,威尼斯的担心,其实就是丽江所要担心的,只是人家看得比较远些,而丽江正值年轻,刚刚开发不久呢。阿义一接上我们就说,今年的前五个月,丽江已经有500多万游客了,估计今年1000万没问题。每一个到丽江的游客,都要交纳80元的古城保护费。

我宁愿把这80块钱想成,他们是为了保护丽江,控制游人,而不是一个新收费的借口。

威尼斯的葬礼,或者丽江纳西文化的空心化,或者还有别的什么相类似的现象,但愿只是布衣之忧罢了。

重耳走西口

我以为山西人走西口的悠久传统,一定要从晋公子重耳说起。

近来布衣走内蒙,到了和林格尔县,在全国唯一的展示拓跋鲜卑历史文化的博物馆里,看到了一件据说是镇馆之宝的文物——重耳剑。陪同的当地宣传部长很自豪地说,这里当时是狄国的政治经济中心,这是重耳在狄国十二年的重要佐证。

重耳这就是走西口了。

他走西口,话要先说到他的老爸,晋献公。重耳老爸很强啊,讨了六个老婆,生了五个儿子,按说一个国君讨几个老婆是不多的,生几个儿子更不多,但他老爸还是很有特点,他是一对一对一起娶的。他在戎国娶了一对姐妹花,生了两个儿子,叫做重耳与夷吾。后来又伐骊戎,收纳了骊戎之君的女儿骊姬和她的妹妹,又是一对姐妹花。麻烦就出在这里。骊姬很为献公所宠,想尽办法做夫人,她也生个儿子,叫做奚齐。矛盾于是出来。这个骊姬为了让自己的儿子继承王位,就在献公面前造谣污蔑,说太子申生想谋杀他,并调戏自己,其实是老套路了。献公就是个猪脑子,也不调查核实一下,就派人去杀太子。重耳这个哥哥可是很忠诚的,干脆自杀了事。干掉一个还不行啊,献公果然又派军队,到重耳的封地蒲城去讨伐。蒲城人打算抵抗,重耳不同意,说:"父王把我分封到这里,我有吃有喝的,还得到了你们的拥护,而有了你们的拥护就同父王较量起来,这不是不忠不孝吗?我还是逃走吧!"于是重耳走西口逃到了狄国。

对重耳如何走西口,《左传》里只有三个字——"遂奔狄"。好在蒲城与和林格尔不是很远,大概一两个星期也就到了,估计公子不会受很大的罪,何况当时和他跑出来的还有十几个文武全才,什么首席谋士,什么资深军师,什么军事顾问,什么贴身保镖,统统的都有,这些都是以后晋国的栋材啊。因为篇幅有限,也因为不是拍电视剧什么的,于是布衣不用去猜想重耳走西口的具体情节,但重耳十九年的流亡生涯,还是有许多趣味细节值得一说。

这里说三件小事。

其一,在齐国,重耳得到齐桓公的关照,马一送就是八十匹,还把本族美女齐姜送给他做老婆,他是乐不思晋。有一天,重耳的忠臣赵衰、咎犯在一棵桑树下商量如何离开齐国,一女奴在桑树上听到他们的对话,回宫以后偷偷告诉了齐姜,齐姜因为害怕女奴泄密,马上把她给杀了,这可是个真心想和重耳过日子的好妻子啊,齐姜也劝重耳赶快离开齐国,但他就是不肯。后来,赵衰等人设计让重耳喝醉离开齐国,醒来的时候已经太晚了,他非常愤怒,还拿戈追逐随从。这充分地说明,这个时候,重耳根本没有什么复位大计,就是过一天日子撞一天钟。

其二,重耳和他的忠臣到了曹国。曹共公听说重耳的肋骨连成一片,很好奇呢,所以乘重耳洗澡的时候,偷看了他的裸体,重耳那个火啊,一个国家的领导人,怎么能如此无理呢?这个地方坚决不能久待!

其三,重耳最后来到了秦国。秦穆公看中他的雄才大略,把五个女子送给重耳作姬妾,穆公的女儿怀嬴也在其中。有次,怀嬴捧着盛水的器具,让重耳洗手,重耳洗完便挥手让怀嬴走开,怀嬴生气地说:秦国和晋国地位相等,你为什么瞧不起我?重耳不知道发生了什么事,但想想寄人篱下,不便发作,于是脱去衣服,把自己关起来表示谢罪。这个时候他还挺会装呢。

重耳最终成了著名的晋文公,成就了霸业。估计和他走西口的流亡经历是离不开的,有了磨炼,终成大器。

重耳消失了,几百年后的拓跋鲜卑也消失了。

在和林格尔的博物馆里,有一句话,布衣印象深刻:消失不是消亡,而是融合与和谐的开始。是的,当我们一行人在一张由拓跋鲜卑族衍生和融合的姓氏对照表前驻足时,大家都兴致勃勃地查对。步六孤氏——陆氏,布衣的姓上面也赫然在列,噢,这回是长见识了，我这个陆姓，说不定真的和拓跋鲜卑有联系呢。

于是，步六孤，我又多了一个笔名。

作之不止

标题有点难理解,等下我会解释的。

这些天,许多留学中介都很热闹,都在推他们的特色服务。他们竞争的核心优势是:我们的学生,有多少多少进了世界名校,谁谁谁,有实例,让人信服。

我们的报纸,昨天一则留学中介的宣传材料,就有这样打动人心的典型例子。

某学生托福 111 分,SAT1 2260 分,SAT2 2400 分,分数已具备美国顶尖大学前十资格。虽然这个学生参加的课外活动、比赛很多,但大部分级别不够,没有吸引眼球的地方。千选万淘,留学顾问选择包装了最有特色的一个活动:跟随医生母亲去医疗欠发达地区做义工，同时注重文书的完整性。文书中既体现做义工过程，还配了现场照片，增强连续性、坚持性，并加入学生在参与社区医疗、公共卫生建设上的独到想法。于是，一个有强烈社会责任感、多才多艺、善于观察生活并运用智慧解决难题，同时又有卓越领导力的优秀青年，栩栩如生地呈现在了大学录取委员会面前，最终，哥伦比亚大学伸出了橄榄枝。

这个学生当然优秀了。

我要说的是，这样素质的培养和具备，有许多是缘于外在的动力。他们自开始有了留学的想法后，就会有意无意地，在老师和家长及朋友，及有成功留学经验的人，及留学中介的帮助指导下，去夯实他们申请材料所需要的闪光内容。

同事J的儿子，今年早些时候被美国维克森林大学录取，这是一座全美排名第25的好大学，同事自然高兴。我很有经验地问，你们的申请材料最亮点的部分是什么？同事J说，他儿子曾经有意识地参加了一次到国家级贫困县做摄影志愿者的活动，他拍摄了大量的照片，更重要的是，他将这些照片分类整理，并在网络上举行义卖，活动推出后，他的亲朋好友积极支持响应，然后，他又将活动获得的资金，用于资助那个贫困山区的小学。有图有真相，很热闹很讨巧。这个过程，自然是在家长的全力帮助下完成的，因为同事J本身就是搞摄影的，他儿子从小就挎个照相机东拍拍西照照，他们早就准备出国留学了，而且目标是全美前100的名校，搞这样的活动也是水到渠成。

为什么说我"很有经验地问"呢？因为我们也是有过程的，我家陆地同学的申请过程仍然历历在目。他的学习成绩都符合美国名校的要求,关键是潜质。这个潜质自然也是有意识培养的。他曾参加环保边境考察半个月以上,他曾为法国作家夫妇写《法国人眼中的杭州》志愿做翻译数十天,并建立了良好的友谊,他曾率队完成数个社会调查,他不是很想做班干部,但仍然竞争做了一年的班长,他还得过标枪冠军。我觉得,这都是被那个申请材料逼的,这个我有数,因为他想让材料出色些,以便实现自己的目标。这样努力的结果是,他如愿被哥伦比亚大学国际关系学院录取。

这样的例子很多,很多,几乎每一个留学或准备留学的学生都有一长串。孩子们在不断辛苦积累着,老师们也在不断孜孜强调着,家长们自然在积极策划和乐意配合着。

美国或其他国家名校的录取委员会,是否知道中国许多学生准备申请材料有这么个过程?估计知道,想想也不是什么坏事嘛。做了总比不做的好!

现在回到标题。

2200多年前的某天,魏国国君安釐王问孔斌,谁是天下高士?孔斌说:世上根本不可能有完美无瑕的君子,如果退而求其次的话,鲁仲连勉强算一个。安釐王并不赞同他的观点:鲁这个人我认为不怎么样,此人表里不一,他的行为举止都是强迫自己做出来的,并非本性的自然流露。孔斌这样回答:作之不止,乃成君子。什么意思呢?就是说人本性都差不多的,都要强迫自己去做一些事情,管他是真心还是假意,假如能不停地这么做下去的话,到最后习惯成自然,也就成了君子。

从这个角度说,那些想使自己的申请材料更加出色的各类学子,也是在"作之不止",这也算是一种因外在约束而产生的外在精神行为。但我希望,真的希望,那些孩子,包括陆地同学,在以后的学习和工作生涯中,将让录取委员会青睐的行为,保持下去,一直保持,当经年不息的外在约束,变成内在行为以后,它就成了一种习惯,一种自觉,一种责任,一种浸入骨髓的素质。

作之不止,乃成君子。

感谢"作",坚持"不止"!

有个伟大的词叫"倦出"

"伟大",我从来都没有对一个词语,冠以这么高的称号,我的文章里,也几乎不用"伟大",但,这一回,我想将这个光荣称号,授予"倦出"这个词。

倦出,意思简单,就是怠于外出,就是懒得出门。

这不是个现代词,它有比较悠久的历史。

北宋词人史达祖有词曰:倦出犀帷,频梦见、王孙骄马。

这是宋词惯用的悲情离别,王公贵族泡妞后离去,多情女却无法忘怀,闺门一步也不迈出,终日懒洋洋躺在香床上,做着已逝的美梦。

不要以为,倦出,只是形容美女的,大男人也可以倦出。

元代剧作家,史九敬先《庄周梦》,第二折中有这样的场景:

这汉子好无礼,见俺女人,又不回避,俺老爹在家倦出,好,揪进去打这厮!

场景极生动。一个痴汉,见了美貌的女子,眼睛不拐弯,这多吓人呀,人家老公自然不愿意了,且,这男汉仗着家里还有可以打群架的帮手,气势汹汹。他老爹,在家猫着呢,今天不知啥原因,或许是更年期综合征,总之,懒得出门。

人总有疲倦的时候,无论男女,无论老少,倦了,累了,就想停下来,歇一歇,最好在自家的屋中、床上、沙发的怀里或者"葛优躺"里歇着,无比惬意。

如果,仅此而已,这"倦出",也如同汉语大家庭里的其他词一样(我以前写过"活灵儿的菜""鳅滑"),只是生动,准确,并没有十分特别的地方,也不值得我冠之"伟大"的称号。

我说"倦出"伟大,在于,它是一个特别有前瞻的词,如同易经一样,它能十分准确地推断出未来的产业趋势,现在,眼前,目下,极为兴盛的外卖产业、快递产业,就是"倦出"结出的硕果。

男女老少都"倦出",但主体是年轻人。没有什么理由,也不需要什么理由,总之,就是不想出门,网上多好呀,便宜,快捷,选一选,拉进购物车,再点一点,去结算,密码一输,几秒搞定。

于是就有了极端的例子:有一年轻女子,网购三百多条牛仔裤,还有其他各种衣物,钱不够,房子卖了网购,但这些购回来的东西,全都堆着,也不打开,懒得打开,堆得橱门都关不了。

是"倦出"惹的祸吗?肯定不是,倦出只是一种状态,懒懒的,偷得浮生半日闲的生活状态，它没有叫你做那些不靠谱的事。

你们这么对待"倦出"，不是败坏它的名声嘛。

我不想一一列举那些已经做得很大，或者上市的外卖企业，总之，他们的生意都非常火，他们会制造出节日，比如"双十一"，光棍节，几分钟，一百个亿，几个小时，上千亿。尝到了光棍的甜头，又来个"双十二"。为啥生意总是这么好呢？那不就是因为有持久不倦的"倦出"吗？

嗯，"倦出"，现代人似乎已经生活在一个倦出的时代。我不知道，未来，"倦出"还会以什么样的形态发展。

严格说来，"倦出"是一个词组，形容词和动词结合，偏正或动宾：倦，厌倦，疲倦；出，出门，外出。但它们却是一个伟大的神仙组合，搭配是那么的默契，韵味无穷，意象万千。

旧瓶装新酒，旧词表新意。顽石变美玉，腐朽为神奇。

中国文字，真是博大精深，常琢常新。

傻想，要是有一天，大家都"倦出"，倦在家里读书、做事，那又是怎样一种风景呢？坐在家里就把钱赚了，马路畅通，车子不堵。哈，你这不是想将骆驼拖过针眼吗，痴心梦想，那只能是在深夜里，睡梦中。

在饥渴中奔跑

在饥渴中奔跑

两千张文摘卡

永远的修辞

做评论员的日子

差点成了被告

此座 1980 年已占

我教儿子写作文

学萨笔记

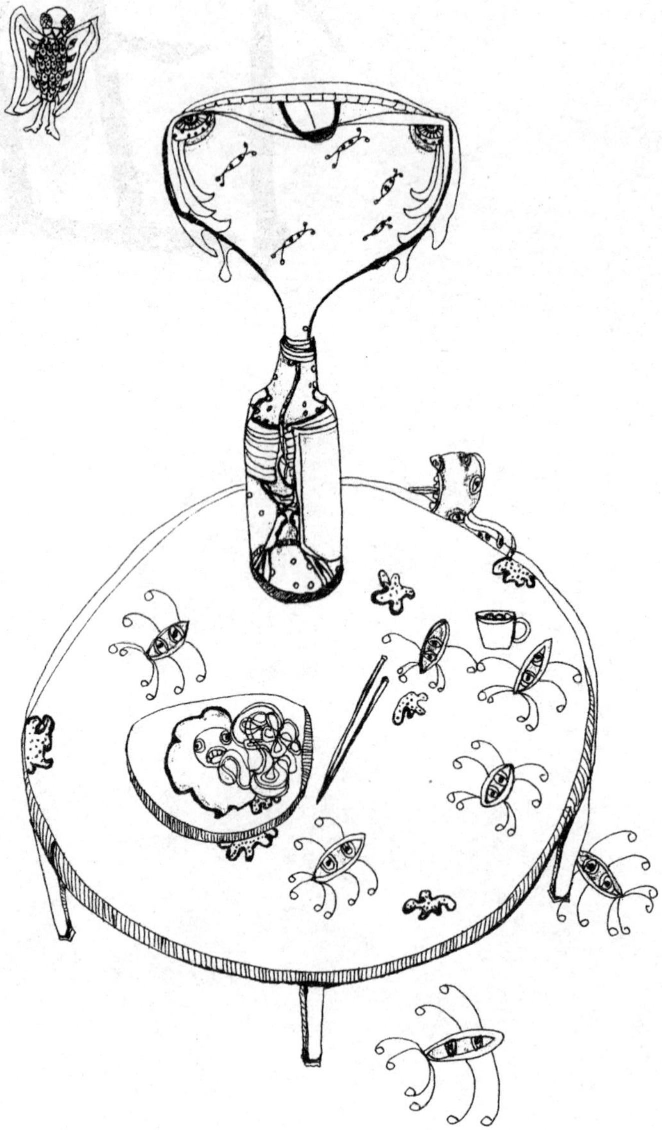

在饥渴中奔跑

上世纪六十年代初出生的人,一定被两种饥渴折磨着,一是食物,一是知识。

我有一张六个月大的老照片,外婆和我爸左右扶着我,头都不太抬得正,我妈说,营养严重不良。以至于,爸爸放下公家的工作,带着一家人,从平原乡镇,迁到深山沟里的一个小村,在那待了两年,山里荒地多,可以种玉米番薯等杂粮。所以,我除了认下一个干娘外,什么也不记得。

六十年代后期,我上小学了。

上学第一天,妈妈在我的书包里放了一支钢笔,一本笔记本,还有一本《新华字典》,这几样东西应该是比较奢侈的,我爸是公社干部嘛,有点文化,别的同学我发现他们什么都没有。放学回家时,笔记本上多了几个歪歪斜斜的阿拉伯数字,《新华字典》的扉页上,我试图写上自己的名字,但是,只读了几个小时的书,功力显然不够,自己的姓,陆字,左右分离,春字,上下分离,祥字,那头羊是出奇的大,好像怪胎。

《新华字典》就这样和我相伴。但一直到了三年级,才慢慢开始学会使用。表哥借我一本小说,好像是冯德英的《苦菜花》,里面有很多字不认识,只有一个一个查字典。字典是贫瘠时候最好的精神读物,也是文字在我脑海里打下最初烙印的良师,还是在同学面前显摆的秘密源泉,我经常和同学打某个字是什么意思的赌,常常获胜。

一度,我曾经背过字典,按顺序,一条一条背,文化,艺术,科技,历史,标点符号表,计量单位表,历史朝代表,少数民族表,各国面积人口首都,应有尽有,有意思得很。

直到现在,我的办公室案头,还放着一本1998年版的《新华字典》,版权页上写着,1998年7月北京第124次印刷,印量50万册,定价11元。

少儿的记忆里,课本上的东西好像都记不得了。

读小学的时候,语文课本里有一篇文章,它是颂扬革命前辈艰苦朴素精神的,被老师一再强调,课文叫《朱德的扁担》,说的是朱德和战士们一起在井冈山挑粮的故事。那个时候的小学生,基本都会背诵《朱德的扁担》。

最近我看到一则材料,大吃一惊,这根扁担还经历过不少的曲折呢。

说是上世纪五十年代初,《朱德的扁担》就成为小学生的教材了。不想,十多年后,1967年2月,学生过完寒假回到学校发现,《朱德的扁担》已经变成了《林彪的扁担》。我们读书的时候,林彪折戟,《林彪的扁担》又变成了《朱德的扁担》。

我相信,写文章的或编教材的,肯定有很大的难处。只是,作为典范的教材,这样任意地变幻,可见有些人肆意妄为无法无天的程度了。

除了《新华字典》,还有两本书值得一说。

一本书,你们想也想不到,叫《赤脚医生大全》。

我叔叔是村里的赤脚医生,他县属中学初中毕业,也算是自学成才。我到他家去,总看到他,叼着一根烟,给人把脉,打针,开药方,还经常翻那本《赤脚医生大全》。大全厚厚的,应该是大十六开本,图文并茂,有草药图,有人体图。呵,我盯上了那几张大大的人体解剖图。有一次,叔叔不在家,我如获至宝,迅速翻开大全,直接翻到女性人体图,从上到下,女性器官的名字我都是第一次知道,直接看呆,那是我的第一次性启蒙,看得脸红耳赤,心跳加速。

叔叔还算开明,他知道一个初中男孩的心思,看得多了,我也不避他,有空就看,在大全上学到了很多科学知识。

附带插一句。大学一年级时,有天,我们班学习委员从传达室拿来本杂志,该委员在班上喊:谁订的杂志,谁订的杂志,《生殖与避孕》!结果,喊了半天,没有一个同学敢答应。下课后,G同学红着脸,偷偷拿走了,大家都在背后笑。现在,G同学是母校的历史系教授。

另外一本,应该是一套,叫知识青年丛书。

那时,我爸爸在公社管文教,这套知青丛书,记不全了,大约有七八本,分政治、经济、文化、历史、地理、天文、科学,是专门为下乡的知识青年编辑的,我有幸读到,也是大开眼界,一本一本地读,一点一点地读,比教科书有趣多了。

我和那个年代的人一样,对文艺的初步认知也来自八部经典的样板戏。

样板戏流行的年代,我已经读小学了。

那时刚好市里的京剧团下放到我们村里,他们吃住都在知青点,空的时候经常排戏。他们排戏,我们小孩子就会直接钻进后台,看他们化妆,看他们演奏。大胆的,还要去摸摸乐器。

他们的演出就是我们的节日。

村民们对演员都很熟,有时直接喊:郭指导员、沙奶奶、李玉和、杨子荣,有空到我们家坐坐啊。那些个王连举、鸠山、栾平什么的,叫的人很少,村民碰到他们也是冷冰冰的,座山雕是个例外,因为他很会搞群众关系,又会讲笑话,村民还是蛮喜欢他的。

有次,我们几个过木桥,桥面很窄,正好"王连举"过来了,我们就是不让他,还差一点把他挤到桥下,他只好跟我们假笑。错过后,我们就一起喊:打倒叛徒!打倒叛徒!

反面人物不光我们不喜欢,毛泽东也不喜欢。

李银桥回忆说,1958年,毛泽东在上海看《白蛇传》。看到"镇塔"一幕时,他老人家拍案而起:不革命行吗?不造反行吗?演出结束后,领袖照例要和演员们见面,他用两只手同"青蛇"握手,用一只手同"许仙"和"白娘子"握手,而对那个"法海",他老人家看也不看。

他知道在演戏啊,他为什么这样呢?我到现在也不太明白。

1980年的9月,19岁的我,跌跌撞撞冲进了大学中文系。虽然大地刚刚苏醒,但是,我见到那个大图书馆时,还是激动了好久,终于可以自由读书了。

就如久渴的旅人,一下子见到满井清澈的甘泉,如何叫我不牛饮?

大学四年,我做的读书卡片就有两千多张。

对阅读,我一直牛饮至今。

两千张文摘卡

我的《在饥渴中奔跑》,写的是上大学前的阅读,我自诩,大学四年,做的读书卡片就有两千多张。

现在,来说说这个文摘卡。

三十二开大,白卡纸上有蓝格线条,正面有诸多元素:时间、类别、出版物名称、出版物期数、内容,等等,反面供大段内容摘写。卡纸下方,还有个小圆洞,积累多了,同一类内容可以归类,用牛皮筋扎,或者用细绳穿起来。

做文摘卡,明显的效果是阅读能力不断提升。

起先,我是读完一本,摘一本。摘的时候,主要有两种方法。意摘,将整本书,自我消化,写下主要内容,自我感受,甚至还有火花。句摘，当然是关键句、哲理句，对自己的思想有撞击的句子。后来，阅读能力逐渐提高，我会按自己的理解，几本书串一起，画一张书的框架图，简洁明白。

阅读杂志，相对来说简单些，一般摘些主要数据和哲理句。

根据兴趣，我阅读的大类主要有语法、修辞、文学、历史、哲学、杂类等。大类下分成各个细类，比如修辞，有修辞理论、修辞现象、修辞方法、修辞例句，修辞理论，再细分为修辞学家、中外修辞、古今修辞，等等，反正，阅读多了，会越分越细，我一万多字的毕业论文《新修辞格辨》，也是文摘卡积累的成果。八十年代初，文学复兴，各种表达方式随之兴起，加上国门初开，国外的写作思潮也不断涌入，修辞现象丰富多彩，论文就是针对新出现的修辞现象进行的系统研究。本届同学，毕业论文能在大学学报上正式发表，我是唯一。收到一百元稿费时，连我自己都认为是巨款，因为本科毕业时的工资，只有五十四元五角。

对阅读，一直饥渴。

大学期间比较喜欢语法修辞，图书馆但凡能找得到的，古今中外，几乎都找来读。还有，研究语法修辞，往往要以作家作品的实践为例，于是对中外文学名著也狂读，巴尔扎克的人间喜剧系列，差不多全看过。入学时，担着一只杉木箱子进校，后来，又买了一只小皮箱放衣物，杉木箱子就成了我的书箱和卡片箱。

一段时间，还迷上了古代戏剧。洪昇带着我，朦朦胧胧进入了《长生殿》。我如饿狮般扑向杨贵妃。唐明皇我是鄙视的，天子风流国家遭殃，他西逃，埋玉。按着洪昇的指引，又读了白朴的

《梧桐雨》,唉,虽是一样的故事,但洪作家写得要生动多了。由此,我继续在元明清的剧作里晃荡。王实甫,关汉卿,汤显祖,孔尚任,剧作家,那是我起初的文学梦想。

文摘卡无疑是我的宝典。有事没事,将一叠卡片拿出,一张张铺开,如獭祭鱼,这一张和那一张,时间相隔好几年,看着十万八千里,但细细比较,也许就有了联系,而一旦找到事物之间内在的蛛丝马迹,你就会有新发现。看着一叠叠的卡片,往往窃喜,这些,都是我的私人财产,要多多继承,我要做书籍的富翁!

2011年6月,我在浙江图书馆文澜讲堂做《阅读是为了活着》的讲演,专门讲了文摘卡。我强调的是,即便在电子阅读碎片化的今天,做文摘卡虽然很笨,仍是积累的好方法。

功不唐捐,世界上所有的功德与努力,都不会白白付出的,必然有回报。

永远的修辞

　　1983年的夏收季节。炎阳将稻田里的水浸得发烫，我赤着脚，一边猫腰割稻，一边在和读高二的毛夏云（我弟，随母亲姓）吹牛：将来要做一个修辞学者，做修辞学教授！他虽一脸迷茫，但仍然很崇拜的样子。嗯，他相信哥哥的，哥是他的榜样，哥已经在大学念了好几年了，哥已经写了好多文章了！
　　大三时，我的作品已经多次变成铅字，可都是豆腐干，豆腐干也不容易呢，恩师稼祥，每一次都会鼓励：坚持，积累，豆腐干也会做大的！
　　恩师姓陆，陆稼祥，国内知名修辞学家，浙江师范大学教授。
　　大学一年级，按惯例，语法课上完，就是修辞课。陆稼祥，我一看到这个名字,亲近感立即从天边跑过来,本家啊,大哥呢!陆师是副教授,汉语教研室主任,专门研究修辞学。那时本校只有一位正教授,副教授都不得了!

上课,一位身材如修辞般的中年人挟着教案进来了。笑容满脸,高鼻深目,头发修饰得一丝不苟,西装,扣子扣满,一张嘴,典型的浙普话。陆师1927年1月生于浙江湖州双林镇的墨浪河畔,吃墨水长大,苏州中学高材生,难怪有文化。无论从哪个角度看,陆师都是个风度翩翩的学者。看他的身材和长相,一直有疑问,陆师是不是有少数民族血统?2008年,我去内蒙的和林格尔县,在博物馆里,看到了一张拓跋鲜卑融入汉民族姓氏的表,其中有"步六孤"改姓"陆",立即想起陆师,那精致的鹰鼻和略深的邃眼,会不会有鲜卑血统呢?

讲台上俯瞰一下,陆师开讲了。陈望道,《修辞学发凡》,题旨情境。这三个词成为我们课后议论的主要话题。陈望道,这位中国现代史上里程碑式人物,除了第一个翻译《共产党宣言》外,还是著名的教育家、修辞学家。修辞要讲题旨和情境,分积极修辞和消极修辞,这是他科学体系的主要精髓。陆师1957年毕业于复旦中文系,是陈望道的嫡传弟子,深得望道先生的真传。

出了课堂,叽喳议论,"题旨情境",就成了陆师的外号。外号里暗含了他的主要观点:修辞,要注重研究修辞现象和外部关系,研究词语的具体言语活动,不要把词语和使用情境割裂开来,一个词汇和句子,除了有词汇意义、句法意义外,还有情境意义,有时就是情境意义支撑着整个表达。

"题旨情境",我被陆师吸引。

一个雨夜,师院宿舍 13 幢,我斗胆敲响了陆师的家门。

陆师热情地将我迎进书房,他的修辞王国。一架架书,将不大的房间围拢,俨然书城。书桌上,各种书籍杂志摊开排列,《辞源》《文心雕龙》《马氏文通》《修辞学发凡》《文学评论》《中国语文》,我的眼球,一下子被那一张张散乱的文摘卡吸引。见我对那些卡片感兴趣,陆师笑容和蔼,不厌其烦地讲方法,我聆听:书和杂志读完,观点最好做个文摘,可以引用摘,可以意思摘,还可以写下点滴想法,有时想法就是今后创作的灵感,卡片上有年月日,哪本书第几页,哪本杂志第几期,清清楚楚,日后查阅方便。另外,卡片要分类,你看,语法、修辞、文学、历史、教育,即便修辞,也要再分细类,可以是修辞理论、修辞方法、修辞现象,修辞理论仍然可以再分小类,某某修辞家,某某观点,中国的,外国的。一类卡片积得多了,可用牛皮筋扎紧,或者用线将它们串牢,这样就能长久保存了。近年来,我在各地做阅读讲座,常要讲陆师教给我的方法,因为,这个方法,我已经用了几十年,即便在电子阅读碎片化的今天,虽然很笨,仍是积累资料的好方法。

那个雨夜,几乎改变了我的人生。

当时暗暗立志,我也要像陆师那样,大量阅读,不断积累,做一个优秀的修辞学家。此后,我用了大量的课余时间,阅读和语法、修辞有关的书籍,并尝试修辞文章的写作。在和弟弟吹牛的时候,似乎已经相当胸有成竹了。那时,我已经研读了数百本专业著作,积累了上千张的文摘卡,开始毕业论文的构思了。

大四时，陆师又给我们开了修辞的选修课。

除了"题旨情境"外，同学们这回又送给陆师另一个外号：乔姆斯基。老乔是美国麻省理工著名语言学家，生成语法理论是他的主要理论。陆师吸收望道师和老乔的精华，中外融合，贯通成自己全新的"生成修辞学"，他从"生成"的角度，深入描写了"从意义到言语形式"的整个过程，也就是说，他将修辞研究的广度和深度都大大拓展，人们日常说话和作文的全过程，都是研究对象。那时，我知道，他的生成修辞学研究，国内独一份。

临毕业时，别人都在跑单位，我却沉浸在毕业论文《新修辞格辨》的撰写和修改中，我丝毫不担心，相信自己应该有机会从事修辞专业研究的。

然而，1984年7月的毕业分配，完全粉碎了我的修辞理想，猝不及防。即便我一万多字的毕业论文在大学学报上正式全文发表，《光明日报》上还刊发了目录，现在也可以在文献库里检索到，但还是被分配回了家乡，县城也没留住，就如一只股票，差点跌停，跌到了一所在乡下的县属毕浦中学，教高中语文。

陆师似乎很愧疚，离开母校时，他紧紧地握着我的手，抱歉地对我讲，没能在分配上帮到我，但又一再安慰：基层也不是坏事，修辞研究和高中语文教学可以很好地结合，你一定要有自己的理想，一定要坚持，要积累，千万不要放弃修辞！握着陆师的暖手，我一脸的委屈，强忍着泪水点头告别。

带着心爱的修辞，我在偏僻的学校里蛰伏。

我在毕浦中学里待了七年，陆师一直不断地指点着我的研究。他推荐我加入华东修辞学会、浙江省语言学会，推荐我去庐山修辞讲习班，推荐我参加华东修辞学会的多次学术会议，所有这些，都让我的眼界和脑洞大开，他还多次邀我参加由他主编或主导的《中国历代游记文学鉴赏辞典》《中国文学艺术大辞典》《修辞方式例解词典》等辞书的编撰工作。

语文教学实践和修辞理论结合，反而为我打开了另外一扇大门，我如鱼得水。《中国语文》《语文学习》《中文自修》《语文园地》等一些权威杂志，居然都被我一一攻下，《中学修辞教学多途径试说》，一下子在全县语文教学界轰动，我理所当然地成了市级教坛新秀。1993年10月，我将平时给学生课外辅导的文章结集成《语文开眼界》出版，陆师毫不犹豫地撰文作序，热情推荐。

1991年，因为诸种原因，我离开了教学岗位，但并没有完全离开修辞，修辞之土壤，又开出了文学的花朵。

大学里，在陆师的影响下，我对十九世纪的法国作家着迷，巴尔扎克、雨果、司汤达、福楼拜、莫泊桑、左拉、大小仲马、梅里美，几乎遍读，也对王蒙的意识流痴迷，几乎读遍王蒙所有的前期作品。这些阅读和研究，给了我很好的文学感觉锻炼。我理解，文学是一种充分表现自己情绪的表达，就语言方式讲，通常也只有两种方式，一是直接说出来，一是用比方说出来，用比方，那就是修辞了，有夸张，有比喻，比喻还分明喻、暗喻呢！

2005年3月23日，陆师带着数十年的病痛离去。

内疚的是，告别仪式那天，我没能赶去见最后一面，当天要参加全国的外语职称考试，可恶的职称，使我抱憾终生。多么想最后看他一眼,深深地鞠上三躬,我的恩师,如兄长般的恩师,永远感谢您!

陆师走了,一直觉得他仍在我心上。他逝世十周年,我又翻看了他赠我的许多著作,《辞格的运用》,《内外生成修辞学》,《修辞学新论》,等等等等,睹书念师,他的音容笑貌,犹在面前。

修辞立其诚。陆师,字石诚,为修辞而生,怀真诚之心,发心灵之音。

做评论员的日子

2001年10月,杭州日报社老大楼的四楼。我辞去了《桐庐报》副总编辑的职务,调省城,在《杭州日报》做起了评论员。

这个岗位,第一是写评论,各式各样的,有署名的,有不署名的,有配评,有短评;第二是编稿子,《杭州日报》一版有"吴山晨话",下午版副刊有"蒺藜园",短的,长的,言论,杂文,都是我一个人编。

做自己喜欢的事情,总体来说,还是比较快乐的,但也有不开心的时候,记忆最深刻的是一次重写"本报评论员"文章。

某次,市里某重要大会开完,什么大会,我已经完全记不起来。按惯例,要"本报评论员"评一下。吃透精神后,开始动笔,三下五除二，没有太难。不想，晚上送上级审核时，没有通过，退回重写。这下急了，我急了，领导也急了，时间很紧了哎，急忙将本报老评论员喊来会诊，怎么回事？我们的老评论员，是一位久经沙场、经验十分丰富的专家，他一看我的稿子，就知道毛病在什么地方了：你的稿子，自己的语言太多，要用领导的语言，将领导的语言作纲，再用领导的语言，展开，专题阐述一下就可以，另外，要段落分明，语言简洁明白，不要太多的修辞。我好像一下子领悟了，哎，真是的，按他这个思路，将领导的主要观点作主标，再将这个主标分三个层次展开，说些高亢激扬的话。没有花多少精力，上级说，这样才可以，通过！

事后，狠狠地总结了一下。自己写的文章，好像没被打回过，这是第一回呢，一定要认真总结经验教训，特别是向老同志学习，学习他们成功通过评论员文章的经验，学习他们常用的套路。那个时候，最佩服《人民日报》评论部主任老米，米博华，评论写得好，有主见，有理论，几乎是所有评论员的学习典范。评论员文章，用意是什么？不就是鼓动人民的干劲吗？那不是代表你个人的，花里胡哨的语言，肯定不行。

此后，碰到要写的本报评论员文章，一般都按这个套路来，好像没有被打回过。

有一次，我和《长江日报》的评论员刘洪波一起聊天，我们都写评论，业余时间弄杂文。我问他，做评论员，最不开心的是什么？他说，就是写"本报评论员"文章，这完全不是他想要说的话，但是，没办法，要是你说了自己想说的话，那一定通不过！还有更痛苦的，就是连续评论，一论二论三论四论五论，有的甚至六论七论八论，甚至九论十论，最多的有十七论十八论！

我真是太高兴了，我说，洪波啊，你怎么不早说，我也有这样的苦恼，我以为是我笨，不适合做"本报评论员"呢。

2002年6月，我们的下午版，要改成新的报纸，《每日商报》，总编辑孙军很重视评论，要我去那做了评论部主任。不久，又做了新闻部主任，但评论和评论版，还是兼着的。

这是一段非常繁忙且又充实的日子。

评论版，头条评论常常自己操刀，还约了杂文名家鄢烈山、朽木、刘洪波、潘多拉、苏中杰，等等，开专栏。另外，商报的头版，又设了个"举手发言"评论栏，对重大事件或者读者感兴趣的话题，进行即时评论。当时，我约了徐迅雷、许春华、戎国彭，以布衣为总名，陆布衣、凡布衣、许布衣、戎布衣，一时间，布衣们的身影很活跃。而我的习惯是，每天晚饭后，休息十几分钟，就开始"举手发言"，一个小时后，再开始编头版二版的新闻稿子，十一点开始，再拼版，清样下印刷厂后，才能关机，回家常常是凌晨三点钟了，有时第二天上午九点，还要赶到宣传部开会。

这些文章，在我看来，都是急就章，很短，有很多是商报刊发后，新浪网等马上转载，我记得，《报刊文摘》也摘过好几回。

2003年底，我又回到了杭州日报，分管办公室行政工作。2004年6月开始，又兼管报社的发行。2006年，广告又自主经营，到这个时候，我的日常工作，已经和文字无关了，报社的经营，经营，你们懂的，指标和利润压力都大。

下面引一篇,我替单位内部杂志《这一周》写的卷首语,题目叫做"一地碎银",大致可以看出,我这十几年是怎么将写作和经营结合的:

"人的差异就在于业余时间",三十多年前,我读到了爱因斯坦这句格言,犹如棒喝般的震撼。此后,在很多场合,我都会不遗余力地宣传它,尽管有时也还要偷懒。

每次新书出版,都会收到不少祝贺。说得最多的一句是:老师你真勤奋,又出新书啊!我们怎么没时间呢?

对于没时间的话题,我总是这样回答:你能仔细算一下我们的业余时间吗?一年52周,104天,还有11天法定假日,还有年休(虽然我从没有休过),115天,你能用一半的时间干你自己喜欢的事吗?一半不行?那三分之一呢?也不行?四分之一呢?也不行?那就别谈了!因为,总是有各种各样的理由占据着你的业余时间。

对于写作者来说,阅读十分重要。布衣我不可能像迅雷兄那样,每天能读八到十个小时的书,但也必须读,基本上要保证每天读两小时:晚上十点到十一点,早上六点到七点。这两个小时,许多人只要下决心,应该也挤得出,车延高兄凌晨四点多起来写作,我做不到,我的写作只在双休。千把字的文章,一两个小时足矣。只要想做,谁都可以做到。

有人也常问:你做的是经营,和作家好像是两回事啊。

碰到这样的问题,我总是笑笑。一个正业,一个副业,正业是生存，副业是兴趣。

也就是说，正业是本职工作，你必须做好，无条件的，但是，副业往往对正业有用。经营活动很碎很烦，大多还是求爷告奶的。但我把它当作一种体验，一种作家必须要经历的体验，在这种体验中，你会和各色人等打交道，你会看到那些生意人、官场上的各类活报剧，你会发现虚构想破脑袋也想不出来的真实情节，你还会学到生动有趣的语言表达。这样一想，尽管很累很烦，但在做好正业的同时，又得到了副业想要的素材，这不是两全其美的好事吗？

五天工作日，你不可能有时间去弄副业，有时甚至思考的时间也没有，人也累了疲了，哪有心思？两天的双休，如果不加班，那就是自己的，我将它截成六个时间段，上午、下午、晚上，写作，阅读，锻炼，休闲，看电影，每个时间段都充分运用，对我来说，这样的双休并不累，只是换换脑子而已，而且效果也好，人也会感觉特别充实。

我在做讲座结束时，常常会讲到两个词语：作之不止，乃成君子；功不唐捐。前一个词要表达的是：人的本性都差不多的，都要强迫自己去做一些事情，管他是真心还是假意，假如能不停地这么做下去的话，到最后习惯成自然，也就成了君子。亚里士多德也说，卓越不是一种行为，而是一种习惯。

后一个是出自《法华经》的佛家语：意思是说，世界上所有的功德与努力，都不会白白付出的，必然有回报。简单说来就是：功夫不会白费。

王阳明先生曾经特别告诫他的学生:与其挖一个数顷之大而无水源的池塘,不如挖一口数尺深而有水源的井,井里的水源源不断不会枯竭!王老师说这番话的时候,他刚好坐在池塘边,旁边还有一口井,他只不过是因材施教罢了。

用你毕生的业余时间,恒久地做一两件事,也不要太在意别人的议论,若运气好,你就有可能掘出一口甘泉源源不断的深井。

或者还可以这样比喻,那些业余时间,就是散落在地上不起眼的碎银子,没有特别的眼力和毅力,是捡拾不起来的。

一地碎银,很俗很俗的小钱而已。

这虽然表明了我的一些价值观,但我的用意其实已经很明确了,我是在为自己狡辩,我的写作只是利用业余时间,我做主业也是非常不错的,主业和业余并不矛盾,有时业余还会促进主业。

只是,只是,时间对每个人都是公平的,只有二十四小时,那只有挤了,时间真是海绵,挤挤真是有的,方法得当,一天你就有二十五小时,三十小时,你就会延长生命,你就会一辈子活成两辈子。

我不太相信那种二十四小时都在为公家工作的人,那种人是有,但不真实,不人性,大多数人也做不到,国家也不提倡。

现在,我仍然可以用"本报评论员"的名字写文章,感谢报社给我这个荣誉。

评论员,思想者,将会永远融进我生命的血液里,骨髓中。

差点成了被告

2000年起,我在《杭州日报》的副刊开了个"实验文体"的杂文专栏。

《官场词典征稿启事》一文引来麻烦。在"编辑体例""怪异类"[批示]条中有这样一项内容:四川省安岳县农民刘福民告状十多年所得的批示有:到银河系找外星人解决、到月球找安南秘书长处理、请到联合国,这些批示均为当地政法委书记、法院院长、公安局长发明。稿子发表于2001年2月1日,大概是稿子有一些可读性,4月份后陆续有一些转载,其中以《中华文学选刊》和《杂文选刊》影响大些。有一天,我突然接到《杂文选刊》一副主编的电话,她在电话里询问了[批示]条的原发报刊后告诉我说,安岳县的政法委书记给杂志社发来了传真，说他没有给刘福民批过那样的条子，还说他要到法院起诉我，要我做好心理准备。

后来我就一直在等这个起诉，我不怕，因为当时新华社都发了消息，而且单是这个批条就有多家媒体炒过。几个月后，安岳的那个政法委书记始终没来找我，大约后来他想通了，就是告对他绝对没有什么好处的。多年过去，仍然没事。

但这篇文章没事不等于其他文章没事，2003年底的一篇文章，又让我差点成了被告。

在参加杭州市作协换届大会时，我对发下的换届章程有了兴趣，于是就顺手写了篇《包装协会章程》，主要是讽刺当下夸大政绩、搞形象工程的不良社会现象。文章发表后的第二天上午，因做夜班，我还在睡觉，莫小米就着火似的打来了电话，要我快快赶到报社，说惹祸了。等我心急急到了报社，副刊部的林之大姐夸张地笑了：布衣啊，你真"聪明"，我们市里还真有个包装协会，巧的是，这个包装协会这两天正在省城开年会，更巧的是，他们正在筹备全国的包装协会大会到本市来开，而且他们还有意向将本市建设成为"亚洲包装中心"。责任编辑莫小米则传达了对方的信息：包装协会的秘书长说，文章大部分和我们的章程一模一样，为什么要讽刺我们？你们在这个时候发表这篇文章是什么意思？如果你们不给个说法，我们要打市长公开电话甚至到法院告你们。诸位可能不知道，在我们这儿，这个市长公开电话是很厉害的，央视都做过专门的报道。小米盯着我的眼睛要我拿主意，我当时真的很惊讶，都什么年代了，还真有这种对号入座的事。后来我们商量了两条意见答复了他们：一，这是我们一个开了多年的杂文栏目；二，文章中的"包装"仅指不良的社会现象，和贵协会的"包装"是两个完全不同的概念。也不知他们满意不满意。

我以为事情就这样结束了，不想仍然给报社惹了麻烦。这几年我们这个城市的各个单位都开展"满意不满意单位评选"，评上不满意，那就麻烦了，单位领导降职，奖金也要少许多，而这个评选是由各个层次的有关人员投票的。于是，包装协会就给我们报社"送"来了一条意见，意见是书面的，而且口气相当严厉，责问之意颇似"文革"语气，必须要报社书面答复。报社领导将意见转给我们，于是我们又将上面的意思重新拟了一遍，这回还加了领导的意思：贵协会为本市的经济发展做出了"不可磨灭"的贡献，我们在适当的时候对贵协会将做一个正面的报道。不知这一回他们满意了没有，但到现在为止，我也没弄清这个包装协会是哪方神仙管的。

这两次较大的风波后，打击确实不小，于是更小心，有一次写《两份关于"确认武大郎祖籍"的申请报告》，《杂文月刊》的主编就要求我将真省真县隐去，说是为了不惹那不必要的麻烦。

到现在为止，官司倒没有打过，但是因写杂文而引发的麻烦还是不少。

我这一组"实验文体"的文章，数十年来，一直在不间断地写，虽说是三天打鱼，两天晒网的。

2011年，我将这些乱七八糟的文章结集，书名叫《新子不语》。书送上海的出版社时，他们特别重视，说是我的书，他们社里还不能定,要局里审。什么局?就是市里的新闻出版局呗。

局里也很重视,特别指定两位专家审。

我和责任编辑说,这些文章,表达方式虽然古怪,但都在全国各大报刊上发表过的,而且还有不少的转载,绝对不反党反社会主义,应该没事的。责编说,没事就好。

按计划,《新子不语》要赶当年8月中旬举行的上海书展,所以,我就很关心局里的审读。

快了,快了,责编总是安慰我,让我放心,因为书展的时间越来越近呢,还是没有消息。

总算有消息来了,一位专家审完,说可以出版。另一位专家审完,说,不可以出版。不可以出版的理由呢?文章太调侃,太不正经,太游戏。出版社的老总急了,书我们都仔细看了,没什么不妥的啊,这是一位曾经获国家级奖的作家啊,思想绝对没问题。

也许是因为老总在出版界的地位,也许是书真的没问题,反正,《新子不语》是按时出版了,书展效果也不错,各大媒体也比较关注,凤凰卫视"开卷八分钟"还做了专题推荐。

但我总是有疑问,为什么那位专家会不同意出版呢?

后来,我从责编那里,得到那位专家审查的一点内部信息,大概是这样的:

《新子不语》的风格让那位专家不爽,都天马行空写了些什么啊?杂文有这样写的吗?这些还不是致命的。

致命的是,有一篇《李白研究示例》,开头几句是这样的:"现在各种研究已十分细化,其深度、广度、新颖度都到了空前的高度。比如鲁迅研究就有：鲁迅与许广平同居不是在1927年的上海，而是1925年在北京就暗度陈仓了；鲁迅日记中'夜濯足'，是其性爱的隐语。以下是F高校某研究员的两份关于李白研究的最新论文摘要。"

巧的是，这位专家就是研究鲁迅的。出版局的领导可能这样认为，这是一位获过鲁迅文学奖的作家，那么，应该找一位研究鲁迅的专家来审。

更巧的是，我开头说的两句关于鲁迅的话，就是这位专家的最新研究成果。

难怪，这位专家是那么的不高兴，好不容易研究出点成果来，还让你嘲笑，你为什么要和我过不去呢？

说实话，我真不是有意的，书出来后，这两句"鲁迅研究成果"自然被删掉了。责编说，为了尽早通过，也为了给他点面子呢。

我还会一直写，但确实不知道以后还会发生什么样的麻烦事。不过，我的心态极好，总是这样认为，我们这个时代，没有麻烦事是不正常的，有麻烦事反而正常。因为有少数人，总一直在幻想着，最好将人们的思想，装进那个结实的铁皮鼓里，方圆由我，那样就省事多了。

此座 1980 年已占

2014年,4月12日,受邀回母校。座谈会后,我和蔡伟达、许继锋、傅芳华等同学,去了新东大,邵海燕陪同。

大家嘻嘻哈哈,说些感慨的话,回忆下某位老师的生动讲课,调侃下某位同学的纯真爱情,前排坐坐,后排走走,轻松走动。中间过道,后面靠左边的一些位置上,发现好多贴有纸条,且用不干胶黏着,大都写着:此座某某同学考研,此座某系同学专有。我忽发大兴,在一张"此位已占,2014年4月—2015年1月"的字贴下,迅速写上:1980年,我也占这个位置。并留下了姓名和新浪微博号。写完大笑,同学们围上来一看,也相视而笑,快乐地拍照留念。

我们笑得很畅快,发自内心,且心照不宣。笑声里,有太多的往事值得回忆。

记忆最深刻的事情一一浮现上来。

老师们来上课了。

马列文论。张毓文老师。四川人,小个子,声音却大。他说"这一个"的时候,是重音,就像后来电视剧中邓小平的音色一样。因为"典型"是马列文论的魂魄所在,所以他特别强调,还黑板手书。自此后,我开始喜欢听四川话,李葆田演的王保长,我是一集不拉,他那一口四川话活灵活现。前几年,姜文的《让子弹飞》很红,还专门推出了川话版,似乎将四川话推到了高潮。现在,我一听到四川话,往往会想起张老师的"这一个"。

宋词吟唱。叶柏村老师。还是小个子,但他声音的磁性十足,是略带沙哑的那种磁性。叶老师是国内著名的宋词研究专家,每每兴致所至,常常会吟唱。诗歌的咏唱,我后来听了不少,大多字面上的激情有余,远没有叶老师那么有味道。叶老师说,好的宋词,在宋代就是流行音乐,会被人一遍一遍反复咏唱。

柳永的《雨霖铃》,他咏唱了:寒蝉凄切,对长亭晚,骤雨初歇。都门帐饮无绪,留恋处,兰舟催发。执手相看泪眼,竟无语凝噎。念去去,千里烟波,暮霭沉沉楚天阔。多情自古伤离别,更那堪冷落清秋节!今宵酒醒何处?杨柳岸,晓风残月。此去经年,应是良辰好景虚设。便纵有千种风情,更与何人说?

叶老师唱完,磁性的声音,一直回荡在新东大,同学们都肃静,一时还回不过神来。古韵长腔,顿挫抑扬,我们似乎都和柳永一起在码头,在长亭,共同见证那悲切凄苦场面。柳永不过是一场普通泡妞后的伤感,而叶老师的咏唱中,仿佛加进了唐明皇对杨贵妃的那种刻骨铭心的爱,还有人死不能复生再也不能见面的哀怨。

修辞研究。陆稼祥老师。我已专文撰写《永远的修辞》,此处不表。

古代汉语。胡从曾老师。和张、叶老师相比,胡老师是个大个子,印象最深的,是他讲音韵学的古汉语发音:帮滂并明,非敷奉微,端透定泥,知彻澄娘。背这个三十六个音标倒不是难事,难在辨析发音,唇音、舌头音、舌上音、齿音、牙音、喉音,一下子将人搞晕,我最怕前鼻音后鼻音了,幸好,胡老师宽厚,他知道,喜欢这门课的人不会很多,能坚持听已经不容易了。胡老师也是性情中人,带我们去绍兴实习时,和同学一起就着茴香豆和绍兴老酒,交心碰杯,喝到扶墙为止。

还别说,胡老师教的音韵训诂,至今还能用上。前段时间,我读宋人龚明之的笔记《中吴纪闻》,卷四《俗语》中说了"厘"这个词:吴人将"来"叫做"厘",这是从唐朝的陆德明开始的。陆是唐朝著名的语言学家,以经典释义和训诂学为主要成就,应该权威。我的老家,浙江省桐庐县百江镇,家乡操的土语(范围还有分水镇、瑶琳镇的部分村),就是将"来"唤作"厘"的。与"来"相对的"去",我们的发音很接近"客",也是去声。方言土语,真的是一种有声的历史文物。

新东大四年坐下来,来来往往的老师有几十位,或多或少都有一些印象,戴林淹、金汉、陈兰村、文心慧、方文惠、周舸民、陈耀东、蒋海涛,等等,总的感觉是,老师们都非常敬业,都带着一种被长期压抑后的激情喷发,都想把自己的毕生所得传授给我们,即便年轻老师张先亮、於贤德、丁晓虹、钟玲华,还有七七届刚刚毕业的辅导员黄华童、赵光育、陈兴伟、阮向阳,也都是耐心施教,整个新东大,似乎都沉浸在浓浓的学与教、说与辩的氛围里。

青春年少,新东大也洋溢着不少轻松的快乐。

我们两个班,新东大上课不分座位。

前面那几排,永远都属于学习认真的同学,特别是女同学。前排有好处啊,听得更明白,看得更清晰,没时间开小差,求知若渴,老师们讲的能记都要记下来,那时候大多数老师的教案都还没有印成书,所以,只有记。前排还能得到更多互动的机会,手一举,老师就看见了。前排同学的笔记,往往是我们借抄的对象。

抢坐中间过道后的同学,各有各的心思。

居高临下,那种感觉也不错,前面同学有什么小动作,一清二楚。当然,两个有点意思的男女同学坐在后排,互相对个眼什么的也方便(只能是有点意思,我们两个班只成了两对,一班一对,都是班长,还是毕业后的事情,建议师弟师妹们,读书最好少谈恋爱,基本上是浪费时间,过过瘾而已,风景外面好得很)。W同学,上课要经常瞌睡,难怪这么胖,万事睡为先,都是睡出来的。S同学,喜欢看窗外的风景,左边人行道上有什么人走过,右边操场上哪个系在上体育课。他坦承,他主要关注女生,中文系女生少,外语系女生多,机会也多。

同学QQ或微信群里,还经常有八卦爆出。

最近一个悬案是这样的:Q同学自曝,大三还是大四的下雪天,不知道谁把雪球放在我书包里,雪化了,书湿了。Q同学是美女,暗恋她的应该不少。我问了一句:会不会是谁给你信或字条,你不回啊!群里一时热闹,有人自首,但好多同学说看着不像作案的。

新东大的悬案让人惦记,我想总会有破案的那一天。

回到标题,我有没有真坐过那个位置,实在想不起来了,但新东大一定是我一辈子的记忆。

我教儿子写作文

孩子作文往往头痛,不过我们家小乐还是比较快乐的。小乐并没有成为一个作文的高手,并没达到"弦弦掩抑声声思,似诉平生不得志"之境地,不过现在的他,想说的想做的,都可以用他的笔很轻松地写下来。我认为,对祖国语言文字能够熟练运用,并且有自己的思考,这就够了。

第一次作文

相比现在的小孩子,上一年级开始就急急忙忙地写作文,我们家小乐写作算是很迟的了。小学三年级刚上不久,有一天放学回家,小乐很兴奋地对我说,爸爸,老师说,我们要开始写作文了,作文是个什么东西啊？作文难写吗？我笑笑：作文不是个东西，作文不难写的，作文就是你平时说话，你怎么说话就怎么写，你平时说话难吗？小乐很认真地思考了一下，然后若有所思地"噢"了一声。

也是凑巧，那时我们那个地方刚好要举办一个"药王节"。大家知道的，办节嘛，活动总是很多，其中有一项活动就是灯会，这个灯会放在药王山上举行，五彩缤纷，我想一定可以让小乐作文的。于是，灯会开始的那天，我就对小乐说，今天晚上爸爸带你去写作文！他一听，很激动，写什么作文啊？我说我们去看灯会，看完后回来写。我让他准备一个小本子，还准备了一把手电筒，上山用。

一切准备就绪，带着一个傻不拉几的对作文充满向往的不知天高地厚的小学三年级男生，向着我给他埋伏好的作文圈子出发了。

我是一路交代着：看灯会都有些什么人？他们在什么景点前兴奋？为什么会兴奋？从山脚往上看是什么景色？山半腰看下来是一种什么景色？山顶朝下俯瞰又是一种什么景色？因为那座著名的药王山，处在两江交汇处，可以说是处处时时景色都不一样的。还有，因为灯会的灯都是由各式各样的动物造型组成，所以，我就问他，这个大象和恐龙有多大（他最喜欢这两种动物）？为什么会动呢？孔雀开屏和动物园里的真孔雀开屏有什么不一样？灯的颜色是怎么样变幻的？我认为，人有了，事有了，景有了，这个作文应该可以写了。

回到家,小乐很谦虚地问:爸爸,我怎么来写这个灯会呢?我说,你就按上山的顺序一件件地记下来,明天交给我。

第二天晚上,他交给我一篇题为"药王山逛灯记"的大作,我一看,不得了,洋洋1300多字。我问,作文难写吗?他说,不难写,我就是按你昨天晚上和我说的记下来的。细细一看,还真像回事,虽然很啰嗦,连我没让他数的上山台阶他都留心数了,虽然很多错字别字,"活龙活现"应该是"活灵活现"吧,我还是表扬了小乐:不错不错,蛮好蛮好。当然,我要当着他的面改病句,改错别字,他都很认真地噢噢,大概他认为这是件很新鲜的事吧。

还是凑巧,那时我们县里刚好举行中小学生写作大赛,于是我就让他将改好的文章寄给大赛组委会,结果是,他这篇处女作得了个优秀奖。那天,小乐回来后洋洋得意地说,今天老师表扬我了,说我的作文得了优秀奖,我说,嗯,不错,但那是老师们鼓励你的,不要太当真。

魔鬼式周记

在小乐的作文教学中,我实行了两个偷懒的办法,办法总的指导思想是,既要让小乐的写作上轨道,又不要让自己太累着。

第一个偷懒的办法是:三年级开始写作文,强行要求写三段,字数在300字以上。首段写出缘由并引出下文,中间段可以自由展开,结尾段把要交代的事情写完整。我的意思是,一定要完整,因为他要去适应作文考试的啊。

按这个思路,四年级就是四段,首尾两段,中间扩展为两段;

五年级就是五段,首尾不变,中间扩展为三段。字数要求,四年级以上要求每篇不少于600字。六年级就不管这些具体指标了。这里还有个时间要求,也就是说,600字左右的文章,必须在30分钟左右的时间内完成,为了这个30分钟,又强化训练了好长时间。先是用毛泽东进行励志教育,这个故事我到现在也不知道是真是假,说是毛泽东年轻的时候,为了锻炼自己的意志,经常到闹市区读书,不管有多少人都如入无人之境。

那时我们家住着不大的房子,客人来了,他又在做作业,这是经常发生的事。常常是我们一边说话,他就在一边写作业。于是就和小乐说,你要学习毛泽东,还要学习和尚的静心打坐,要进入到自己的写作场景中去,想你要写的人,想你要写的事,想那些具体的细节,认真地想,和文章中的人和事交流。这样你就听不到我们的说话声了。不管有没有用,反正,他必须在规定的时间内完成作文。

第二个偷懒的办法是让他写周记。具体的要求是,从四年级起,强化训练,每天一篇,每周五篇,周六的时候我检查。周记的原则是,写作内容不再固定,想写什么就写什么。每天一篇,太多了吧,要他命啊,小乐妈妈很心疼。我说,我是因人施教,你别管。当然,开始几周,我是很注意他的情绪的。小乐这时候最大的困难是,他不知道什么好写什么不好写。这个时候,饭桌的交流就成了他晚上作文的定题会了,这个有点像做媒体的内容谈版会:今天有什么新鲜事?学校和同学中有什么新鲜事?上课上到了什么内容,哪些内容印象比较深刻,一个成语还是一个定理?各科老师上课有些什么特点,哪个老师的课最吸引你,为什么吸引?上学路上碰到了什么好笑事?这个办法的最大好处是有约束性,你想想看,他每天必须写一篇,如果今天拉下了,明天就变成债务了,如果债务一多,他什么事也别想干好。所以,"谈版会"的结果往往是,他晚饭一吃好,第一件事就是把周记快速地弄好,然后如释重负地优哉游哉地做其他作业了。

我把这叫作小乐的原始创作冲动。在小乐的这种冲动下,周六,一杯茶,慢悠悠,我常常是从欣赏的角度看小乐的周记,然后像模像样地煞有介事地并故作正经地写一些评语,因为我在周记中看到了五花八门的小学生的学习和生活,而我认为这种生活是非常真实的。

在小乐的笔下,他观察到了凌晨早起的环卫工人,"背着一把长长的扫帚,似乎要把夜空扫尽,扫出干净的黎明";在寒冷的冬季,小乐经过公交车站,看到"穿着单薄的短裙的大姐姐们,围着长脖,两手捧在嘴边搓手呵气,不断地轮换跺脚"。有他自己练自行车,练到嘴里磕掉了一颗牙的经历,还有他做坏事的证据:一次我下班回家,楼下的一位退休老师在大发脾气,说谁家的小孩子这么淘气,把他一盆开得好好的菊花给折断了。我起初没当一回事,后来,在小乐的周记里读到这样一段文字,大意是,他今天心情不大好,一步步上得楼来(我们家住五楼),在四楼楼梯口,一盆开得很高兴的菊花对着他笑,他就很愤怒,凭什么你这么开心,于是他就快速地狠狠地把一朵很高兴的菊花头给掐断了。我看到这样的文字后,在这篇文章的后面批了两行:写得很好!景由情生,观照"春风得意马蹄急,一日看尽长安花",就是一种快乐的心境。但你明天必须向楼下的爷爷道歉!

对于第二个偷懒的办法,我一直坚持抓落实,四年级的结果是,小乐写满了三个本子,大约有150多篇各式各样的周记。而他妈妈往往是他周记的忠实阅读者,甚至他的语文老师,也常在她们教研组抢着读小乐的周记,估计她是把它作为了解学生的一个有效的窗口了。后来,语文老师也在班上要求全体同学写周记了,小乐说,他把那些同学坑苦了。

连滚带爬的阅读

前段时间我看了台湾郝明义的《越读者》,很有感触。他将阅读和饮食相比,说我们的阅读也有四类:主食阅读——"生存需求的阅读",美食阅读——"思想需求的阅读",蔬果阅读——"工具需求的阅读",甜食阅读——"休闲需求的阅读"。而对于学校那些称为主食的教科书和教参书,郝先生认为,只能称为维生素 A 或者 B。我们的孩子有许多是维生素吃多了,而有助于长身体的各类食物却摄取很少,于是就营养不良,长久下去,还会影响国民身体素质。

我虽然没有那么科学合理地为小乐安排饮食,但一直在努力地做一些补偿的事情。饮食均衡,才能强身健体啊。

我们家的沙发边上,一定放着两本工具书,一本是《新华字典》,另一本是《辞海》,大多时候就任其乱七八糟地躺在沙发的怀里。什么时候用呢?用的时候多着呢。

比如我们在看电视,有一个什么字好像很陌生,于是赶紧吩咐他:小乐,快去查一下看,这个字到底是什么意思?碰到一个新奇动物,就赶紧请教他:小乐,这个你是专家,这是个什么动物呢?于是小乐只好很认真地读书,他会把名称、产地、体重、动物的习性,以及这种动物有什么故事,向你如数家珍地道来。还有,哪个国家发生战乱了,于是赶紧叫他:小乐,这个国家在什么地方啊?有多少大呢?为什么会发生战乱的?你想想看,什么人一旦被称为专家了,他如果还不懂,那不是很没有面子吗?有的时候呢,我们是真不懂,有的时候,我们是装着不懂,不管你懂不懂,你一定要很诚恳,否则他会不高兴的。所以,小乐从来没有出过国,但两百来个国家和地区的国旗啊什么的,他小学的时候就认得很清楚。

我一直以为,历史和哲学能帮助我们认识未来。所以我也是有意无意地给小乐填鸭。《三国演义》电视剧正热的时候,有个朋友刚好送来一套65本《三国演义》连环画,借着电视,我先大致给小乐讲一下是怎么回事,然后就让他一本本地看,看到后来,小乐就给我们做老师了,关云长的大刀有多重,诸葛亮如何去借东风。后来,《水浒》热的时候,我们就用老办法炮制,有很长一段时间,一百单八将,他都能一个个地举出来。随着他读书的增多,我最后只好咬咬牙买下一套白寿彝主编的《中国通史》二十二册,意思很明白,如果要全面而准确地了解历史,就一定要读正史。当然,我自己也是要用的,遇到不明的地方,就认真地翻翻历史,而不是跟着电视剧胡扯。

至于哲学就更有趣了。我曾向小乐吹过这样的"牛皮",说是世界上任何东西都是可以相关联的,只要你想联系。他于是就难为我:那么怎样把我们楼下这棵树跟美国总统关联起来呢?我的回答是:这确实可以联系的。首先,他们都是一定的物质,都以一定的方式存在着;其次,他们都存在于一定的空间,都以一种方式在生活或生长着。第三,第四,第五,他说,我知道了结局,美国总统死了,要用棺材。哈哈,说实话,结局我也没有想好。虽然有些牵强,但我是在告诉小乐:世界上任何事物都有相联性和相关性,我们不要被事物的表面所蒙蔽,地湿了并不一定是下雨的结果,往地上泼一盆水地照样会湿的。

这的确是一种很好的思考方式,这种方式的好处就在于,它能大大地打破小乐原有的思考模式,而且他运用这种模式思考和作文往往会出人意料,也就是说他已经充分尝到这样思考的甜头了。有次,小乐甚至和我探讨地球爆炸后宇宙的格局问题,我大吃一惊,你怎么可以这样思考呢,他反问:你认为地球不会爆炸?

阅读有的时候并不需要一本正经。我们家里长年订有各类书报刊。从小乐上小学起,我就给他订《微型小说选刊》《少年文史报》《小溪流》等等,随着他的年纪不同而选择订阅,细数起来,不下几十种,现在,当然要看《三联生活周刊》什么的了,因为他完全有自己的独立思考。查字典,让他自己认识先生,而不要来烦我,因为有很多字我也不认识。

学会到书店独立买书,也是一件很有意义的事。很小的时候,我就向小乐传授买书的"诀窍",这可是我个人的经验,别人不敢传授,自己儿子没关系的。你问我教孩子买书要注意什么,我觉得大致有几方面要考虑:一是你希望是主食还是美食抑或是蔬果甜食,内容一定要有所选择;二是出版社我是很注意的,不是看不起小出版社,我大多选择京沪等中央及老牌著名出版社,因为他们出版的门槛高,一般不太会有次品;三是一定要看一下书的前言和后记,或者目录以及最后的版权页,那上面有很有用的信息。通过这些判断,再加上合理的价格和书的设计,你大致就可以选择一本书了。开始我是带着小乐买,几次以后,我们一起进书店,通常都是我给他规定,今天你可以买三百块钱左右的书,后面我就不管了,往往是他买的书,我也要拿来翻翻的。有次他居然买了本霍金的《时间简史》,让我对小乐的读书方向有了新的认识。

小乐问,对于读不太懂的地方怎么处理?我一向的原则是,一些地方读不懂没关系,爸爸也有很多书很多地方读不懂的,读不懂的地方跳过就是了,连滚带爬地跳过,读到最后可以再回过来读,总有会明白的时候。

拳打脚踢的散打时代

前面我讲过了,小乐的作文,在他六年级的时候我就基本不管了,这个基本不管,就是我不再一字一句地替他改,而是和他讲立意,讲结构,讲人物,讲语言。

这里还有件关于阅读的事想说一下,这就是小学六年级的古文选读。这个我不认为是维生素 A 或者 B,而是美食。事情的起因是,我一个很要好的同学缠牢我,说他儿子古文底子不好,要让我辅导辅导,我想想,也是,小乐根本就没什么古文底子,就把他俩拿来一起教好了。

于是,就在每周六的晚上,抽两个小时来给两个小学六年级的男孩恶补古文。我选用的教材都是比较浅显的文言文,按时间先后,从诗经开始,到先秦古文,再到汉乐府、唐诗宋词元曲。方法很原始,先是我朗读,然后再跟我朗读,然后我串讲,最后他们俩孩子读,一定要读得比较流利,这次课才会结束。我的作业是,下次课先背诵全文,然后他们讲故事给我听,然后我抽查关键词句。如果背不出,背不流利,故事讲不好,就停止上新课。这样做的好处是,小乐他们的脑子有一些"参照物"在里头了,这些可是经典的参照物,这些美食在学校里很难吃到,他们对付那些教材就够头痛了。有了这些经典参照物,在拳打脚踢散打的时候,一定会派上用场的。

我说小乐的散打时期,是他的习作经常向各个报刊投稿的时期。

四年级的暑假,他在爷爷家待了很长时间,回来后,看他的周记里有一篇《我晒黑了》,我觉得,他不写其他,只从晒黑着手,写他快乐的暑期生活,特别是他和爷爷一起做一些"体力活"(老父亲退休后一直住在农村,适当的农活使他的晚年生活很充实)很有意思,既知稼穑之艰辛,又真正体味粒粒辛苦,真是件好事。于是我就怂恿小乐:《少年文史报》经常有学生的习作发表,你何不寄去试试?他听了很受鼓舞,结果是,他的文章被放在显著位置发表,还得了十二块稿费,他的语文老师也引以自豪,因为这都算她们的教学成绩啊，据说评职称评先进都可以派上用场的。

有一年，大概是初二的暑假，小乐读了笛福的《鲁滨逊漂流记》后，忽然心血来潮，他也要写一部类似的小说。小说可不是那么好写的，他冥思苦想，一会儿去查中文辞典，一会儿去翻英语辞典，又去看什么世界地理，折腾来折腾去，大约有一周时间，他的现代版的"鲁滨逊漂流记"终于"杀青"，对于他这一万多字的劳动果实，我当然要装得兴致勃勃，要赞扬他，不管写得怎么样，那怕写得一点也不像样，我还是要给他高度的评价，因为这是他自己琢磨出来的。小说虽然后来不了了之，但他已经深知写作的难度了，只凭一腔热情，是做不好事情的，那些写作前的准备，看似可有可无，其实是必需的，他连整个世界是怎么回事都不清楚，如何能找到一个小说的环境呢？他连小说最基本的要素都没有弄清楚，怎么可以安排好一个完整的故事结构？所以我很理解，现在有很多孩子都在写武打小说玄幻小说，打来打去，怨怨相报，男女情仇，南宗北派，这种写作过过瘾可以，但收益实在不大。

小乐高二的春节，我让他当了回作文的老师。

小乐的堂妹小越那时刚读初一，其他功课都好，就是有点怕作文。年夜饭后，一家人围炉在等春晚，这时候他婶婶发话了：小越的作文不太好，请大作家指导一下。我一看情势难推，于是就近找了个话题。电视间有一幅为迎新刚换上去的窗帘，这个时候，窗帘是半卷着的，只显示上半截画面，展现在大家面前的有茂密青翠的森林，有草地，有人，有只露小半的池塘，有亭子——大作家开始出题了，请大家展开充分的想象，这幅画的下半截会是什么图景？而且还要根据自己的描述为本幅画取一个标题。

为配合我的工作，大人们也都装着很认真的样子，一个个发言踊跃，思路也相当开阔。我见大家说得差不多了，就将下半截画缓缓展开，这个时候，场景不亚于拍卖会什么的，大家都屏声静气，都在检验自己是不是有和别人不一样的观察力。这样的过程是很有趣的，待高潮下来后，我开始给小越同学布置作文题：请把刚才的场景记录下来，并取一个标题。然后接着布置，小越的作文初稿写完后，交给小乐哥哥，小乐全权指导。一石二鸟啊，我很得意。

接下来，小越同学就很麻利地跑到楼上开始作文，四十分钟后，小乐同学指导。他叔叔很着急地问小乐：怎么样？怎么样？小越的文章写得怎么样？小乐很含蓄地回答：还可以的！这下，他叔叔放心了，说小乐认为还可以肯定是可以的，他很相信小乐。

小乐后来也是如法炮制，指导小越妹妹，将文章修改好，伊妹一点，投到当地一家媒体，这个时候很多媒体都在刊载中小学生关于寒假生活的作文，结果是，小越的《早春》，开天辟地赚得了五十元稿费。作文关就这么轻松地迈过了。小越今年在本省一所著名的重点中学上高三，成绩好得很。

"锦囊"四则

第一，长和短。

雕刻家告诉我们说，雕刻人鼻子的时候必须是由大往小里雕，而雕刻人眼睛的时候必须是由小往大里雕，否则你就不好收拾。

小乐的作文一开始都写得比较长,因为我和他说过,作文就是说话,他记得很牢,说话不可能做到很简洁。一段时间后,我就告诉他,这段可以有,这段不可以有,为什么这个可以有,为什么这个不可以有,要看具体文章。一梳一理,长文章就变短文章了。这就是作文书上说的剪裁和选材。如果你一开始就和他讲这些道理,一般的孩子肯定是云里雾里。

第二,角度问题。

人家问我写作最要注意什么,我往往只有六个字:角度小,角度新。

角度越小越好,小是新的前提,新是小的体现,两者相辅相成,互为因果。小乐的周记大多都能按照这个要求,题材五花八门,有的甚至很搞笑,所以可读性比较强。

第三,修辞表达。

把话讲通是语法,把话讲好是修辞。同样一句话,同样一件事,不同的表达效果完全两样。

起初训练的时候,往往要具体到一句话。比如柯受良驾车冲黄河:1.58秒后,一条抛物线从山西的一端划到了陕西的另一端,跑车准确落到了预定的着陆点。小乐明白这个道理后,他自己就会去琢磨玩味。不是说所有的句子都要这样,只是关键段落关键句子,修辞到位,点石成金。

第四,功夫在诗外。

读者应该看出来或体验到了,作文的许多功夫都是在诗外的。

  达芬奇画蛋,万丈高楼平地起,观千剑而后识器,大概都是说这样的道理。

学萨笔记

学习萨克斯,断断续续,已经数个年头了。吹得不怎么样,记忆的库里却存了不少音乐的因子。

光头音乐人

2007年国庆,杭州日报萧山记者站,在湘湖边的城山广场,搞了个大型的户外露营活动。这是我的分管范围,我自然要参加开幕式。

仪式结束后,临湖的一片草地上,悠扬的萨克斯声,吸引了我,有合奏,有独吹,像模像样,哎,不错嘛。寻声见到了大场面,一群人,男女老少都有,一中年男子,光头,凸着肚子,挥着手作指挥状，不时大声点评，光头似乎冒着汗，光头在阳光下有些发亮。

光头见着我们一行，热情地迎上来。我们夸赞，互相寒暄。光头拿起一把中音萨克斯向我滔滔讲述，具体的话已经不记得了，中心大约有几个意思：他们是一群草根萨友，都是自学，他会数十种乐器，学萨克斯并不难。接下来，光头极其热情地鼓动我：陆老师，你也学吧，我保证，你一周就能吹《北国之春》，三个月就能上台演出！

我就这样被萨克斯牵住。

2008年的五一节期间，光头教了我降B调的简单指法，从此，我的业余时间里，多了一项萨克斯练习。

光头叫徐建勇，是浙江萧山的一位民营企业家，我后来专门写过《建勇的世界》，叙述他比较传奇的人生经历；对于那一群他带领着的不断壮大的草根萨克斯队伍，我也写过长文《湘湖畔的萨克斯风》，多次向外推荐。

初学萨克斯期间，一两个月里，我会去一趟光头的厂里，吃一顿食堂饭，听听他的建议，会会朋友，看看有没有适合我的新曲，或者录几段音。有的时候，他也会邀请我参加他们组织的萨友活动，他们的活动很密集，各地政府有重大活动，好多场合有他们助兴的影子，众萨友兴致都很高，一大车一大车地出动。去年，他们居然在黄龙洞边的浙江音乐厅，像模像样地搞了专场，把杭州市民惊得愣愣的。后来，也因诸事缠身，去他厂里就少了，有时三两个月，有时也会半年才去一次。每次去，他都会说，哟，你又生疏了，长久没练了吧，节奏不对，不过，你乐感还可以。偶尔，他也会表扬我一下。

我尊称光头为徐老师,他也叫我陆老师。

乐 感

学音乐,光头说的这个乐感,很重要。嗯,乐感也是要经久训练的。

小时候,常听我妈哼戏哼歌,《迷洪记》里,有这样写她的一段:

我妈喜欢唱黄梅戏,在她还是如花似玉年纪的时候,H老师告诉她:她不仅可以演七仙女,也可以演杨贵妃的。只是上世纪六十年代,七仙女是劳动人民,杨贵妃是王公贵族。我妈每每说到这一段的时候,总是眉飞色舞,两眼发亮,我似乎看到了一个热爱戏曲的可爱清纯少女,对杨贵妃的渴望。

这就是说,我还是有一定音乐基础的。这种熏陶,比什么都重要,它就是希望的种子,有了种子,只要有合适的土壤,什么时候都可以破土发芽。

在学萨之前,我碰过两种乐器,吉他和口琴。

大学时,班里有几个同学有吉他,许继锋、吴晓平、陈浙几位,都玩过吉他,但据我观察,他们也只是发烧友,会弹弹基本的和弦,也没有正儿八经地上台演出过。陈浙哥哥在宁波老家,有一个小乐队,他哥平时以教学生为业。毕业后,陈浙也弄过乐队,我去宁波搞教研活动时,陈浙邀请我去夜总会看他的节目,那时,他在乐队打贝司。

大学毕业时，许继锋送我一本书，《外国音乐曲名辞典》，蓝色的硬装本，偶尔，我会去查一下，交响曲、协奏曲、变奏曲、奏鸣曲、随想曲，贝多芬、柏辽兹、比才、勃拉姆斯、肖邦、柴可夫斯基、德彪西，洋曲目，洋名字，硬填鸭，看场音乐会，偶尔装一下。萨克斯，它原来是一个人的名字。这种乐器是以德国的业余乐器制作家萨克斯的名字命名的，所以，萨克斯，指代词"它"，应该用"他"。我每次吹萨时，总感觉在和一个人对话。

在毕浦中学教书时，自己就买了一把吉他，这是我第一次置办乐器。和我一起分配到学校，教数学的钟志明，他也有一把吉他，住在我隔壁。那时候的毕浦中学，以游宏（副校长）为首的年轻人，有一大批，数十位，周末的夜晚，我们会聚集在教工宿舍的楼顶平台，喝啤酒，弹吉他，聊大头话。

我喜欢的是吉他的节奏，自由，欢快，但也只能弹弹简单的曲子，和弦把握得并不好。不过，我还是苦练过一段时间的，指尖上都练出了老茧，弹高音的划音时，如果没有老茧，指尖会痛。

也有小插曲。

我正谈对象，学校里有 C 姓阿姨，对象向她偷偷做我的外调，C 阿姨毫不客气地指出：这个年轻人，有点吊儿郎当，经常抱着吉他，弹啊弹，听也听不懂。上世纪八十年代中期，长头发，穿喇叭裤，抱着吉他，是要被人非议的。幸好，对象没有接受 C 阿姨的意见，她听取了多位老教师的建议，综合分析，认为吉他和这个小伙的品行没有太大的关系。

口琴，不展开说了，易学，易带。

不过，口琴让我初次展现了当老师的基本功。大学实习时，我和陈浙同学一个班，两个多月后，实习结束，班主任开班会欢送我们，一定要表演节目，我存有一张黑白照片，站着表演口琴，具体曲子已经忘了，估计也就是《友谊地久天长》什么的。

1991年，我调县委宣传部工作，搬家的时候，吉他碰坏了。坏了就丢掉，心里安慰自己：宣传部不是文化馆，不要吉他的，再说，弹吉他的兴趣早已经过去了。口琴，还留着，后来，我又买了支重音口琴，只为一份念想，现在，它仍然在书房的抽屉里躺着。

《映山红》

高音萨克斯管吹奏的《映山红》，旋律一下子迷住了我。我决计，马上练习它。可以这样说，我买第二支萨克斯管，高音管，就是为了吹《映山红》。肯尼基的《回家》，对初学者来说，太难了，如果完全要学老肯的《回家》等名曲，D8的笛头，我吹都吹不响，还有，即兴部分往往也是高难度，一般人学不好。当然，用中音管也可以吹《映山红》，但远没高音管有韵味。

米米米多来米，拉多来多，拉多米多来米来，拉米来多拉索。

《映山红》开头四句，极美，如酷热里的冷泉叮咚，如三月里的和煦春风，让人听觉极其舒服，且浮想联翩。每当吹这四句时，我的脑子里就出现了赣南深山里，一个胖乎乎的孩子，潘冬子，他的母亲在轻拍他入睡：夜半三更哟，盼红军，寒冬腊月哟，盼天明！幽幽的期盼，深深的期盼，带着希望，天快要亮了，寒冬也快要过去了。

1974年,我还在读小学,《映山红》上映,电影一直红火。我们这个年纪的人,都对《映山红》熟悉,人人会哼,但都习惯了交响曲、二胡伴奏的女高音演唱,萨克斯吹的独奏曲,几乎没有。

这大约就是《映山红》情结吧。

2011年,我们报业集团要举行歌咏比赛。我所属的部门,就选择了《映山红》组曲。我将办公室的人找来,根据同事们的文艺特长,说了设想:幕布拉开,四排男女合唱团员高低站立,舞台左边,我先在后台吹出"米米米多来米"第一句,然后,慢步至舞台前方,舞台右边,女高音鲁晨,领唱前四句,也慢步至舞台前方,会合,与演奏和演唱同时进行的,是虞凉和方怡君的双人舞,他们伴着乐曲和歌声,演绎"期盼"的场景。演奏和演唱结束,演员们各自回到舞台的合唱群中,乐队起奏,合奏和合唱齐齐响起。领唱,合唱,还要再分部,男女声。

这个八分钟的节目,获得空前成功,毫无悬念地拿到了第一名。打着绑腿,红军装束,悠扬的高音管,在良好的舞台音响帮助下,我一下子成为全场的亮点。演出结束,领导极其惊讶:你什么时候学的萨克斯呀,不会小时候学的吧。我有些小得意:重在参与,重在参与!

这是我第一次上台演出,什么叫台上一分钟,台下十年功,这一次,我深深体会到了。虽然业余,但我们还是请了专业指挥来排练。面对一支合唱的散兵游勇,指挥显得很有耐心。他循循善诱:领吹的领导,你的萨克斯,米米米多来米,起始句要轻,一定要轻,最好用气声送出,尾音四拍可以拉长,拉到八拍也没关系。你是文章的中心思想,你的成功,决定了演出的成功。你要想到,音乐要体现场景,那是夜半三更哟,你一定要吹得幽,幽了才会悠扬,才会体现百姓盼红军的心情。还有,你第一次上场,不要将下面的观众当人看(哈,当木头看),如果眼睛盯着观众看反应,完了,你一定会出错。

《映山红》教会了我许多,不仅仅是吹萨。

《女儿情》

一个双休日的下午,我正在走运(杭州人都将徒步走运河简称为"走运")。

我走运的路线,基本上是固定的:从左岸花园出发,经北星公园,那里有块1768km的标志碑,这是大运河杭州的终点。夜晚,这个法国设计师设计的灯光数字会发亮,提醒来往的船只,你们已到世界最长运河的终点。一直往南,差不多1.5公里左右,是著名的拱宸桥,这桥始建于明朝崇祯四年,这里,是杭州城北的中心。

正接近运河广场,有萨克斯声传来,细一听,《女儿情》,一大群人围着。近前,挤进人群圈,一年轻盲人正深情表演,他坐在矮凳上,一支萨克斯管,应该是比较廉价的那种,管子上绑着一只话筒,一残疾女子坐着打节奏,看场面判断,这是一对卖艺夫妇。虽然萨克斯管质量不怎么样,但喇叭强劲有力,乐声悠扬,年轻盲人很有激情,特别是主题句部分,高音节奏把握得非常到位。我仔细听完,正好身上有十块钱,连忙放到他们面前的箱子里。

听完《女儿情》,若有所思。

回到家,立即到网上搜索曲子,听别人的演奏。我学萨的办法,差不多都是背奏,听到一曲比较好听的,立即去网上搜,听原奏,下载,听熟,明白难点和重点,掌握风格和要领,再练习,练一句,记一句,练完了也就记完了,几遍练下来,基本就不用看谱了,当然,背会的曲子也要经常练习。可能极不专业,但我又不是专业演员,图的就是开心。

网上常有一些水平不错的业余选手。小辫子李刚,就是这时候进入我视野的。

我从网上查到,这个山东人,原来是个下岗工人,靠自学成材,教着一帮学生,到各地演出,日子过得有声有色。他扎着一把小辫子,他的演奏视频,大都是坐在简陋的房间里录音,然而,他的萨克斯,却有一种诱人的特色,声音低沉,音色绵绵,非常有穿透力。李刚也吹《女儿情》,带着学习的渴求听,真是悦耳,反复听,还是好听,我在放音乐时,厨房里有时也会传来哼唱声。

夏日的夜晚,我到门口运河边的亭子里吹,一曲《女儿情》,围上来的人也很多,乐曲太熟悉了,音乐声里,你仿佛会看见,女儿国国王对唐僧的明亮眼眸,人世间有那么美好,我对你那么深情,你就不能留下来吗?

吹了好几年的《女儿情》,我终于和"国王"相遇。

2016年6月中旬,第七届冰心散文奖在承德兴隆举办,我有幸作为颁奖嘉宾出席。我们先到中国现代文学馆集合,我和周明老师,坐在一号大巴右边的第二排,刚坐下,前排来了个优雅的女士,哎,怎么脸熟啊,一定哪里看见过。周明老师笑着介绍,这是"女儿国"国王朱玲,电视剧《西游记》里的那个女儿国,她是本次活动的特约主持。

"国王",对别人来说,只是一个上了年纪的电影明星,对我来说,不只如此,还有一份萨克斯的情怀。我对朱玲说,我每次吹《女儿情》,脑子里都会浮现出"国王"的身影,她谦和而又爽朗地大笑。我表示一定要和她多拍几张合影,她很配合,表现出一位明星的良好素养。

当合影发到朋友圈时,好多朋友赞叹:六十多岁的"国王",依然有风采,好多祝福,当然,都是要求我向朱玲老师转达的。我只有在这里一并转达了,祝"国王"永远有"女儿情"。

《春风》和《梁祝》

除了上面《映山红》《女儿情》以外,接下来,我还要再说一下,我比较喜欢的另外两首曲子,也是经常要吹的。

《春风》。

拉索米多,拉索米多,拉索米多,拉索米多,四句过门过后,立即进入主旋律。我学的是肯尼基的高音曲。两段重复,七拍之后,中间有好几句的即兴插入,然后,再重复主旋律。

春风来了,草侵台阶百鸟鸣。春风来了,碧波映漾柳枝萌。

如果在空旷的场所,或者用较好的音响,《春风》来了,你一定会醉。沁人心脾,全身的毛细血管舒缓张开,慢慢地张开,所有的不安和烦恼,随着乐曲的进行,都会抛到九霄云外。

情和景一定要结合。

这首曲还有一个名,叫《望春风》,邓丽君当年的红曲。将所谓的政治含义抛却,此时此刻,只有唯美的邓丽君。我相信,我这个年纪的人,对邓丽君痴迷的,不会是少数。音乐讲究旋律和优美,我一直适应不了嗨嗨嗨双节棍什么的,邓丽君的歌,那才叫经典,几十年不厌。

我在做写作或阅读讲座的时候,有时也会讲到这首《春风》,写作,要像《春风》,结构简单,主旨明确,文字明白如水。阅读,也要像《春风》,通过仔细体会乐句,将枯燥的蝌蚪或死的数字,一句句还原为眼前的春景。

我一直吹,但只学得肯尼基的一点皮毛。不过,我自信,对《春风》的理解,美国人肯尼基,一定不如我。

《梁祝》。

前面说了,我妈喜欢唱的曲中,就有《十八相送》。

梁山伯与祝英台的故事,南中国几乎家喻户晓,调皮妹妹与傻蛋哥哥,充满现代喜悲剧元素,前喜后悲,大喜大悲,化蝶,就是中国人对美好爱情的充分向往。

盛中国的小提琴,将梁祝的故事,由中国传播到世界。在文艺近乎枯竭的年代,除了几个样板戏,梁祝,小提琴曲,钢琴协奏曲,还是经常余音绕梁的。我很惊讶,世界上还有交响乐,多个人多种乐曲,有声部地一起演奏,气贯长虹。

梁祝的版本众多,我常吹这个版:主题句,米索拉多来拉多索,索多拉索米索来,一直到结束。两段重复,中间一个长长的曲折的即兴,再一段重复,再一个难度比较高的结尾。这首曲,高音管和中音管,我都喜欢吹。

在主题句后,有几句需要感情体会,它要表现梁祝快乐的学习和戏逐场景,节奏时有跳跃感,犹如一位少女,跳着跃着,在草地间行走。即兴部分,有两个小乐句,需要拟音,拟二胡的声音,我估摸着,原作者大概比较喜欢二胡的独奏部分,借来一用,就如同吹《蒙古人》一样,也需要拟音,拟马头琴的声音,那样,会使乐曲增色不少。第三段虽是重复,但声音明显高亢,梁山伯郁郁而死,祝英台伤心而嫁,最终是要表现祝英台同赴黄泉那种决心。高潮之后,有瞬间寂静,随即是长长的拖音,视场景而言,四拍可以拖成八拍,十二拍,甚至更长,这长长的气息是一种技巧。2014年中秋,肯尼基来杭州黄龙体育中心表演,开场上来就是《爱你》,吹至中段,有一个长长的换气音,长达五分钟,他故意的,炫技,有消息报道,这一口气,他最长可以拖四十多分钟,但一般人练不了。在长长拖音中,我们仿佛看见,两只蝴蝶,从梁山伯的坟中,缓缓飞出,旋转上升,它们齐着人世间以外的美好爱情去了。蝴蝶飞舞,需要时间,这一口气,你不吹长点,似乎有点对不起祝英台了。

一曲梁祝吹下来,五分钟左右,常常感觉,这五分钟,好长时间呀,累得不行,嘴累,手累,心也累。我问萨友,你们有这种感觉吗?基本说没有。有点奇怪,除了不常吹外,难道是我信马跑缰的缘故?

萨 友

打牌的叫牌友，打麻将的叫麻友，我们一起吹萨的叫萨友。

一起吹萨的有很多，择记一二三。

老柴。

老柴叫柴宝平，杭州江干彭埠的农民。杭州的农民，比居民值钱多了，他们有地，地就是黄金。有一段时间，网上爆炒，梅家坞翁家山那边，某茶户要招上门女婿，陪嫁是一座别墅，一辆宝马七系，还有几亩茶园。老柴家我经常去，小高层的顶部，连着三层，一层是他办公室，他做一个装潢公司，一层是家居，一层用来娱乐，打麻将吹萨克斯。

偶尔，我会中午去下，玩一个小时。

老柴上世纪八十年代就开出租车了，他说，花四万多，买了部菲亚特，每天有一百多块好赚，当时的工资就几十块的水平哎。他原来学民乐，拉二胡，吹笛子，都玩得有模有样，和我差不多的时间，他学起了萨克斯。因为有基础，所以，他学得就快。我小时候基本没碰过乐器，最大问题是，手指僵硬，碰到快节奏的曲子，常常要练好长时间。

老柴的楼顶，极热闹，打鼓的，练习的，甚至有吹小号的，有几位是老手了，一介绍，他们原来是杭州铁路文工团的，经常会在酒吧吹，还去商演，和我一起玩，纯粹陪练。

我有时担心地问老柴：我们这么闹，你们小区没人投诉吗？

老柴底气很足地哈哈：吵是有点吵，但他们习惯了，再说，我们这是音乐哎，他们可以免费欣赏的！

前几日,我邀老柴来我工作室玩,他说,他快要搬家了,他又有三套房子可分。啊,三套？嗯,三套！他和老伴,女儿女婿,还有外孙女,他叫孙女的,孙女是独生,算双份,每人55平方,300多个平方!

老夏。

老夏叫夏伟明,江西萍乡人。他是个矿工,提前退休,随女儿在杭州居住。巧的是,他女儿嫁的是桐庐人,和我是老乡,所以,就有一层天然的亲近感。

我住拱宸桥边的左岸花园,他女儿住卖鱼桥的信义坊,两地都是杭州城北,比较近,一个招呼,我们就在运河边的某座桥下会合了。桥下吹萨,天然的音乐厅,音响效果极好,有回音,声音传得远,运河里的游船开过,经常会有游客拿着相机追我们。有时,载着一船客人,司机仿佛要展现杭州的文化,常常有意将船靠近我们。

下班时,老夏也来过我的办公室,我们一起到食堂晚餐。我们的食堂是外婆家的手艺,初次来食堂吃,都说好。老夏个高体大,胃口也好,他总是赞美我们食堂的菜不错。吃饭闲聊,问他一个挖煤的工人,为什么喜欢吹萨？他笑嘻嘻答：我是为了逃避繁重的体力劳动。我们煤矿大得很,那时,有工人文化宣传队,经常要演出,而演员是不需要下井的,我就开始学黑管,白天黑夜地吹,我在工宣队吹黑管,后来改吹萨克斯。

我们几个萨友中,除了专业的以外,数老夏吹得好。他也很刻苦,他说,他每天要练五个多小时,除了接送外孙,好多时间都用来练萨。

他还挺挑剔，一起的玩伴，他都要挑刺。有一回，一同玩的某萨友，高音管吹得挺好，高难度的《回家》，都吹得挺溜，可老夏却不屑：蛮好听的萨克斯，硬是让他吹成了唢呐！那人很不高兴，以后也没见着他们一起玩了。

两年前，老夏女儿搬家，搬到钱塘江对岸的滨江去了，他又不会开车，所以，我们一起玩的时间就少了。偶尔，他还会骑着电瓶车来我这里玩，但他又不太认路，每次都很辛苦。

2013年国庆，我的《字字锦》在杭州庆春路购书中心签售，他很早就带着外孙来排队了，他和外孙，手上都拿着书，要我一一签名。

前几天，他打我电话：陆兄啊，我很想你哎，你们食堂的红烧肉，真好吃呢！我连连说：好好好，有空我们一起玩，一起玩！

老吴。

老吴叫吴光亮，浙江义乌人，其实，他不会吹萨，他弹电子琴，是我们的乐队伴奏。

老吴个子长得不挺拔，小我一岁，却比我低好几届。化工学院毕业的他，毕业时分配到兰溪味精厂，待了很短的时间，就辞职不干了。他干什么呢？做婚庆，弄了个乐队，开舞厅。上世纪八九十年代，跳交谊舞盛行，他赚到了第一桶金。

老吴的电子琴弹得溜，乐感超级棒，什么样的曲子，他一听，就知道什么调。我们所谓的乐队，常是临时组合。最理想的配置是，一支中音管，一支高音管，一支次中音，如果再加一支笨笨的上低音管,那就是一个完美的萨克斯小乐队了。

插一下小乐队的事。杭州城里,吹萨最有水平的张加林,我去拜访过一次,他吹上低音,自己开了一家乐器店,他们的小乐队,每周训练,都非常专业,高音是武警的萨克斯手,中音的是上海音乐学院毕业。我们集团有次搞庆典,我请他们来,吹了《青花瓷》和《打虎上山》,一片赞声。可是,不幸得很,前几年,张加林突然心脏病走了,我这里纪念他一下。

老吴个子不高,但弹起电子琴,却激情澎湃,爆发力很强,高潮处,整个人甚至踮着脚跳将起来。小乐队,玩得最嗨的是经典老歌齐奏。常常是老吴一首接一首,我们几个一路跟进,有的老歌我不熟,但老柴老夏熟,且有电子琴掩着,我吹错几个音,也没有关系,我们要的是激情,还有一种释放。

这也是我练萨的目的。

医生告诉我,练萨有助于肺活量的提高,更能调整自己的大脑。我是业余写作,不能坚持很久的时间,上午九点半,最多写到一点,我就受不了,大脑会迟滞,呈缺氧状态,那么,下午,两个小时的萨克斯玩下来,就是最好的休息。

大运河畔,阳光晴好,小乐队强劲的节奏响起,一支曲下来,就会围紧一大圈观众。

"姚千万"

"姚千万"也是萨友,为什么要单独说一下呢?您耐着性子看吧。

先回到光头的食堂。

我每次去光头那,差不多都是中午时分。先打个电话:徐老师,你中午在吗?在的话,我过来玩下。光头总是热情有加:在的在的,你来你来,开车注意安全。

我到的时候,他办公室常常有不少萨友在,我从没见他正儿八经地做过生意,从白天到晚上(萧山的人民广场,如果没有特别情况,每晚他都带着不少萨友在活动),似乎都迷恋在萨克斯里。他的办公室,好像乐器店,有好多支管子,中音、次中音、高音、上低音,一字排开,当然,还有钢琴,电子琴,小号,二胡,架子鼓。往往,他会单独安排一个房间给我,扩音器、无线麦什么的一并准备好,我自备的笛头一套上,就可以畅快吹了。

练了一会,大约十二点半左右,他请我去食堂吃饭。

他的食堂,就是职工餐厅,这个点上,只有几位萨友了。从端上来的菜看,他显然事先有所吩咐,加了菜的,每次都这样,他说,我是客人,难得来一次。

吃饭,我们也不闲着,东拉西扯,我会听到很多和萨克斯有关的趣事。

有回,光头指着一位衣着优雅的老太太给我介绍:这是吕薇的妈妈,吹萨好几年了,她前段时间,刚刚和吕薇一起上过央视三套,吹《天路》呢。噢,吕薇,我知道,著名的青年歌唱家,我才知道是萧山人。

又一回,吃饭的时候,来了一位中年偏上的女子,光头介绍:这位叫花花,我们都叫她"姚千万",刚刚学萨不久,她有好多故事,你作家说不定感兴趣。

于是"姚千万"出场。

"姚千万"自然是绰号,大家也叫她花花,她的大名姚菊花。有故事的是她学萨的原因。

她原来一年要去澳门好多次,干什么去,赌博啊。十赌九输,谁也逃不出这个规律,花花自然也是,偶尔也会赢一些,但总是输,越输越要赌,每年总要输个几十万上百万,她自己说,已经输掉一千多万了,"姚千万"就是这么来的。

"姚千万"在澳门的具体情节,我就不细说了,惊心动魄的居多,可以从影视剧的好多场面中,充分想象。

后来,她参加了狮子会,这是一个全国很有影响的民间慈善组织。狮子会的陈队(大家都这么叫)对她说:你如果再不去赌,我送你两支萨克斯管。这两支管,不是一般的学习管,是日本的柳泽管,要好几万呢。

也许是一种诱惑,也许是"姚千万"厌倦了赌博,也许是财力枯竭,她真的和陈队打起了赌。

我和"姚千万"见面不多,萨友活动中,一起吃过几回饭,看她的性格,似乎有点大大咧咧,我问起她的澳门经历,她总是笑笑:过去了,陆老师,都过去了!

除了原来的企业,"姚千万"前段时间还开有一家咖啡店,吹萨、会友、带外孙女,自在得很。

我最欣赏萨克斯手范圣琦老爷子,八十多岁了,还扎着个小辫子,戴着顶鸭舌帽,领着他的"老树皮乐队",在舞台上蹦跳着。

卡佛说,每天写一点,不为所喜,亦不为所悲。

我说:每周吹一会,不为所焦,亦不为所羡。

我只是偶尔在金属管的世界里游玩一下而已。

后记
两句三年得

这本集子，基本上是八年时间的阅读思考及个人的一些经历的随笔散集，这期间的另一些思想性随笔，已收入2014年出版的个人自选集《乐腔》里。

《病了的字母》2009年8月出版，收录散作时间为2008年底，算是对前数十年写作的一个小结。

因工作繁杂，留给自己的写作时间并不多，只能牺牲双休，因此，我的产量低得可怜，少的年份，只有十来篇。

获奖后，应几家报纸之邀，写过几个专栏。其中，《文艺报》《辽沈晚报》《中国经济时报》《今晚报》，持续时间比较长，集子中约有一半是这些专栏的稿子。

除专栏外，本集中所有的文章，都在报刊上发表过，《人民日报·大地》《光明日报·文萃》《文汇报·笔会》《解放日报·朝花》《新民晚报·夜光杯》《大公报·大公园》等等，都有不少篇幅，不一一列举。

写得少，并不表明写得好，只是说，作为思想性的随笔，没有大量的阅读，没有深入的思考，要想写出新意，极难。而我又不想写那些时评式的文章，总觉得，隔靴搔痒，说了白说。

无论杂文随笔，也无论其他文学体裁，它们都只是文学样式之一种，功能极其有限，不要将承载社会重任的担子仅仅放在作家或其他少数人身上，社会中的每一个成年人，都有责任将这个世界建设得更美好。

"两句三年得"，虽没有"一吟泪双流"，却依然为时而愁而痛。然而，我依然坚持我的"以爱察今、以心为文"温柔杂文观，文章的血性，可以通过巧妙的方式来表达它的张力。

在沙漠里，只有活得下去和活不下去的区别。既然不能揪着自己的头发脱离地面，那就直面缤纷的日常，将日子过好。

戊戌初春
杭州壹庐